本书由苏州大学"211工程"建设经费资助出版

人·现代·传统

近30年人文视点及其文学投影

汪卫东 著

北京大学出版社

图书在版编目(CIP)数据

人·现代·传统:近30年人文视点及其文学投影/汪卫东著.—北京:北京大学出版社,2015.3

ISBN 978-7-301-25514-8

Ⅰ.①人… Ⅱ.①汪… Ⅲ.①中国文学—当代文学—文学研究 Ⅳ.①I206.7

中国版本图书馆CIP数据核字(2015)第032037号

书　　名	人·现代·传统——近30年人文视点及其文学投影
著作责任者	汪卫东　著
责 任 编 辑	魏冬峰
标 准 书 号	ISBN 978-7-301-25514-8
出 版 发 行	北京大学出版社
地　　址	北京市海淀区成府路205号　100871
网　　址	http://www.pup.cn
电 子 信 箱	weidf02@sina.com
新 浪 微 博	@北京大学出版社
电　　话	邮购部 62752015　发行部 62750672　编辑部 62750673
印 刷 者	北京溢漾印刷有限公司
经 销 者	新华书店
	965毫米×1300毫米　16开本　13.25印张　204千字
	2015年3月第1版　2015年3月第1次印刷
定　　价	36.00元

未经许可,不得以任何方式复制或抄袭本书之部分或全部内容。
版权所有,侵权必究
举报电话:010-62752024　电子信箱:fd@pup.pku.edu.cn
图书如有印装质量问题,请与出版部联系,电话:010-62756370

目 录

前言 …………………………………………………………… (1)

第一章 "人"的求索及其盲区 ……………………………… (1)
    第一节 20世纪的人学思潮及其限度 ……………………… (1)
    第二节 "人性发展史"文学史观质疑 ……………………… (16)

第二章 "传统"与"现代"的迷津 ………………………… (37)
    第一节 90年代以来文化本位思潮、国学热与人文意识形态的
           应对 ……………………………………………………… (37)
    第二节 文学史叙述的"现代"迷思
           ——以美国汉学中国现代文学研究为中心 …………… (52)

第三章 新语境中的"鲁迅" ………………………………… (101)
    第一节 变化的语境与变异的"鲁迅" ……………………… (101)
    第二节 质疑"国民性神话质疑" …………………………… (115)

第四章 心路与反思 ………………………………………… (133)
    第一节 叩问始基
           ——鲁迅"个人"观念研究的反思 ……………………… (133)
    第二节 我与《野草》的研究之缘 …………………………… (153)

第五章　师生对话 …………………………………………（172）

　　第一节　一个人的思想史

　　　　　——与钱理群先生《我的精神自传》对话（上编第六章、

　　　　　第九章）………………………………………（172）

　　第二节　序文两篇 ……………………………………（195）

后记 ………………………………………………………（206）

前　言

　　近30年来,中国人文语境发生重大转换,20世纪80年代与90年代,分明属于两个时代,并形成鲜明的对比,如果说80年代意味着某种人文范式的结束,90年代可能是一种新的范式的开始,新世纪正处在这一新范式的延续与发展过程中。这30年发生的重大变迁对于中国文化与社会的未来影响,学界的估量还远远不够,尚缺少对这一历史过程的深入观察。目前有关人文和文学的思潮史研究,大多还是采取具体思潮逐一评述的教材式思路,没有以更为深入的历史视角和更为开阔的全局视野,洞察其间历史与逻辑的内在脉络。本书认为,"人"与"文"("现代"与"传统"),是把握近30年中国人文进路及其变迁的关键词。70年代末80年代初,非人历史结束后,开始了呼唤"人"、追寻"人"的反思热潮,"人"这个主词,须由"文化"加以阐释,"人"必然要被安放于"文化",在人道主义热潮中,80年代文化热悄然兴起。由"人"引起的"文化"热,在80年代大致经历了两个阶段,80年代前期,"文化热"的指向,是以西方现代为方向的现代化,在80年代前期人文知识分子的想象中,文化热是中断了的五四现代启蒙的继续,举凡哲学、美学、文学等领域,都致力于引进、学习西方现代文化思潮;80年代后期,文化热的方向逐渐转向本土传统,寻根思潮是其表现。90年代是在国内与国外时局的巨变后开始的,催生文化热的80年代政治意识形态与人文意识形态的互动结构,在90年代被政治意识形态与伴随市场兴起的大众通俗文化意识形态的互动结构所取代,人文意识形态边缘化。权力与资本构成90年代文化的巨大引力场,形成普遍的文化本位意识,文化本位意识既包含传统,也指向现实,其实质是国家意识的兴起。人文意识形态在80年代想象性的统一立场,在90年代开始分化,并陷入激烈的纷争,但在看似多元的表象之后,却存在一个潜在的一致性,正是这个一致性,使人文意识形态得以加入90年代以来中国主流文化的合唱。综观30年来由"人"开始的人文历程,可以说,中国当代的人文求索,成为徘徊于"现代"与"传统"之间的文化钟摆。

本书的论述,基于对上述整体格局的把握与内在逻辑的梳理,诉诸具体现象与个案的分析,内容涉及人、现代、传统、文学、鲁迅等议题,试图通过在整合背景下对具体对象的深入剖析,呈现近30年人文景观的宏观格局与微观肌理。

第一章 "人"的求索及其盲区

第一节 20世纪的人学思潮及其限度

一

人道主义,可以说是20世纪中国人文领域最具影响力的一个思潮。作为五四启蒙的重要话语资源,人道主义曾经在思想革命与文学革命中发挥重要影响;在80年代的思想解放和文化热中,人道主义曾经起到了开路先锋的作用,并成为80年代文学的重要价值资源,在一定程度上决定了80年代文学思想与艺术的面貌。在80年代是被中断的五四的延续的想象中,人道主义已然成为一个贯穿始终的理解线索。在20世纪中国,人道主义虽然长期处于被压抑的思想地位,但在人文思想界却是具有格里斯玛(Charisma)效应和先验正确性的一个理论话语,因而常常成为人文思考的价值终点。吾人对于人道主义,在服膺、呼吁、响应和回顾之外,深入反思还远远不够。

作为一个外来思潮,人道主义在中国也涉及理论话语跨文化旅行的问题,虽然它在西方也难有一个让所有人都能认可的界定,但是,其在传播过程中的被想象和接受,却基于一个具有确定性的理解。和诸多西来观念一样,20世纪中国对人道主义的想象、理解和接受,基于当下的现实需要,在思维结构上又不免宿命地来自传统,因而想象中的外来资源常源于我们自身。虽然人道主义在20世纪中国有着弥足珍视与值得同情的话语史,并已被时下以解构为时尚的人文学界弃掷不谈,但本文试图以反思和检讨的态度重新面对它。这是面对20世纪中国人文思想史常见的局面:一个思想已被轻易抛弃,而对它真正的反省却还没有开始。对曾经开风气之先的20世纪中国人道主义思潮的批判性反思,不是意在呈现传统的坚实与可靠,解构外来资源的价值,从而呼应与传统和解的当下潮流,而是意在通过对中国人道主义思潮内在意识危机的揭示,反思20世纪思想与文学的内在局限,探讨真正超越局限的可能。

如果进行一种思想史的现象描述,人道主义是产生于西方文艺复兴人文主义热潮,并在后来的历史实践中不断被充实新的内涵的一个普遍思想潮流。文艺复兴开始了由神本位向人本位的西方文化转型,在对前中世纪的人文学术的重新发现和复兴中,兴起了以人本身为对象的思想、学术与艺术的普遍潮流。在这一时期,人道主义体现为对人的欲望、能力、现世权利的发现和肯定。经过17、18世纪的理性建构,人的能力被明确为理性,理性的发现使人获得了真正的现代主体,摆脱了离开上帝后的担忧,18世纪启蒙运动的理性号角与19世纪在体制和知识两个方面的理性践履与拓展,为人的现世福祉提供了现实的保障,在这一长期的思想运动与社会运动中,人道主义加入了理性、科学和民主的内涵,并沉淀了来自深厚宗教传统而加以现代理解的爱的内涵;在思想史领域,19世纪已孕育对理性主义的反驳,基于人的独特性和差异性,德国精神哲学的后裔们开始质疑理性主义的合理性,与启蒙时期权利化、原子化的个人不同的差异性个人开始出现,由此,把这一"个人"纳入人道主义也应是题中应有之义。此一梳理显示了,西方人道主义是一个源于文艺复兴的不断"滚雪球"的思想史过程,如果试图在这一动态过程中作一个静态的性质描述,我们可以说出以下特征:在对于宇宙、世界、人的本性和人的幸福等基本问题上不同于中世纪的自然主义的、现世的理解与态度;信奉理性、爱、科学、民主、正义等基本现代价值;珍视每个人的价值与权利,谋求每个人现世的幸福,并把它视为爱的具体体现等。

人道主义作为西方现代思潮进入20世纪中国,成为五四启蒙主义的基本话语之一。人的发现,是五四时期思想与文学的一个泛性主题。在广义上,鲁迅、胡适对个人主义的强调,陈独秀、胡适对科学、民主的推崇,都可归于人道主义的范畴,但落实在具体的口号上,五四时期对人道主义的介绍和宣传最力者,当推周作人,被胡适推为"当时关于改革文学内容的一篇最重要的宣言"①的《人的文学》,是借文学倡导人道主义的一篇宣言,周氏对儿童和妇女的发现与研究,对日本白桦派的翻译介绍,以及新村主义的实验,也都与人道主义思想的传播相关。20年代中期,随着思想革命向社会革命的转型,人道主义作为一个"过时的""浅薄的"思想遭到批判,尤其在50、60、70年代的社会革命和阶级斗争的社会主潮中,人道主义作为一种异端思想一直处于被压抑的边缘状态。但在历史的隙缝中,人道主义话语还是不时露出苗头,如30年代新月社与左联围绕人性与阶级性问题的论争,以及50年代"文学即人学"命题的提出。70年代的民间思想运动中,对非人性的历史的批判,和对正常人的权力与温情的吁求,渐渐形成了一个人道主义的地下思想语境,80年代,在具有官方背景的思想解放运动中,人道主义首先成为权力意识形态内部自我分化的理论武器,发生在80年代初的耸动上下、波及全国的人道主义与异化问题的论争,由于其权力效应,遂使长期以来处于压抑状态的地下思潮涌出地面,在80年代初期汇为人道主义的洪流,有关人、人性、人情、人道的话语,一时成为人文思想与文学创作领域新的权威话语,社会上对人生价值的探讨、理论界对"主体性"问题的建构与争论、文学创作中对非人性历史的控诉与反思、对正常人性与温情的呼唤,都汇入了80年代前期人道主义的合唱,不仅成为80年代初期中国人文思想的灵魂,而且对整个80年代的文化热及文学生产产生深远影响。随着90年代社会与知识结构的转型、文学的边缘化以及人文思想领域的反思、分化与自我消解,人道主义又成为不堪解构的落伍、过时的话语,渐渐被人们遗忘和抛弃。纵观与梳理20世纪的人道主义接受史和话语史,可以看到,人道主义是作为西方现代启蒙思想的代表被接受的,成为20世纪中国对抗"非人"历史、文化与体制的人文意识形态,虽曾遭受长期的压抑和被边缘化,但它在一正一反的中国20世纪的历史逻辑中,通过五四与80年代的想象性对应与衔接,已然构成了一条历史的线索,成为历史并改变了历史。

---

① 胡适:《〈中国新文学大系·建设理论集〉导言》,《胡适全集》第12卷,安徽教育出版社2003年版,第296页。

二

自然人性论,是中、西人道主义共同的思想资源与理论支撑。西方人道主义起于神义论向人义论的转换,通过把人的根基由上帝移向自然本身,发现了人的自然属性的合理性,对于宇宙、世界、自然、人性、人生价值和幸福等基本问题,开始趋向自然一元论的理解和现世的态度,文艺复兴人的发现、18世纪启蒙思想、法国唯物主义哲学和费尔巴哈的人本主义等,都在自然人性论的意义上为西方人道主义提供了论证。经过启蒙运动和早期唯物主义的思想宣传,作为人的本性,理性和感性诸方面都得到全面的肯定,而19世纪的科学革命,则使自然人性论获得自然进化论、生物学、生理学、心理学、医学、性学等现代学科的坚实支持。

中国20世纪对西方人道主义的接受,也正是建立在想象性的自然人性论的同一基础之上。其实,所谓自然人性论,本来就是中国思想传统的题中应有之义。在中国思想传统中,人的自然属性,一直是受到正视的,儒、道言说,皆不离人的自然属性,"食色"之"大欲",被视为正当人性,①儒家礼的设计,亦是从人的自然属性——如血缘、伦理出发的,只是,在礼的设定中(后来还有道学的"理"),没有了个人的位置。在儒家的另一个传统——心学,和老庄的精神自由那里,僵化的礼——理遭到抗衡,心学和老庄,正是中国士人反抗僵化秩序的重要精神资源。相较于俗世取向,这样的精神资源固然维系了一种否定性的超越取向,但是,它的基础仍然是自然人性论的,因而以超越性精神为背景的反动,最终招致的是个人欲望的觉醒,这在中、晚明儒学思想的转换中,有清晰的显示。

从大的方面看,中、西自然人性论,都针对着禁欲主义的压制,都意味着人性的苏醒,但这苏醒后的"人性"又是什么?因其背后交织着复杂的文化资源和精神传统,答案自有不同,不可等而视之。在西方,自然人性论是文艺复兴至18世纪启蒙主义反抗神学的一个思想武器。文艺复兴是人的尊严、权能及感性欲望的全面苏醒,以经验主义和怀疑论哲学为基础,在18世

---

① 《孟子·告子上》:"食色,性也。仁,内也,非外也;义,外也,非内也。"《礼记》:"饮食男女,人之大欲存焉。"

纪启蒙运动的自然主义倾向中，人性被理解为自然的一部分，作了系统的自然一元论的阐释，启蒙主义的道德、法律和国家学说，在某种意义上都是建立在自然人性论的基础之上。但任何理论都有自己特定的问题意识、理论场域和应用范围，西方近代转型中的自然人性论，针对着的是中世纪神权对人性的压制，是人性理解上由神义论向人义论转换，它颠覆的是高高在上的教会化的神权，获得主体地位的人性，除了人的个体感性欲望，还有人的尊严、权能和价值等普遍性内涵。可以说，从文艺复兴到18世纪启蒙运动这几百年，西方人性觉醒的关键，是神——人的主体地位的位移，即由神为中心转向以人为中心，因此，伴随感性的觉醒，首先要做的，是对普遍的、抽象的、作为类而存在的人的地位、尊严、自由、权利和能力的建构，在这一过程中，自古希腊、罗马开始的西方源远流长的理性主义传统，成为人性建构的主要资源。随着近代知识论和科学的发展，现代法律和国家学说的建立，以理性、科学、人权、自由、民主、博爱等普遍性理念价值和知识、法律、政治等规范性秩序为基础，人终于确立了普遍性的理性主体的在世地位。具体的、差异性的个人观念，是经过19世纪德国精神哲学的深度推演，在19世纪末的个人主义哲学中推向极致，在现代和后现代物质文化氛围中进入生活世界的。作此梳理后，我想强调的是，中国自晚明经五四一直到现在的人性启蒙，在问题结构上与西方精神传统存在着深刻的差异，我们的人性解放，首先要面对的，不是神界解体后必须面对的俗界的普遍性建构的问题（西方是普遍理性建构），而是直接解构压抑个性的体制性力量，在这一解放逻辑中，个体及其感性欲望，首先就成为最直接的诉求。换言之，在我们的人性理路中，既已推翻普遍性体制建构的压制，就无需一个新的普遍性建构，只需解构，无需建构，解构后直接袒露出来的，只能是个体感性欲望。简单地说，西方人性解放的历史理路是：神⟷人→个人，中国人性解放的历史理路是：人→个人。这一差异，导致了两个结果：一是"人"的普遍性的重构，是我们缺失的重要一环。人的普遍性重构的环节的缺失，使历史上的人性解放之路，不能为合理的群体秩序的建构提供新的理念和体制的资源，即使有人的普遍性秩序的重建的想象和努力，也往往沦入个体欲望的争夺。二是我们对人、个人和人性等基本问题的理解，缺少应有的深度。以解构神义论为前提的人的发现和解放，在解构神义的同时，也分有了对人的超越现世的理解结构,而中国人性解放的逻辑,始终是到"人"——现世的、感性的个体——为止。这就是为什么同为人性解放,《哈姆雷特》在发现人的伟大的同时,又发现了人的卑微与罪恶,展现了一个空前复杂的人的"内宇宙",而《牡丹亭》的发现只到肯定爱情和情欲为止。

这一差异背后更深层的原因,我想是东、西方对世界的理解图式的不同。来自于两希传统,西方对世界秩序的理解,是二元对立的,即认为存在有两个世界秩序,一是本质的,一是表象的。虽然在两希对立的传统理解模式中,两希各被放为灵与肉、神圣与世俗两个对立方面,但我认为,在思维结构上,希腊和希伯来却正是同一的,即都具有对世界秩序的二元对立的理解。古希腊自然哲学家一直追问现实世界的"本原"和"基质"(Arche、Urstoff),到柏拉图,形成了绝对世界和现象世界这两个二元秩序观,并制约了西方的二元思想传统;看似与希腊思想对立的希伯来宗教传统,是把希腊二元秩序理念落实为更具影响力的神界——俗界二元对立的宗教观。中国思想传统对世界秩序的理解,形成了与西方具有鲜明对比性的特点,在我们的世界图式中,始终只有一个或一元的世界秩序。自"轴心时代"始,所谓"天人合一"的思维模式就已成形,殷商尚言"天""帝",周公"以德配天","德"者"得"也,"天"与"人"始趋同,孔子"从周",故一部《论语》,不语"怪力乱神",亦不问"天",所重者乃在"仁"——人人之间,由"仁"到"礼"——体制性伦理规范,正是内在逻辑使然。"天人合一"在思维模式成为中国人的深层思想传统,在中国人的世界图式中,只存在一元的世俗秩序:以血缘伦理为基础的家国同构秩序,在这个一元秩序里,人,本来就处于在世价值的中心,或者说是"以人为本",中国传统对人性的理解,从来都是自然一元论的。因而,中国历史中人性冲突的本质,不是两个世界、两种秩序的冲突,而是一元世俗世界内礼制秩序与个体自由、群体道德与被压制的个性欲望之间的冲突。一元秩序的历史所呈现的,只能是一治一乱的循环。

一个秩序的世界理解图式,使我们对如人、个人、启蒙等一些现代观念的理解,形成了与其想象性来源的巨大差异。在中国传统社会中,没有普遍的人的观念,只有血缘伦理秩序中的伦理角色身份,即所谓君臣父子,而在现代反叛思路中理解的人,则是叛逆性的自然感性的个体,人的观念始终在礼制秩序与感性个体的两极,前者被称为传统,后者被称为现代;个人,作为中国的一个现代观念,不是来自普遍性背景的个体,而就是自然感性存在本身。一元秩序观中自发形成的自然人性论,成为中国现代启蒙话语的重要基石,启蒙,在中国意味着打破禁欲主义的禁锢,获得人性与个性的解放,感性个体及其欲望,是其逻辑的终点。正是在此理解逻辑中,学界把中国启蒙主义追溯至明中、晚期,因为王学左派已提出个性解放的主张。晚明个性解放思潮的出现,来对两宋道学的反动,经王阳明的心学转换,逻辑上引起了自然人性与个性的哗变。从晚明到五四到80年代,中国启蒙主义都是针对前此的禁欲主义思潮而动的,唤起的是对自然人性和感性个体的肯定。中国的所谓启蒙,放在这样的长时段历史中才能看清,在中国语境中,启蒙,是作为个人的自然人性对体制性的自然人性的反动,被审美化的自然人性,是起点,而个体欲望本身,则是终点,这也就是为什么中国的启蒙者往往被启蒙的后果吓一跳的原因。

三

中国20世纪对人道主义的接受,都是在自然人性论的基础上展开的。《人的文学》倡导人道主义,为了"辟人荒",周作人首先从人的重新界定入手,把人界定为"从动物进化的人类",这其中有两个重点,一是强调"从动物",一是强调"进化",对于前者,周氏的解释是:"我们承人是一种生物。他的生活现象,与别的动物并无不同。所以我们相信人的一切生活本能,都是美的善的,应得完全满足。凡有违反人性不自然的习惯制度,都应该排斥改正。"[①]对于后者,周氏说:"但我们又承认人是一种从动物进化的生物。他的内面生活,比别的动物更为复杂高深,而且逐渐向上,有能够改造生活的力量。"[②]"从动物",强调的是人的自然本能的合理性,"进化"是以自然进化论为依据强调人性中"灵"的一面,但"从动物进化的"这一判断,无疑把所欲伸张的"灵"建立在自然本能的基础上。

可以看到,周作人的人道主义宣言,首先致力于"人是什么"这一基本命题,相较20世纪中国人道主义言说几乎都对这一基本问题采取存而不论

---

① 周作人:《人的文学》,《新青年》第5卷第6号。
② 同上。

的态度,周氏的基本追问显示了难得的彻底性。从周氏对"人"的界定可知,支撑其人道主义的,是经过近代科学洗礼的灵肉一致的人性观,而其基本思想资源,则是自然人性论及自然进化论。周氏对自然人性的理解和肯定,有着广博的现代科学知识背景,现代生物学、生理学、心理学、儿童与妇女的研究等,是他五四时期重建人间道德的科学基础。显意识上指向西方的资源取向,与明确而坚定的科学态度,使他的人道主义和自然人性论在五四时期具备了反传统的合法性。周作人的人道主义还有更为广博的内涵,他通过把人道主义界定为"个人主义的人间本位主义",与一般的慈善主义区别开来,个人主义被放到人道主义的核心位置。周氏还对体现这一人道精神的现代理想生活进行了展望,并以新村主义试验诉诸实践。西方人道主义中来自基督教传统的资源,也不是周氏人道主义的盲点,他从"二希"两面探讨近代文艺中人道主义的来源,把《圣经》中爱的福音视为近代文艺上人道主义思想的另一半的来源①。在某种程度上说,后来的中国人道主义言说,在内容的广博上大概并没有超越他。

虽然周氏人道主义言说展现了空前深厚的价值内涵,但他最终把这一人道主义完全坐落于"从动物进化的"这一自然主义的基础之上,从而局限了对所展现的丰富资源进行进一步发掘的可能。周氏自然主义带有现代科学的理性色彩,对于非人性的传统"三纲"道德具有强烈的批判性,但周氏对人性纯然自然主义的理解,使他在另一面陷入到所欲批判的传统之中。"饮食""男女"之"大欲",在儒家思想中,一直是受到正视的,并作为道德建构的基础,只是后儒的秩序诉求使之走向了自己的反面,周氏后来在启蒙困境中重新发现儒家,并援原始儒家而反道学化的后儒,其资源取向正在此。这一内在悖论,在《人的文学》中,显现为"灵"的诉求与本能根基、大人类主义与个人主义之间的紧张,周氏试图把前者建筑在后者的基础之上,并在现代科学的视野中进行了看似合理的论证,然而,"肉"向"灵"以及"个人"向理想人类生活"进化"的必然性,最终没有得到令人信服的说明。其实,周作人所做的,是以自然人性的出发点反对自然人性的后果,正如他后来以原始儒家反道学化的后儒。周氏人道主义渊博内涵后人既难以企及,

---

① 周作人:《圣书与中国文学》,《小说月报》第12卷第1号。

其"理解图式"的先天缺陷,后人也就更难以克服了。

后五四时期的政治革命、救亡运动以及政治一体化的环境中,被边缘化的人道主义话语也不时发出声音并引发争议。30年代新月社与左联围绕文学有无阶级性问题的论战,涉及有无永久、普遍的基本人性的问题,可视为人道主义话语的一次表达。梁实秋与鲁迅关于人性和阶级性的论战,后评者历来众说纷纭、莫衷一是,其实二人基本立场并非迥异。梁氏说"如其文学只是生活现象的外表的描写,那么,我们可以承认文学是有阶级性的,我们也可以了解无产文学是有它的理论根据。"[1]鲁迅认为人的性格、感情等,受制于经济,故人性在阶级社会中,就都带有阶级性,"但是'都带',并非'只有'"[2]。梁氏在某种程度上承认阶级性的存在,鲁迅也不认为只有阶级性,二人的分歧,其实在于哪个是更为具体、深刻的人性表现。梁实秋强调的是,文学的题材不能局限于一个阶级的生活现象范围内,深刻的文学都是基于比阶级性更为基本的人性基础之上的;而鲁迅认为,人性要借具体的人表现出来,在阶级社会中则肯定表现为阶级性。换言之,梁实秋认为,在文学中,比阶级性更基本的人性表现才更为深刻,而在鲁迅看来,阶级性是比所谓普遍人性更为具体、深刻的对人性的理解。两种人性观有着基本观点的一致,都有从自家视角出发的合理性,但两人在论证的过程中,都不约而同地把对普遍的、基本人性的理解指向了人的自然属性及以此为基础的最基本社会属性上,如梁氏所举"最基本的人性"者,乃在"爱的要求""怜悯与恐怖的情绪""伦常的观念""企求身心的愉快"等,而鲁迅据此的尖锐反驳,更直指"倘以表现最普遍的人性的文学为至高,则表现最普遍的动物性——营养,呼吸,运动,生殖——的文学,或者除去'运动',表现生物性的文学,必当更在其上"[3]。二人皆有对人性更深刻的诉求,但其基本理解都没有超越一元秩序观与自然人性的层面。实际上,问题的实质不在文学究竟是反映普遍人性还是阶级性,而在于文学对人性揭示的深度。

---

[1] 梁实秋:《文学是有阶级性的吗?》,《新月》第2卷第6、7号合刊。
[2] 鲁迅:《二心集·文学的阶级性》,《鲁迅全集》第4卷,人民文学出版社1981年版,第127页。
[3] 鲁迅:《二心集·"硬译"与"文学的阶级性"》,《鲁迅全集》第4卷,人民文学出版社1981年版,第204页。

50年代中期"双百"方针的提出,使处在政治高压下的人道主义话语又借机重出,这其中,钱谷融的《论"文学是人学"》是影响最大的一篇,甚至至今还是一个颇具影响力的文学命题。该命题的提出,针对的是当时一些僵化的文学观念,如工具论、世界观和创作方法决定论、人民性等,通过对高尔基"文学是人学"的阐释,把人放到文学创作的核心,归结为"在文学领域内,一切都决定于怎样描写人,怎样对待人"①。钱谷融还把这一原则和人道主义思想联系起来:"他们的唯一的标准(往往也是最可靠的标准),就是看作品是怎样描写人,怎样对待人的?是不是尊重人、同情人,是不是用一种积极的态度来对待人的?一句话,是不是合于人道主义的原则的?""人道主义精神则是我们评价文学作品的最低标准,最低标准却是任何时候都必须坚持的,而且是任何人都在自觉地或不自觉地运用着的。够不上最低标准,就是不及格;就是坏作品。达到了最低标准,就应该基本上肯定它是一篇好作品;就一定是有其可取之处的。"②可以看到,"文学是人学"观是人道主义文学思潮的一种表达,在当时不仅具有文学的意义,也超越文学领域,对社会现实具有一定的批判性。

"人学"观在针砭时弊的同时,洋溢着对"人"的理想主义和乐观主义情怀,但这被设置为核心和目标的"人"究竟是什么?却没有成为值得追问的问题。钱文"人学"和"人道"的"人",是一个无需追问的先在前提,后来的争论和呼应,也从未在此有过停留。在集体沉默的这个"人"的极限前,我想应是约定俗成的对人的想象和理解。其实,无论是从"整体现实"出发,还是从"人"出发,分歧的终点,关键还是一个对人的理解问题,前者把人理解为身负改造旧世界的历史使命、为着新的人类前景而奋斗的一员,后者试图从失败的历史经验中重回"人"本身。钱文确乎寄托了对人的价值甚至现实权利的展望,在当时语境下自有其价值,但"人"成为存而不论的限度,不仅会制约文学思考的深度,也无助于由"人"出发的对人的现实权利与自由问题的进一步理性思考。后来者在文学思想上还没有走出"人学"的限度,无论是文学评价标准还是文学史观念,我们的思考都还是到"人"为止,

---

① 钱谷融:《论"文学是人学"》,《文艺月报》1957年5月5日。
② 同上。

"人",已经成为文学领域不可逾越、也可以不断回到的一个可以不加追问的名词。如果"人"只是一个想象性的预设,我们最终回到的还是约定俗成的对人的理解,无法生成真正摆脱非人存在的新的资源,对"人"的深情呼唤,最终招回的还是一个似曾相识的局面。到人为止,不能成人。

人道主义的号角再起,是70年代末、80年代初的思想解放运动中,人道主义与异化问题的讨论,是官方意识形态内部呼应改革意识形态并试图进一步把它推向思想领域的激进思想力量,它针对的是新的传统——已经僵化的正统派或苏式马克思主义,通过对马克思1844年手稿的呼应和阐释,将人道主义与马克思主义对接起来,从而为被长期漠视和扭曲的人的基本权利及生存价值取得合法性。论争围绕人性、人道主义和异化等观念,在正统思想与"反思派"中间展开,焦点集中在马克思主义与人道主义的关系问题,正统派反对把二者混为一谈,强调人道主义的资产阶级意识形态属性,认为马克思主义是对人道主义的批判性的超越,反思派则通过将人道主义普泛化,强调马克思主义与人道主义的内在联系,虽然后者遭受了权力系统内部的阻遏,但80年代初思想解放的形势客观上助成了其基本观点被广泛接收和传播。80年代初的这场论争,其影响无疑是深远的,它展现了权利意识形态内部的松动,从而引发经过"文革"蓄积已久、正伺机而出的对人与人性问题的反思浪潮。但是,在纯粹思理层面,这场论争还远没有深入,由于焦点集中在如何处理人道主义与马克思主义的关系问题,在为人道主义取得一定的合法性后,也就难以在对人性问题的反思上更进一步地深入。

在文学创作领域,对非人性历史的质疑与批判、对人的价值与权利的呼求与思考,早已是70年代地下文学的一个主题,但在思想解放运动开始后,这样的文学才大量出现,借由权利意识形态内部松动的契机,有关人、人性、人的正常权利与人的生存价值问题的思考遂浮出水面。归来派与朦胧诗派的诗作以及伤痕与反思的小说,皆贯穿着这样的主题,因而有人把这一时期的文学,称之为"人道主义文学"[①]。80年代初期文学创作中的人道主义诉求,基于对非人历史的声讨,伸张了人的基本权利和自然欲求,虽然也有

---

① 俞建章:《论当代文学创作中的人道主义潮流——对三年来文学创作的回顾与思考》,《文学评论》1981年第1期。

《波动》《晚霞消失的时候》等深入反思之作的出现,但大部分公开发表并获得影响的作品,由于精神资源的匮乏,其反思往往浅尝辄止,无论是对历史罪恶的反思,还是对人性本身的反思,都局限于历史现象层面,并很快被现实成就感取代,成为一段充满乐观情调的人道主义的浅吟低唱。似乎历史又到了一个"人的发现"的时期,但看来只是一个低水平的循环。有人把作为新时期文学第一篇的《班主任》与《狂人日记》相比,其实,在自我反思的深度上,不可同日而语。轰动一时的《人,啊人》,有一个对"人"发出激情呼唤与深切感慨的醒目标题,却不意味着小说已进入自我反思的深层:充满激情的倾诉与抒发,难以形成对自我激情的反思,今是昨非与痛定思痛的批判,也不能坐落到更为基本的理性层面。历史灾难的原因,如果不在"人"自身去寻找,就无法摆脱人性与历史的循环。

80年代人道主义思潮的脉络,更清晰地体现在人文思想界对人的主体性的理论建构和激烈论争中。李泽厚通过扬康德而贬黑格尔,揭櫫主体性哲学,李泽厚从康德哲学获得重建人的主体的启示,从而构建了以感性个体为基础、以历史实践为本位的主体论哲学。① 刘再复将李泽厚的主体性哲学沿用至文学领域,遂提出了一整套文学主体性理论,试图在文学中确立作为历史实践主体和精神主体的人的主体地位。② 李泽厚主体性哲学对20世纪中国人道主义的核心——人的问题,首次进行了哲学的建构,刘再复的文学主体性言说及其对文学性格的研究,则是借用李泽厚的思想对50年代以来"文学是人学"观念的一次哲学化处理,以前语焉未详的人是怎样的中心及人是如何成为文学的中心等问题,在这里得到了进一步的论述,因而,李、刘的局限,也可看成中国人道主义思潮内在局限的一次集中表现。针对僵化的历史理性对人的压制,李泽厚首先以美学家的热情伸张感性偶在的价值,但哲学家的理性,又使他试图把人的主体的实现落实在普遍性的历史实践上,故其主体,实际上是以历史实践为本位的主体。在他的批判者看

---

① 参见李泽厚:《批判哲学的批判——康德述评》,人民出版社1979年版;李泽厚:《康德哲学与建立主体性论纲》,上海人民出版社1981年版。
② 参见刘再复:《文学研究应以人为思维中心》,《文汇报》1985年7月6日;刘再复:《论文学的主体性》,《文学评论》1985年第6期、1986年第1期;刘再复:《性格组合论》,上海文艺出版社1986年版。

来,李陷入了个体感性与历史、社会本位的模棱两可之中,从而成为批判的靶子。刘晓波抓住李泽厚的社会本位不放,以更为激进的个人主义姿态,揭发和批判李泽厚的中庸和分裂之处,刘奉为至尊的,是绝对的个体感性和个人本位。其实,一李二刘(刘再复、刘晓波)在一点上是相同的,即他们都是基于一元秩序去理解人的。李泽厚的主体性建构,受启发于康德对人的纯粹理性和实践理性的论证,但他首先拿出来的,是受存在主义等西方生命哲学启发的感性个体,与康德式的自我意识的先验形式及实践理性道德自主的先验论证无关,最终落实的,是马克思主义哲学加中国传统实用理性而形成的历史实践的理性主体。无论是感性个体,还是历史实践主体,看似矛盾,其实都是一元秩序中的存在,其所谓"理性主体""道德主体"和"社会主体",最终还是历史实践主体。李泽厚对历史实践主体的论证,显示了可贵的对普遍性主体的诉求,但由于其主体性建构是以一元秩序为基础,故在逻辑终点上,还是指向了个体感性。因此,当刘晓波看破其内在的分裂,直接剔出个体感性向其挑战时,李就陷入无法应对的尴尬境地。在刘晓波的肆意批驳下,刘再复的辛苦论证也应声而倒。刘晓波以感性个人主义为全盘西化的基点,在80年代上旬现代性的想象语境中,成为攻无不克的利器,个体、感性被当作西方人性逻辑的极致,闪耀着坦白而神圣的异彩,而理性、历史、社会等,则涂上了中国传统的晦暗之色,因此,虽然刘的主张也暗含一种现代政治的诉求,但其以个体感性为本位的人的理解,无法与现代政治资源相对接,仅停留于审美化的姿态。刘晓波曾直指李泽厚的思想根源并非西方,而是中国传统文化及其所造就的国民性。① 其实,当他基于对西方的想象直陈人生所追求的就是个体自然感性的满足时,论正散发着浓厚的传统气息。刘、李之争,其实还是典型的在一元秩序中展开的历史理性与个体感性之争。

在一元秩序观中的人的发现,就必然表现为对人的理解的急遽下滑的过程。在思想领域,危机丛生的主体性建构在受到激进感性个人主义的短暂狙击后,进入80年代后期和90年代,又遭遇被想象为更时尚和现代的后现代思潮的解构。主体尚未建立,就开始宣布它的灭亡,人们跟着福柯(Mi-

---

① 刘晓波:《选择的批判——与李泽厚的对话》,上海人民出版社1988年版,第59页。

chel Foucault,1926—1984)、德里达(Jacques Derrida,1930—2004)等惊呼：主体死了！作者死了！人死了！随着被热捧的福柯基于知识考古学对人道主义思潮的消解，人道主义也已被时下人文学界弃掷不谈。没有建构，谈何解构？我们不是经历了几个世纪的建构，和西方一样到了怀疑与解构的思想史阶段，并驾齐驱只是一个幻想，跑完几圈后的并列，与原地踏步究竟不同，后现代的平面化与世俗化，也许正是我们一贯的状态。现代性范畴的人性建构，对我们来说还是一个远未完成的工程。80年代初期的虚幻建构，是一个关于人道主义的梦，现在，大家都有梦醒后的感觉，人是什么？我是谁？已不再成为问题，能确凿地认识到的，只是争存于一元秩序中的自己。人不成为问题，正是我们的问题。

在人的发现的视角中，80年代的人文创作，恰恰显示了一个对人性理解的下行线。80年代初对人情、人性和人的权利的朦胧呼唤，到80年代中、后期，化为对原始本能或生命本能的崇尚，生命本能，在文艺创作中成为人的本质力量的体现，甚至成为人的符码和象征。作为人的符码的原始本能，在80年代文学中有着前后不同的价值判断，在80年代初、中期，本能意味着人的生命力的根本，是追求现代化或反思现代化的力量源泉，文学中的野性呼唤以及"人体美术热""寻找男子汉"热潮，以其激进的本能指向和野性宣泄，张扬了一种本然善的生命本能价值；80年代后期，在新潮、新写实及其后的小说潮流中，本能又被理解为无情人性与历史的本质；人性与历史中的恶——在80年代前期也许被当作"非人"的存在，但在80年代后期和90年代的零度叙事与刻意展示中，成为"审美"对象；诗歌中的"下半身写作"，在别人只有上半身的想象中，高举猥亵的旗帜，宣称要"在通往无耻的道路上一路狂奔"。对人性与历史之恶的发现，本来也有指向反思与超越的可能，但是，在80年代后期的本能写作中，以本能身份出现的恶，却成为写作的灵感源泉和皈依之地。90年代的《废都》，在佯装痛苦的表情下，尽情展现了现代版的明清床戏，本能已然萎缩，但虚弱的亢奋和颓废的审美尚存，成为一个痛苦表现与肉欲展现互为表里、在文坛与市场皆获人气的奇怪文本。《废都》作为90年代文学的收官之作，也是一个有趣的总结。

四

　　由对人的问题的急切求索,到个体感性的逻辑终点,由对人情的温情呼唤,到自然本能的皈依与宣泄,这一自然下滑的抛物线,不能不说隐含在20世纪中国人道主义的内在逻辑中。一元秩序中的人的发现和主体建构,只能是到人为止,以自然人性论为基础、反抗一元秩序之压制的人性解放的逻辑终点,最终也只能是感性的个体,没有超越性资源作为支撑和制约的感性个体,最终剩下的只是本能和欲望本身。这就是一元秩序观中本能和欲望本质化的过程。在一元秩序之中,所谓的人性之争,无非是非人秩序与感性欲望之间的循环,所谓文学史,也无非是作为秩序附庸的文学与感性放逐的文学之间的博弈,当后者在声讨和解构前者的时候,殊不知自身正是前者的或一原因。

　　被20世纪中国人道主义当作美妙愿景的"人",无法提供超越一元秩序之循环、走向超越人的普遍之维的建构的资源。没有超越性的普遍之维作为资源,人道主义所吁求的所谓人的秩序和人的文学,只是一句空话。健全社会所依赖的自由、公正、平等、博爱等普遍价值,只有在超越人的维度上才能形成;到人为止的文学——无论是以文学为秩序的附庸,还是直接诉诸感性个体,虽然也许带来了某种现象世界的丰富性,但其价值维度的单一和精神空间狭窄,决定了其精神内涵的单调重复和感性的变态膨胀。我们的文学,鲜有来自普遍性而又自成系统的价值世界作为背后的支撑,更丧失对现实的批判能力,出则受制于意识形态的虚幻价值,入则沉溺于感性与技巧的自我赏玩,沦为"非人",势所必然。也许我们并不缺少批判,但是,如果追问批判的资源,却往往捉襟见肘。批判并不难,关键是批判背后的资源是什么,不是基于真正的资源的批判,无异于"愤青"式的牢骚,甚至流于一种哗众取宠的姿态或表演。顾彬曾指出中国当代作家失去了自己的价值立场和批判社会的能力,应不为虚妄。在一元秩序的传统中,走得最远的中国作家也许是鲁迅,因为他发现了"惟黑暗和虚无乃是实有"的历史与人性的危机,并陷入两次绝望,鲁迅走到了一元世界的尽头,但他已无力走得更远。

　　谁也不能否认,人本身,固然就是人道主义的价值目标,但是,人道主义的资源,却不能到人为止,到人为止,不能成人。呼唤真正超越世纪循环的人道主义,就需要有真正超越"人"的新的资源,这样的人道主义,不仅体现为人文领域精神空间的拓展,也要为体制性的建构提供更为普遍、理性的价值资源。

第二节 "人性发展史"文学史观质疑

　　文学史作为一种历史叙事,叙事的价值取向及规范的差异,决定着文学史写作的不同面貌,这无疑给文学史的写作带来一定的困难。以汉语言为载体,积淀着中国人传统文化心理、代表中国传统文化成就的几千年中国文学史的写作难度还在于:在东、西文化交汇的当代复杂语境中,今人的中国文学史写作究竟应该采用何种话语系统、依据什么价值尺度才能更真实、更贴切地反映中国文学的特征、展示其全貌?自清末林传甲、黄摩西《中国文学史》以来,同类著作已有不少,其中不乏优秀之作,有的被长期作为大学文科教材。然而大体来说,1949年前的文学史大多侧重于文学史原始材料——作家生平及作品等遗留态材料的汇集和展示,这一方面由于缺少写作主体的理性参与而显得系统性不够,而且由于忽视了与文学密切相关的社会、历史和文化内容,局限了文学史应有的宽广视域。1949年后的文学史注重对文学背后的政治、经济等社会背景的分析,注重对文学历史及意识形态内涵的揭示,这一文学社会学的眼光空前拓宽了文学史的视域范围,然而,它又局限于用一元的历史规律作为文学史的思维模式和理性构架,往往使文学史沦为某种元叙事结构的材料展示和证明,并且难免以文学之外的价值标准作为评价文学的尺度,由于它的一统天下和重复使用,已经显得模式化。随着人们认识的深化和文学史研究的深入,文学史固有模式的突破已提上日程。

　　1996年3月,由章培恒、骆玉明主编,集中了以复旦为主的上海高校古代文学力量撰写的《中国文学史》(三卷本)出版。[①] 由于声称是对文学史固有模式的突破和重写,其隆重推出成为古代文学研究界的盛事,而其排列于大小书店中为人争购,更成为一时令人振奋的学界景观。应该说,在该书

---

① 章培恒:《中国文学史》三卷本,复旦大学出版社1996年版。

得以畅销的诸多因素中,其所声言的以新的眼光和视角来重写文学史是一个主要因素,在中国文学史固有模式已显老化的背景下,无疑首先引起学术界的广泛注目。该著的突破和创新按编者自己的话说即"以人性发展核心来描绘中国文学史"①,虽然这一新的叙述构架并没有充分贯彻在该文学史的整体叙述和各章节的具体写作中,然而,著前长达数万言的《导论》②专门对这一理论框架作了详细的论证和阐释,从而建立起一整套的文学观及文学史观,涉及从文学理论到人性理论的一系列基本问题;随后,两位主编又在《复旦学报》1996年第3期联名发表《关于中国文学史的思考》的文章,对导言内容作了再次阐述,并被全文转载于《新华文摘》1996年第8期。然而,从这两篇文章的具体论述来看,"人性发展史"文学史模式是否适合描述中国文学史尚是值得讨论的问题,而且其中有些基本理论问题存在理解的偏差。在此,笔者想以上述两篇文章为基本文本,将有关问题提出来,与两位先生商榷。

一

从人性的角度描述文学史应该说并不是一个崭新的视角,但把人性发展史和中国文学史结合在一起,这却是第一次。在中国文学史写作模式已显陈旧的背景下,其突破意图和针对性是明显的。编者对以"阶级斗争学说来描述文学史"极为不满,而且对诸如"人民性"、社会意义和教育意义等老一套文学评价标准提出批评,认为"造成这样的结果是因为回避了文学中的人性因素"③,因而势必要对中国文学史进行"人性"的改装,这一改装也必会引起文学史观念甚至文学基本观念的全面调整。《导论》正是这样做的,通过概念界定、逻辑推演和历史描述艰难地建立起"人性发展史"文学史观。

---

① 章培恒、骆玉明:《关于中国文学史的思考》,原载《复旦学报》1996年第3期,《新华文摘》1996年第8期全文转载。
② 章培恒:《中国文学史·导论》,《中国文学史》(上),复旦大学出版社1996年版,第1—61页。在后来的再版中,《导论》被拿下。后文中的《导论》引注同此注。
③ 章培恒、骆玉明:《关于中国文学史的思考》,原载《复旦学报》1996年第3期,《新华文摘》1996年第8期全文转载。

对文学定义的不同理解影响着文学史观念的差异,《导论》高屋建瓴,正式从文学的基本定义入手,首先对我们所熟悉的"文学是以语言为工具的、对社会生活的形象反映"的文学定义提出质疑,认为过去根据这一定义把"反映社会生活的广度与深度"与"形象反映"作为评价文学的标准并不妥,因为有些看来反映生活不突出的作品(如李白《静夜思》)反而比那些在这方面比较突出的作品对读者的吸引力更大,而有些文学体裁如诗词中并无具体的人物形象。"文学批评总应与文学的定义相关联。然而人们是否可对文学的上述定义稍作补充呢?"①《导论》补充的作为中国文学评价标准的是"情感":文学作品是以情动人的,"既然如此,我们如果要给文学下定义,似乎不应该忽略了这一点,而应把其打动读者感情的作用包含在定义之内"②。"由此,我们就可以给文学的成就确定一个与其定义相应的标准,那就是作品感动读者的程度。越是能在漫长的世代、广袤的地域,给予众多读者以巨大的感动的,其成就也就越高。"③应该说,"感动读者的程度"并不是一个非常确定的标准,它不仅取决于读者,还取决于作者、作品和读者接受语境等因素,因而《导论》还必须为这一标准找到一个更为确定的界定,它是这样说的:"为什么有些古老的作品仍能感动人们,而有些作品尽管在一段时间内也能获得许多读者的真心喜爱,过了几百年甚至几千年就引不起人们的兴趣了呢?我想这应从人类发展历史和人性的角度去考虑。"④这样,《导论》就顺利抵达它的"人性"彼岸。在它看来,情感基于人性,而人性又有所区别,即马克思在《资本论》中提到过的"人的一般本性"和"每个时代历史地发生了变化的人的本性"。"就文学作品来说,它要在自己那个时期里感动读者,必须与当时的'历史地发生了变化的人的本性'相适应,这才能引起读者的共鸣。然而,如果它仅仅是或主要是与其中的那个时代所需要的、却不符合'人类本性'的内容相适应,那么,在那个时代过去以后,它的魅力也就在很大程度上甚或全部消失;如果它较多地与其中符合'人

---

① 章培恒:《中国文学史·导论》,《中国文学史》(上),复旦大学出版社1996年版,第6页。
② 同上书,第14页。
③ 同上。
④ 同上书,第15—16页。

类本性'的内容相适应,那么,在那个时代过去以后,它仍能在一定程度上打动后世读者的心。"①

显然,马克思的"人的一般本性"和"每个时代历史地发生了变化的人的本性"这对概念,是《导论》文学理论的基石,因而必然要对它作集中阐释。《导论》先指出二者的关系是"既有联系又有差别的","在'每个时代历史地发生了变化的人的本性'中,既有与'人的一般本性'相通之处,也有相异甚至相反的一面"②。其实,在《导论》中,"人的一般本性"是更为重要的概念,它是"人性"存在的依据,因而对其具体内涵势必要作出明确的界定:首先,根据《1844年经济学—哲学手稿》对资本主义异化导致"自我克制,对生活和人的一切需要克制"的分析,认为"失去部分人性的关键在于'自我克制'"③。接着根据《资本论》对共产主义社会是"以每个人的全面而自由的发展为基本原则的社会形式"的描述,得出"所谓'人类本性'或者'人的一般本性'也就是要求自己——每个人——的'全面而自由的发展'"④;《导论》着重引用《手稿》中的一段话"……你越少吃,少喝,少买书,少上剧院、舞会和餐馆,越少想,少爱,少谈理论,少唱,少画,少击剑等等你就越能积攒,你的既不会被虫蛀也不会被贼盗的宝藏,即你的资本,也就会越大。你的存在越微不足道,你表现你的生命越少,你的财产就越多,你的外化的生命就越大,你的异化本质也积累得越多。"⑤特别强调吃、喝等举例,结合《神圣家族》中对"关于享乐的合理性的唯物主义学说"的强调以及"使每个人都有必要的社会活动场所来显露他的重要的生命力"这句话,得出"享乐和显露生命力应该也是生活和人的一切需要的组成部分"⑥;根据《神圣家族》引用18世纪法国唯物主义思想家霍尔巴赫的"人若没有情欲

---

① 章培恒:《中国文学史·导论》,《中国文学史》(上),复旦大学出版社1996年版,第18—19页。
② 同上书,第16页。
③ 同上书,第17页。
④ 同上。
⑤ 马克思:《1844年经济学—哲学手稿》,《马克思恩格斯全集》第42卷,人民出版社1965年版,第135页。
⑥ 章培恒:《中国文学史·导论》,《中国文学史》(上),复旦大学出版社1996年版,第20页。

或愿望就不成其为人"这句话,得出"马克思所说的'对生活和人的一切需要'也包括了情欲等等"①,根据《德意志意识形态》对共产主义社会人的自由活动的描述,得出"要求自由和反对束缚也应纳入对生活和人的一切需要之内"②;又根据《神圣家族》引证的爱尔维修等法国唯物主义者关于个人利益的重要性的言论,得出"在谈到人类本性时,马克思特别注意了人对自我的重视"③。总之,《导论》对其核心概念"人性——人的本性——人的一般本性"具体内涵的界定可以概括为:享乐、显露生命力、情欲的满足、要求自由和反对束缚、注重自我。并且说:"理解了这一点,也就可以懂得为什么有些看来似乎没有多大社会意义的作品却能在许多世纪中引起广大读者的强烈共鸣,成为千古名篇。"④

对于《导论》来说,关键还在于演绎出一个人性发展史,并把它纳入中国文学的具体发展历程中。然而在这一点上,其描述却显得简单。关于所谓人性发展史,只是说:"人性本身是处在长期的发展过程中"⑤,"人性的发展史乃是'在每个时代历史地发生了变化的人的本性'逐步向'人的一般本性'重合的过程"⑥。按照《导论》的思路,这样一个"人性发展史"必然具体体现于中国的人性发展及以它为内容的中国文学的发展过程中,然而却说:"具体地探讨人性演变的过程不是本文的任务"⑦,而只能"大抵说来":"我国从先秦时期起,个人被群体压的喘不过气来"⑧,"贬抑个人"成为我国文化的主流,反映在文学中,就是文学中缺少"个人"。《导论》认为:"在中国古代文学发展的较早时期所出现的上述现象,在历史的行进过程中不断地改变。其速度有时较快,有时较慢,有时甚至出现曲折、倒退,而其最终结果

---

① 章培恒:《中国文学史·导论》,《中国文学史》(上),复旦大学出版社1996年版,第20页。
② 同上书,第20—21页。
③ 同上书,第21页。
④ 同上。
⑤ 同上书,第26—27页。
⑥ 同上书,第27页。
⑦ 同上。
⑧ 同上。

仍是向前进展。"①"大致来说,随着社会生产力的提高,……18 世纪唯物主义所阐述的'人的一般本性'蕴含的个人原则就在我国古代文学中日渐凸现。"②"在这样的演变过程中,就总体来说,文学作品的内容越来越丰富,越来越注意到个人的利益。"③"总之,越来越闪耀着人性——'人的一般本性'的光辉,同时也越来越显出个人特色的印记。"④

《导论》还试图把中国文学"诗文有代变者"的文学形式的演进与"人性发展史"联系起来。它认为"导致文学形式演进的诸因素中,人性的发展仍占有极其重要的地位",就其直接联系看,小说、杂剧等文体的出现,人物形象的丰富,作品风格的多样化都与"人性发展"有直接关联;就其间接联系看,四言诗到五言诗再到七言诗的更替、文学观念的演进等都离不开"人性的发展"。

这样,《导论》就初步建立起"人性发展史"文学史观。如按两编者所问:"要编写一部系统的文学史,首先必然会遇到的问题是:文学的根本价值何在?推动文学发展的核心因素是什么?"⑤则依据《导论》,这一理论可以概括为:1. 文学的根本价值来自人性,因而是否反映"人的一般本性"及反映多少是评价文学的根本价值尺度;2. 推动文学发展的核心力量是人性的发展,"文学的发展过程实在是与人性发展的过程同步的"⑥,一部文学史应该显示人性曲折发展的历程。

二

在《导论》的文学史理论中,"人性"无疑是其核心概念。要构筑自己的"人性发展史"文学史理论,要把人性作为推动文学发展的核心力量和评价

---

① 章培恒:《中国文学史·导论》,《中国文学史》(上),复旦大学出版社 1996 年版,第 33 页。
② 同上。
③ 同上书,第 34 页。
④ 同上。
⑤ 章培恒、骆玉明:《关于中国文学史的思考》,《复旦学报》1996 年第 3 期,《新华文摘》1996 年第 8 期全文转载。
⑥ 章培恒:《中国文学史·导论》,《中国文学史》(上),复旦大学出版社 1996 年版,第 19 页。

文学的根本价值尺度,一个必要的前提是论证"人性"的存在,因而它引出马克思在《资本论》中提到的"人的一般本性"和"每个时代历史地发生了变化的人的本性",其意是在把前者当做人性存在的依据,并在实际使用中把"人性"和"人的一般本性"等同起来。① 作为其文学史理论的基石,《导论》对"人性——人的一般本性"作了集中详尽的界定和阐述,引经据典,言必称马克思。所以这里我们首先要问的是:这一人性阐述是否真正符合马克思的人性思想呢?既然《导论》注重从原典出发,我们也必须从马克思原典入手。

马克思人性思想最早集中地反映在《1844年经济学—哲学手稿》中,作为马克思的早期著作,这里反映的有关思想在其后的漫长思想历程中经历了或多或少的变化,然而,作为马克思早期的重要著作,《手稿》中的人性思想确立了马克思人性思想的最初内涵并从而蕴含了其人性思想发展一以贯之的基本思路。

《手稿》中,马克思对人性的论述是在紧紧结合对资本主义异化劳动的批判,并进而提出共产主义学说的同时进行的。马克思认为,资本主义劳动异化违反和扼杀人性已达空前严重的地步,要消灭私有制,建立共产主义社会,共产主义是人性的实现和复归。《手稿》中的人性到底是什么呢?对此我们首先想到的往往是这句话:"自由自觉的活动恰恰是人的类的特性。"② "人的类的特性"马克思又称"人的类的本质"。马克思认为:"生活活动的性质包含着一个物种的全部特性,它的类的特性。"③而人作为有着自我意识的、自为的类存在物,其类特性就是"自由自觉的活动"——即他所经常强调的"劳动"。这是马克思对人的本质的初步概括,以后他又进一步把它

---

① 《导论》将"人性""人类本性"和"人的一般本性"混合使用,如第17页:"由此可见,在这些人身上已经失去了一部分人性——人的一般本性"。"从这里我们也就可以知道:所谓人类本性或者'人的一般本性'也就是要求……"第20页;"现在,根据马克思主义经典著作,对于人性——人类本性稍作探讨……"第34页;"总之,越来越闪耀着人性——'人的一般本性'的光辉……"。

② 马克思:《1844年经济学—哲学手稿》,人民出版社1979年版,第50页。

③ 同上。

规定为"社会关系的总和"①，是其逻辑发展。许多论者把这里的"人的类的特性"当成《手稿》对人性的界定，这是不对的。因为，"人的本质"和"人性"是马克思人性思想的两个主要概念，并非同一概念，在德文原文中，其用词也不相同。前者是人的本质属性的抽象概括，是人区别于动物的本质规定；后者指人的一般属性，它不仅包含抽象出的人性一般，还包括具体历史条件和社会关系中的具体形态。马克思说："劳动本身、生活活动本身对人类来说不过成为满足他的一个需要，即维持肉体生存的需要的手段。"②那么"人性"是否就是人的需要或需要的满足呢？回答仍然是否定的，因为，人的需要本身作为人性还是抽象的和片面的。马克思认为，人作为对象性的感性存在，其需要的满足是通过对象化的方式体现出来的，"人只有凭借现实的感性的对象才能表现自己的生命"③。如何实现这种对象化呢？我认为马克思在这里所强调的"自由自觉的活动"——劳动就是中介。劳动既是人自身的感性生命活动，通过劳动，人的生命本质力量得以发挥，同时，劳动又是人最基本的社会实践活动，是人与自然的中介，正是通过它使人的本质力量对象化，实现自然的人化。可以说，人性来自劳动，劳动创造着并丰富着人性，劳动作为人的历史实践，人性正是处于不断的创造过程中。由此不难理解马克思的著名论断："整个历史也无非是人类本性的不断改变而已。"④认识到劳动在《手稿》中的重要理论地位，就能从整体把握其人性思想的实质内涵：一方面马克思从感性的人及其需要出发，把人性首先看成是人的本质力量及其需要这样一种人性要求，同时，又通过劳动把人性纳入历史、现实的具体发展之中；前者是人性尚未实现的内在的、意向性的抽象存在，后者才是人性实现的具体途径。因而可以说，人性不仅是人的本质力量及其需要的抽象存在，而且要通过劳动落实到现实的历史的具体发展及其具体形态中，没有后者，人性就成为一句空话，马克思一开始就抓

---

① 马克思：《关于费尔巴哈的提纲》，《马克思恩格斯全集》第3卷，人民出版社1965年版，第5页。
② 马克思：《1844年经济学—哲学手稿》，人民出版社1979年版，第50页。
③ 同上书，第121页。
④ 马克思：《哲学的贫困》，《马克思恩格斯全集》第4卷，人民出版社1965年版，第174页。

住了"劳动"这个重要环节,并使它成为贯彻其人性思想的中心线索。

在其后期著作《资本论》的一个注解中,马克思在批评边沁的"效用原则"时提出了《导论》所着重引用的"人的一般本性"和"每个时代历史地发生了变化的人的本性"这对概念。① 应该说马克思在这里反对边沁把"英国的市侩"作为普适性的标准来使用,因而提出人的研究既要研究普遍的人性一般,又要研究不同历史条件下人性的具体形态。可以说,这对概念正与前述《手稿》中人性思想的两个方面相对应,前者是人性的抽象一般,后者是其具体历史形态,二者的关系是一般与个别、抽象与具体、意向与实现、潜能与现实的关系——这显示了马克思人性思想的内在继承。

这样看来,《导论》的人性理论并不符合马克思人性思想的实质内涵。首先,《导论》在解释人性的时候把人性等同于"人的一般本性",并认为马克思"是把要求满足生活和人的一切需要作为人类本性的",即等于承认人性是抽象的;换句话说,它只是把握了马克思人性思想的一个侧面,而丢掉了实质内涵。其次,从《手稿》看,马克思并未对人性的具体内容作过明确规定,因为,人的需要等只能是抽象的人性预设和意向,其具体形态还有待于通过人的社会实践活动实现于具体条件和关系中;而《导论》却以大量篇幅旁征博引把所谓"人性——人的一般本性"具体规定为:享乐、显露生命力、情欲的满足、要求自由和反对束缚、注重自我等。其三,《导论》对人性具体内涵的规定偏重于人的感性需要和欲求。这无疑是受影响于《手稿》对人的感性需要及其合理性的强调。马克思早期深受费尔巴哈及 18 世纪法国唯物主义思想家自然感性论的影响,吸收了他们思想中的唯物主义成分,《手稿》中的人性研究正是从感性的人出发,重视人的感性需要的满足。费尔巴哈的影响在这里是明显的,也基本上是积极的。然而还应看到的是,马克思并没有停留于费尔巴哈,虽然他当时还没有对其不足提出明确批判,但实际上已通过对劳动的分析和强调,把费尔巴哈的"感性的对象"提高到"感性的活动",把"人自身"提高到"现实的历史的人",从而超越和发展了费尔巴哈,把其机械唯物主义提高到历史唯物主义的高度。特别是到后来,

---

① 马克思:《资本论》第 1 卷,《马克思恩格斯全集》第 23 卷,人民出版社 1965 年版,第 669 页。

马克思主动对《手稿》中费氏的负面影响提出了修正。① 遗憾的是,《导论》把人性直接归纳为人的感性需要,并确定为其具体层面,就不能不说是只注目于马克思早期的费尔巴哈影响,而无视前者对后者的扬弃和超越,又回到后者的水平,而且现在再如此强调,就连费尔巴哈当时应有的意义也丧失了。《导论》在引经据典时,虽赫赫注明来自马克思早期著作,其实从具体引文看,皆来自马克思早期著作中转述和引用费尔巴哈、爱尔维修和霍尔巴赫等人的言论。

一个更为关键的问题是,《导论》对"人性"的自我阐述与其文学史理论的实际要求是否一致呢?这首先要问:"人性"在其理论架构和逻辑思路中的实际内涵应是什么?我们知道,《导论》是从为文学确立一个新的评价尺度——"感动人的程度"出发引入人性概念的,认为:文学以情动人,而情感来源于人性,所以文学作品之所以感动人是因为反映了人性,"越是能在漫长的世代、广袤的地域,给予众多读者以巨大的感动,其成就也就越高"②。由此可以看出,所谓"感动人的程度"亦即文学作品获得读者共鸣的程度,包括时间的长度、空间的广度、读者的人数及感动的强弱等。可以说,这里引出的"人性"是在"共同人性"的意义上使用的。

有没有共同人性?什么是共同人性?这也是马克思人性理论中引起较多争议的问题。如果承认有共同人性,该如何理解共同人性?有人认为共同人性就是指人的本质、人的自然生理属性或"人的一般本性"等抽象属性,我认为这是片面的。人性的抽象一般固然是人所共有的属性,但共同人性毕竟也属于人性。马克思既然把人性落实到具体的历史变化中,则在不同的历史条件下,共同人性的显示方式及层次应该也是不同的。《导论》没有意识到其"人性"概念是在"共同人性"的意义上使用的,然而它关注的是"感动人的程度","程度"愈高,价值愈大,那么能够达到最高程度的"人性"是什么呢?因而必然要寻找某种人类共同且永恒不变的人性作为文学作品魅力永存的保障。不难理解,引出"人的一般本性"和"每个时代历史

---

① 参见马克思:《关于费尔巴哈的提纲》《德意志意识形态》。
② 章培恒:《中国文学史·导论》,《中国文学史》(上),复旦大学出版社1996年版,第14页。

地发生了变化的人的本性",其意是把前者看作人类共有的永恒不变的人性,把后者看成与前者对立的具体变异,将二者看成共同与差异、永恒与变异的关系,而没有看到抽象与具体、意向与实现的关系。对最高"程度"的追求使《导论》把共同人性压缩在抽象的区域内,而无视共同人性作为文学产生共鸣的要素、更要落实于文学反映和表现对象的具体生活中去的要求。这不由让人想起30年代的梁实秋先生,为了证明文学是基于"固定的普遍的"①、"最基本的"②人性,于是求诸生老病死、爱、怜悯与恐怖③等抽象存在。对永恒普遍人性的追求还必然延伸到人的自然生理层面,因为在人的属性中,人的自然生理属性大概是较为永恒最为普遍的吧。鲁迅就曾讽刺道:"倘若以表现最普遍的人性的文学为至高,则表现最普遍的动物性——营养,呼吸,运动,生殖——的文学,或除去'运动',表现生物性的文学,必当更在其上。"④因而不难理解,《导论》中虽然没有明确表示人性是人的生理属性,但其人性界定及对中国文学的个案分析总给人偏重生理的印象。然而马克思早就指出:"诚然,饮食男女等等也是真正人的机能。然而,如果把这些机能同其他人类活动割裂开来并使它们成为最后和唯一的终极目的,那么,在这样的抽象中,它们就具有动物的性质。"⑤总之,《导论》用来作为文学评价标准的"人性"就只剩下抽象的"人的一般本性",而丢掉了"历史"——"每个时代历史地发生了变化的人的本性",因而其所谓"程度"在时间之维上只剩下当代性,难怪在评价具体文学作品时总是以"今天的读者——至少是青年读者"为标准了。

更大的误区在于:《导论》的"人性"标准不仅丢掉了"历史",而且丢掉了"文化"——人性的文化地域性内涵。其着重引用来作为自己理论依据的"人的一般本性"和"每个时代历史地发生了变化的人的本性"这对概念,

---

① 梁实秋:《文学与革命》,《新月》第1卷第4期。
② 梁实秋:《二心集·文学是有阶级性的吗?》,《鲁迅全集》第4卷,人民文学出版社1981年版,第217页,注㉚。
③ 同上。
④ 鲁迅:《二心集·"硬译"与"文学的阶级性"》,《鲁迅全集》第4卷,人民文学出版社1981年版第204页。
⑤ 马克思:《1844年经济学—哲学手稿》,人民出版社1979年版,第48页。

并未包含人性的文化地域性内涵。毋庸讳言,虽然马克思的人性理论已蕴含了人性在不同历史条件和社会关系中的各种具体形态,但在实际运用中,由于马克思关注的是全人类的解放,其人性理论是从整个人类着眼的,文化人类学的眼光尚不是其理论需要,因而尚未进入他的理论视野。这一点《导论》显然没有意识到。文学是文化的集中表现,在以人性考察文学时,人性的地域文化差异一定要纳入考察范围,否则,这样的文学理论就未免缺少"文化"了。

有没有某个民族或某个文化地域独有的源远流长的共同人性呢?为什么被国人视为民族艺术瑰宝的《红楼梦》对国外的读者来说其感染力还不如《西游记》呢?这恐怕是《导论》文学理论所无法解答的问题了。其实,作为文学反映对象的人性远不是如此简单,如果我们从大文化角度来考察人性,把文化看成人的第二属性——自然的人化或人化的自然,就更能具体地理解人性的复杂性:人性不是表现于人的自然生理属性,而是表现于人的第二属性——文化上,这样,对人性的考察就要落实于具体的历史和文化的时空交点上——即不仅要在时间之维的历时性上展开,而且应把空间之维的文化地域性内涵纳入思考范围。因此,人性的具体差异不仅表现于历时性差异,即马克思所说的"每个时代历史地发生了变化的人的本性",而且表现于地域性差异,即不同地域不同民族人性表现的文化地域性差异;而人性的共同或共同人性既有同一时代或历史阶段整个人类(不同民族)共有的时代性共同人性,如阶级性,又有某个地域某个民族所独有的源远流长的地域性共同人性,如民族性即是。这些,可以说都是共同人性的具体历史形态,所谓整个人类永远不变的人性只能是抽象的理想预设,落实到具体的历史和文化中,其形态是复杂多样的。以此来阐释文学,文学的价值就不仅在于是否反映了"人的一般本性",而且要看它是否进一步落实于以具体社会生活为代表的历史和文化中。

以《导论》"人性"理解为前提演绎的"人性发展史"也必然是抽象的发展史。《导论》认为:"人性的发展史乃是'在每个时代历史地发生了变化的人的本性逐步向'人的一般本性重合的过程"①。由于只垂青于后者的目标,而无暇顾及过程,因而在其"人性发展史"中,实际上只剩下后者的光辉,而无前者的地位了。有没有这样一个"人性发展史"呢?马克思说过:"整个历史也无非是人类本性的不断改变而已。"②我们不否认所谓人性的发展有一个预设的方向,然而人性发展的具体过程应是社会历史中的发展史,而《导论》未免把它形而上学化了,就只得出一个抽象的发展规律。

  由于以上理论误区的存在,能否以这样的人性标准及人性发展史来规范中国文学就很值得怀疑了。首先,在这一人性理论中,人性、共同人性和"人的一般本性"被混为一谈,而且都是抽象的,这就给中国文学确立了一个抽象的人性标准,以此来描述中国文学史,也只能是抽象的文学发展史。文学以具体的社会生活为内容,反映历史和现实,同时文学又是人的审美方式和对象,而且,文学诉诸人的感受与理解的心灵。因此,在以人性审视文学或者在考察文学中的人性时,就不仅要落实于具体的社会、历史和文化中,而且要落实到具体社会、历史和文化中个体人的心理中,不仅要落实到社会的人,而且要落实到审美的人。需要强调的是,人的文化心理结构在文化传统尤其是文学传统的形成中的作用尤为重要,因而人通过社会实践活动使本质力量对象化,使人性得以实现,而人性的铸就与生成最终归结于个体人的心理上,从文化学角度看,这就是人的文化心理结构的形成:一方面,人要改造内在的自然,使内在的自然人化,即形成特定的文化心理结构;另一方面,特定的文化心理结构一旦形成,人们又会带着它去从事对象化的文化实践活动,这个实践活动的成果又反过来积淀入人的文化心理结构中。因此,人的文化心理结构具有一定的稳定性和传承性,共同的文化心理结构决定了共同的认知方式、行为方式和审美方式,形成一定的文化类型和文化传统。文学,作为文化的集中表现,无论就其内容和形式、创作和接受,都与人的文化心理结构尤其是其中的审美心理结构息息相关。一篇文学作品历经千百年仍然对我们具有长久不衰的魅力,一个重要的原因就是其情理结

---

① 章培恒:《中国文学史·导论》,《中国文学史》(上),复旦大学出版社 1996 年版,第 27 页。
② 马克思:《哲学的贫困》,《马克思恩格斯全集》第 4 卷,人民出版社 1965 年版,第 174 页。

构中所蕴含的文化信息与我们既定的文化心理具有某种同构对应关系。作为历史悠久的中国传统文化的一部分,中国文学有着几千年的自我历程,在作家创作心理、读者接受心理以及文学作品本身的审美结构诸方面都形成了悠久而深厚的传统,在世界文学之林中展现出独具特色的文化景观。《导论》以其不带任何历史和文化信息的抽象的人性标准及人性发展来规范中国文学史,如何能反映中国文学的特征呢?

其二,《导论》对作为人性发展方向并进而作为中国文学内在驱动力的"人性——人的一般本性"的解释是享乐、显露生命力、情欲的满足、要求自由和反对束缚、注重自我等,这些都是人的感性需要方面。当然这一阐释受影响于《手稿》中所受的费尔巴哈及18世纪法国唯物主义思想家的影响,然而它只知其一,未知其二,没有看到马克思又通过人的感性社会实践活动把感性需要纳入到具体的历史发展中。应该说,重视自我感性需要的满足,是西方文艺复兴和18世纪启蒙主义运动以来以自然人性论和个性主义为主要特征的近代思潮的产物,以它作为中国文学的标准及方向,就为中国文学史设立了一个现代性标准。以这样一个标准把中国文学导入现代,或者说通过这样一个"人性发展史"情节结构,虚构了一个中国文学史的故事。此类文学史叙述模式我们并不陌生,胡适就曾在他的《白话文学史》中,站在五四白话文的立场,从形式上把中国文学史看成逐渐由文言向白话推进的历史;周作人不满胡适把白话文当作"中国文学唯一的目的地"[①]的目的论阐释,然而在《中国新文学的源流》中,他同样本着为五四文学寻找传统渊源的动机,把个性解放等现代性质素看成中国文学内部演进的结果,因而未免在把新文学读入历史的同时,又将传统读入现代。三卷本《中国文学史》,把五四新文学纳入中国文学整体叙述构架中,同样显示了打通"五四"后中国文学与传统文学的努力,因而继承周氏与胡氏的论点,认为五四文学无论就其白话的形式,还是个性解放的内在精神,都"同时也是中国文学发展的内在需求"[②]不过比周、胡论点更显深刻的是,这一"内在需求"还源于

---

① 周作人:《中国新文学的源流》,岳麓书社1989年版,第18页。
② 章培恒、骆玉明:《关于中国文学史的思考》,原载《复旦学报》1996年第3期,《新华文摘》1996年第8期全文转载。

"人性发展的需求",因为,"如果确认文学的发展与人性的发展相一致,那么,它就必然有一种按自身的需要持续下去的趋向"①。这确实是必然的,因为《导论》的人性阐释早已给中国文学植入个性解放的种子,中国文学之顺利抵达五四新文学,中、外文学在此胜利会师,便是水到渠成的事。只可惜这个"人性"与中国文学显得扞格不入,如果说周、胡模式尚能自圆其说的话,《导论》的人性理论就局限明显了。

三

正因为诸多理论误区的存在,当把这一理论用于中国文学史的个案分析的时候,就显得尤为艰难,并不如想象的那样"放之四海而皆准"了。

在界定"人的一般本性"的具体内涵为享乐、显露生命力、情欲的满足……后,《导论》说:"理解了这一点,也就可以懂得为什么有一些看来似乎没有多大社会意义的作品能在许多世代中引起广大读者的广泛共鸣,成为千古名篇。"②接着,就以李白《将进酒》为例具体分析。为了让我们得以全窥这一赏析,且容笔者把这段话照搬下来:

> 这首诗的内容可用以下三点来概括:一、对于以喝酒为中心的享乐生活的赞颂和追求;二、对于个人才具的自信;三、对人生短促的悲哀。而第一点尤为突出。若从通常所谓社会意义或教育意义来要求,这首诗并不可取。但如根据马克思所指明的人性——人类本性的内涵来看,那么,诗人所讴歌的人生态度显然与违背人性的"少吃、少喝……"的"自我克制"相对立的;"天生我材必有用,千金散尽还复来"的豪情,实可视为对自己强大生命力的自许,而以"黄河"两句来形容生命的流程,也间接显示出生命的强大有力,虽然还有感慨它一去不复返之意;至于对人生短促——个人生命的易于消逝——悲哀,从"人对于和自己同类的其它存在物的依恋只是基于对自己的爱"的角度说,

---

① 章培恒、骆玉明:《关于中国文学史的思考》,原载《复旦学报》1996年第3期,《新华文摘》1996年第8期全文转载。

② 章培恒:《中国文学史·导论》,《中国文学史》(上),复旦大学出版社1996年版,第21页。

也正是难于避免的吧。所以,此诗之获得千古读者的共鸣,正是由于作者率真地、富于感染力地表现了他那从人性出发的强烈感情。①

如果这里所指"千古读者"是指"今天的读者——至少是青年读者",其文学评价标准能否得到"今天的读者"共鸣的话,则也许正如《导论》所言,共鸣来自于李白在诗中大胆言说吃、喝等及其外向型生命意识、性格类型及行为方式的流露;但若仅止于此,这与读拜伦、雪莱有何差别呢?我想,一般稍通中国文学的读者对此诗的共鸣恐怕不止这些,据笔者自己的感受,在该诗的历史和文化内容层面,或多或少还能领略以下背景和内涵:就《导论》及其重视的第一点"喝酒"来说,我们首先感受到的恐怕不是多吃、多喝本身,而是中国文化中文人与酒、诗与酒的传统联系。酒在中国历史中作为文人士大夫寄兴消愁的工具,在长期的"诗酒流连"中,"喝酒",已成为一种文化行为获得了特定的文化内涵,以至于在中国文学尤其是诗词中,酒,已经是具有特定所指的文化符号,"明月几时有,把酒问青天""抽刀断水水更流,举杯消愁愁更愁",无不寄托着诗人们的希望与失望、得意与失意、痴迷与旷达、风流与辛酸……与此相联系的是《导论》所述第二点,这里所感受到的恐怕不仅仅是所谓生命力的强大及自许,应该还有李白作为唐人建功立业的抱负,及抱负得不到实现后的苦闷、悲哀并转而放浪形骸的心理及行为。如果更深一步,还能感受到中国传统知识分子"学而优则仕"的双重角色身份,其人生价值大多寄托于政治价值的积极政治意识和务实生存方式、其人生价值和政治抱负对王权政治的依赖及其悲剧命运。就第三点来说,"人生短促的悲哀"给诗歌染上的是东方式的敏悟、忧郁和感伤,它来自中国人的此世迷执及渗透无常后的无赖和旷达,由此还可深入到中国人的深层文化心理结构,即对时间和空间独特的东方式把握。在这些文化内涵中,酒作为醒目的文化符号把它们统摄起来。与其说我们从诗中读出这些内容,不如说是我们心中固有的文化心理结构使我们与作品的文化内涵息息相通。这个文化心理结构,既可以是能被我们自己明言的显意识,也可处于尚未明言的隐意识层面,总之,它对我们与作品的共鸣起着决定性作品。

---

① 章培恒:《中国文学史·导论》,《中国文学史》(上),复旦大学出版社1996年版,第21—22页。

《导论》还以"人性"为标准比较分析陆游的诗《秋夜将晓,出篱门迎凉有感,二首》和辛弃疾词《水龙吟·登建康赏心亭》,认为两篇作品的内容和思想意义基本相同,甚至后者远远超过前者,这是因为陆游诗中"壮志病来消欲尽,出门搔首怆平生""遗民落尽胡尘里,南望王师又一年"所表达的"痛切"之感"乃是特定时代的产物"①,"就后世的读者来说,其时代的特点越是与南宋的这种情况相近,越能对此产生较强烈的感动,否则其感动就较为淡薄"②,"今天的读者——至少是青年读者——就不会产生切肤之痛,虽不会毫无感动,但感动的程度就不如辛弃疾的《水龙吟》了"③。再者,"陆游诗中也显示出壮志难酬的哀伤,却只用'壮志病来消欲尽,出门搔首怆平生'这样两句平淡的话来交代。也许习惯于欣赏'平淡'之美的读者会就此引起种种联想,但今天的大多数读者恐怕很难从中受到多少感动。而辛弃疾的《水龙吟》却强烈地表现了生命虚掷的痛苦及其无人理解的悲愤"④,"这整首词乃是被严重压抑的生命的抗议与悲歌。作为这种抗议与悲歌的根底的,则是对实现自己的生命价值、也即是表现自己的生命力的强烈渴望"⑤。"更具体地说,这一方面是由于辛弃疾的实现自己生命价值大的愿望远较一般人炽烈。"⑥"另一方面,由于'人若是完全撇开自己,那依恋别人的一切动力就消失了',就文学来说,诗人的作品中,'若是完全撇开自己',也就引不起读者的依恋了。"⑦

我想,这一评价的倾斜是因为带了"人性"的有色眼镜之故。客观上讲,所举陆游和辛弃疾属于两种风格类型。陆游的"痛切"不仅是情感和内容因素,其痛切通过"平淡"表达出来形成了中国文学史上以杜甫为代表的"沉郁顿挫""沉痛辛酸"的风格类型;而辛词正是以直抒胸臆、慷慨豪迈为特征的豪放词代表,属另一种风格类型。应该说,这两种风格各有千秋,不

---

① 章培恒:《中国文学史·导论》,《中国文学史》(上),复旦大学出版社1996年版,第24页。
② 同上。
③ 同上。
④ 同上。
⑤ 同上书,第25页。
⑥ 同上。
⑦ 同上书,第25—26页。

同的读者也各有偏嗜,如历来评家就有"抑李扬杜"和"抑杜扬李"两派,但若把这两类风格落实到具体文化类型中,落实到中国文化长期积淀而形成的中国人的审美心理结构中,则在注重节制、含蓄、理欲调融、温柔敦厚的中华传统文化和传统诗学中,以杜、陆为代表的"沉郁"风格相对于"豪放"来说应属更高的诗格,这可以历代评家对杜、陆的激赏为证,而"今天的读者"恐怕是不能一下子置之度外的。

用"人性发展史"描述中国文学史,其实并不容易,《导论》颇为艰辛地构建了中国文学发展过程中"个人原则"日渐凸显的人性发展史:

> 在中国古代文学发展的较早时期所出现的上述现象(指《导论》论述的汉以前中国文学中个人情感受到压制,缺少个性特点。引者注),在历史的行进过程中不断地改变。其速度有时较快,有时较慢,有时甚或出现曲折、倒退,而其最终结果仍是向前进展。大致来说,随着社会生产力的提高,人类所受自然力的威胁和压迫逐步减弱,像最初那样地必须把人群紧密地聚集起来使之严格地按照群体意志(尽管有时是异化了的群体意志)去行动才能维持人类生存的局面渐渐改变,个人的权利、自由、欲望、尊严等慢慢地得到尊重,而不再是一味地以群体利益去压抑或取代个人利益了。由此,18世纪唯物主义者所阐述的"人的一般本性"蕴含的个人原则就在我国古代文学中日渐凸现。于是有了"劝百讽一"地渲染享乐生活的汉代大赋,沉溺于个人哀乐的抒情小赋,向个人本位滑行的魏、晋、南朝文学,个人感情更为多姿多彩的唐诗、宋词;至于元、明以还的戏曲、小说,更多为欲望世界的展示。在这样的演变过程中,就总体来说,文学作品的内容越来越多样丰富,越来越注意到个人的利益,从而对人的内心世界的揭示越来越深入、具体和细致;总之,越来越闪耀着人性——"人的一般本性"——的光辉,同时也越来越显出个人特色的印记。①

由于《导论》将体现"人的一般本性"的"个人原则"仅仅理解成吃、喝、

---

① 章培恒:《中国文学史·导论》,《中国文学史》(上),复旦大学出版社1996年版,第33—34页。

情欲等欲望满足层面的个体感性,所以一进入具体案例,就显得有点捉襟见肘。按时间顺序,《导论》从历代文学作品中选出《诗经·郑风·将仲子》、五代牛峤词《菩萨蛮》、汤显祖《牡丹亭》和凌蒙初《拍案惊奇》为例证,以这些作品中的女性形象的变迁来说明中国文学发展与"人性"发展的同步,认为:《将仲子》里的"女孩子"害怕相爱的男青年翻墙找她,"几乎没有显示出个性特色"[①];《菩萨蛮》中的"女孩子"决心"须作一生拼,尽君今日欢","在爱情问题上敢于从个人的要求出发对群体的规范进行反抗"[②],"则已闪现出个性的火花"[③],不过,"她为什么说'尽君今日欢'而不用'以尽今日欢'之类的话语呢?莫非在男女的爱恋中女方只是给男方提供欢乐的被动的对象而毫不具有从男方获取欢乐的主体的性质?"[④]因而仍不免"美中不足";《牡丹亭》中的杜丽娘梦中与青年男子欢会,"毫不掩饰地表现了男女爱恋——哪怕是梦里的——所给予她的巨大欢乐;在这过程里她所感到的不是自己把欢乐献给男性,而是自己欢乐的获得"[⑤];《怕案惊奇》卷二十九中的罗惜惜背着父母与所爱者私会,"却并不只是为了尽男性之欢,她自己也要'极尽欢娱,获得快活'"[⑥],"爱的执着与欲的炽烈在她身上融而为一"[⑦]。后两个形象的产生"首先依赖于对人类本性的禁锢的减轻,对个性的压抑的放宽"[⑧],"总之,正因为从先秦以后,社会在总体上是缓慢、曲折地向杜丽娘向往的'这般花花草草由人恋,生生死死随人愿'的目标移行"[⑨]。以女性形象为例证并不奇怪,从某种程度上说,女性的自我意识及对情爱态度的变迁是社会变动和历史转捩的风旗,然而,落实到中国文学史的描述上,《导论》除了给我们勾勒了一个带有"女性主义"色彩的中国文学女性形象发展

---

① 章培恒:《中国文学史·导论》,《中国文学史》(上),复旦大学出版社1996年版,第36页。
② 同上。
③ 同上。
④ 同上书,第34页。
⑤ 同上书,第35页。
⑥ 同上。
⑦ 同上书,第37页。
⑧ 同上书,第39页。
⑨ 同上书,第40页。

史外,似乎不能告诉我们更多的东西。《导论》好像也意识到纯粹从女性形象还不能说明问题,因而还选举了男性的例子,不过还是以辛弃疾词为杰出典范,盛赞其"个性生命力"的强大,无须再复述了。

从内容与形式的两分法看,以上对人性演进与文学发展关系的论述,还是集中在内容层面,为了论述的周全,《导论》自然不会放弃对中国文学形式变迁与人性发展关系的论述。就文学形式变迁与人性演进的关系,《导论》认为有直接,有间接,就直接方面说,如文体出现与市民享乐要求的关系、风格多样化与个性差别愈来愈明晰的关系等;在间接方面,认为"就人性的发展与文学形式演进的间接联系看,则审美意识与文学观念是主要的中介。"①为了说明这一点,《导论》主要以四言诗向五言诗的转变为例,指出:先秦时期四言诗占主导地位到东汉时期五言诗占主导地位,主要是审美意识的作用,"而审美意识的变化又跟人性的发展紧密联系在一起"②;又认为魏晋南北朝时期文学形式的"重大进步"是与曹丕、陆机、二萧等人的文学观念联系在一起的。"此类文学观念具有鲜明的强调个人感情与艺术享受(强调艺术美也就是为了获得艺术上的享受)的特色。"③确实,按照这一理论,任何文学形象都可以追溯于"人性",毕竟"文学是人学"。可问题是,一旦形成这样一个"言必称人性"的规律,就不免用逻辑代替了历史,丢掉了历史现象本身的丰富性和复杂性。在文学形式与人性的关系上也是这样,比如说,被视为"中介"的"审美意识"和文学观念,难道只是使文学形式与人性发生关联而不能与其他因素发生关联?如果说文学形式变迁必遵循"人性发展史"之路,则按其"要求自由,反对束缚"的人性解释,文学形式的演进应越来越自由,如白话的产生。但如何理解中国诗歌的格律化恰恰发生在据称"人性"自由的六朝时期?为什么随着时代的迁移,中国诗词的格律往往反而变得愈加繁琐严谨呢?由此可问:文学形式之变迁有没有产生于体裁内部的趣味的变化?"诗文有代变者"的中国文学形式的变迁,能否理解成文体自身由生成、发展、成熟、衰落到转型的"范式转换"?中国几千

---

① 章培恒:《中国文学史·导论》,《中国文学史》(上),复旦大学出版社1996年版,第47页。
② 同上书,第53页。
③ 同上书,第58页。

年文学在主题和内容方面未显示明显的阶段性,唯独在形式上形成"代变"之传统,其中文学形式本身的因素应是不容忽视的。《导论》急于把文学形式也纳入"人性发展"的轨道,将从袁宏道、李贽、顾炎武、袁枚到王国维的"文有代变"的衰变观,整合成一个由"人性"推动的井然有序不断演进的文学进化史观,未免有点一厢情愿吧。

四

纯粹客观的文学史是不存在的,实际上,一进入文学史的叙述和描述,就免不了也肯定需要主观——叙述架构和评价尺度——的渗入。写作的文学史毕竟不同于原生态的文学史,后者作为某个历史阶段发生的文学事件及呈现的文学现象的本身,它在成为文学史的那一刻就已过去,再也无法完全复制和还原。文学史写作所能做的,只能是对遗留下的文学史材料进行研究、整理和阐释,因而从本质上说,写作的文学史是文学史写作者对文学史材料的整理、研究和解读。这样,一方面,文学史写作要力求把握文学现象之间的历史联系,找到能反映文学史整体面貌和特征的历时性叙述;另一方面,只要不远离文学的审美特征及该文学史的文化特征,从多元视角对文学史进行的共时性描述都应是可能的。

但是,我们在以自己的叙述逻辑来整合纷繁芜杂的文学现象时,还是要从文学史自身的特点出发,充分尊重历史本身的丰富性和复杂性,不能只从自身的逻辑统一性出发,将逻辑的统一性等同于历史现象本身的统一性,从而局限了文学史写作应有的开阔视野。《导论》以"人性发展史"叙述中国文学史,又把是否反映"人性——人的一般本性"作为评价中国文学的根本价值尺度,这样就不免把所谓人性的发展规律等同于文学史规律,借文学史证明了人性发展史的客观存在,但却丢掉了中国文学史的丰富性。文学是人学,文学确实能反映一定历史时期的人性状况,文学史也能反映人性的变迁;反过来说,人性状况及其变迁也能影响文学及其变迁,所以,人性可以成为考察文学的一个角度,但不是唯一的角度,人性的规律并不就是文学规律,不能把人性发展史与文学史等同起来,更不能把凌驾于文学之上的标准作为评价文学的唯一尺度。在文化和社会的大背景中,考察文学的视角应是多元的。文学是人学,同时文学更是文学,还应充分考虑文学自身的因素和特征。

第二章 "传统"与"现代"的迷津

第一节 90年代以来文化本位思潮、国学热与人文意识形态的应对

一、前言：文化本位意识——90年代以来人文纷争背后的一致性

90年代是中国人文思想界的一个分水岭。80年代，改革意识形态需要人文知识分子的参与，人文意识形态因此获得了一定的话语空间，并与政治意识形态形成良性的互动关系，共同参与、推动了80年代的文化热。90年代，随着政治意识形态重心的转移，以及市场与大众通俗文化的兴起，80年代人文意识形态与政治意识形态对立又同一的意识形态结构，被政治意识形态与大众通俗文化意识形态的共在关系所取代。在某种程度上说，决定90年代以来中国文化语境的，是权力与资本力量。在90年代以来的中国文化语境中，以人文知识分子为主体的人文意识形态遭遇边缘化，丧失了曾经的社会影响力。

随着80年代想象性的同一文化立场的丧失，在边缘化的过程中，人文思想界也开始分化，并形成激烈的纷争，不同思潮与派别涌现成型。在90年代初的"激、保"之争中，文化保守主义浮出水面，随着西方后现代主义思潮的传入，中国"后学"蔚然成风，随后，新左派与自由派的交锋，成为90年代中国人文思想界颇具影响的论争。可以说，虽然文化热已经过去，但边缘化的90年代的人文思想界，却表现出比80年代更为复杂的思想局面。

90年代人文意识形态众声喧哗，纷争激烈，然而，在这之后，却存在一个潜在的一致性，正是这个一致性，使它们得以加入90年代以来中国主流文化的合唱。

这个一致性,就是文化本位意识的兴起。文化本位意识的兴起,是90年代大众通俗文化意识形态与政治意识形态的一个显著特色。大国崛起和价值失范的时代需要传统文化作为新的资源;缺少反思主体的中国大众通俗文化场域,始终是传统与流行文化聚集的场所,文化本位意识是其自发的倾向,民族主义气候也极易形成。

但不易察觉的是,纷争的90年代的人文意识形态,也采取了相同的价值立场。"激、保"之争中出现的文化保守主义思潮,携海外新儒家余绪,基于对激进文化与政治的反思,试图将儒家文化作为创造性转化的资源;中国"后学"将西方正在进行的后现代主义批判逻辑纳入中土,循西方学界对现代性与西方中心主义的反思路向,掀起解构现代与西方价值的人文思潮,而其建构指向,则在所谓"中华性";新左派基于西方"新左"取向与后现代主义解构策略,在反思西方现代性中伸张本土现代性实践的创新价值;传统文化批判是中国自由派的盲区,在反激进文化与政治的立场下,更易对固有传统采取近似文化保守主义的温和态度。

可以看到,90年代中国文化本位思潮的取向,表现为两个向度,一是传统,一是现实。这两种取向,在本来的意义上都无可厚非,但它们大多表现为对外来文化与现代性价值的批判态度,并含有强烈的国家意识与中华中心的潜在指向,构成当代中国民族主义意识形态兴起的可能语境。

揭示纷繁复杂的90年代人文思潮背后潜在的一致性,意在说明,看似与80年代不同的90年代多元的人文思潮背后,其实仍然存在实质上的一元性,而且,这个一元性的形成,来自不同立场后大致相同的现实动机。在90年代边缘化的过程中,曾经显赫一时的人文意识形态不甘寂寞,加入90年代主流文化的合唱。

二、"文化"在何方?——80年代文化热的两个走向

90年代既是80年代的反动,同时,我们还应看到,90年代的人文局面与80年代也有一定内在联系,反思80年代人文意识形态,自然是题中应有之义。80年代文化热有一个转向,前期是现代文化热,中、后期则转向传统文化热,在一定程度上说,80年代刚刚觉醒的人文意识形态本身的不成熟,是导致文化转向的一个原因。

80 年代的文化热,作为历史上不可多得的人文十年,至今令人怀想。文化热产生的基础,是 80 年代人文意识形态的形成。如前所述,80 年代人文意识形态的形成,有赖于改革意识形态的需要,随着"十年动乱"后政治权力内部的松动,官方改革派需要人文知识分子参与改革意识形态的建设,后者从而获得一定的话语空间,并具有建构独立意识形态的可能。80 年代的人文意识形态,与政治意识形态具有体制内的同构性,同时又具有基于独立意识和"非政治"意识的对抗性,在良性互动中获得一定的发展空间。

"十年动乱"后,非人的历史激发了对"人"的重新追寻,80 年代人文意识形态首先大张"人"的旗帜,从人道主义与异化问题的讨论,到哲学、美学与文学领域对主体性的倡导,从"朦胧诗",到"伤痕"、"反思"文学,对人的本质、价值、意义的求索,成为时代思潮,"我是谁"的追问与"人,啊人"的感叹,充斥着文学诸领域。"人"的追问,似乎又回到"五四"的起点。

"人"的问题,首先是一个"文化"问题,对"人"的阐释,始终离不开文化的规定性,对人的追问,必然引起对文化的求索,因而可以说,正是"人"的思潮,引起了 80 年代的"文化"热。大致来说,以 1985 年为界,80 年代前期,是热情追逐以西方资源为指向的现代文化时期,80 年代后期,文化追求开始渐渐转向本土传统文化资源。

"文革"结束后,国门重新打开,所谓改革开放,循着以经济建设为中心的思路,本来意欲引进的是先进技术和资本,但文化抢先了一步,80 年代首先涌入的,是隔绝半个多世纪的西方哲学、文艺思潮,人们突然发现自己与西方的距离又拉大了,于是将西方积累百年的思潮重新学习,形成"五四"后又一次大规模引进西方文化的热潮,不仅延续了"五四"后中断的思潮,甚至"五四"时期已经引进的思潮也当作新思潮重新引入。美学热,"朦胧诗"热,各类西方哲学、美学、文艺思潮丛书的推出等等,都是文化热中的风景线。

周扬策划的马克思主义人道主义与异化问题的讨论,标志着官方改革派中的思想激进派试图将"人"的思考摆脱正统马克思主义的路线,虽然周扬因此受到打压甚至批判,但其突破性努力客观上却引起人文意识形态的兴起。在周扬的基础上,人文意识形态进一步挖掘新的西方思潮,80 年代前期,西方存在主义大为流行,先是萨特,后是海德格尔,成为无人能比的思想明星。萨特的备受青睐,是因其"存在先于本质"对人的自由本质的肯定,让年轻一代看到了摆脱历史重负、重塑自我与人生的可能性,一时,但丁名言"走自己的路,让别人说去吧"几乎成为所有年轻人的座右铭。海德格尔对"存在"的诗性论证,则为"人"提供了诗性的浪漫想象。

李泽厚将80年代"人"的思潮,引入美学与哲学领域,对"人"的问题进行了系统的探索。李试图建构的,是人的"主体性",一方面,他顺应时代思潮,吸纳存在主义与法兰克福学派的影响,将人的个体感性偶在纳入思考范畴,另一方面,作为诉诸体系的思想者,不甘停留于流行思潮,进而试图对"主体性"的普遍性层面做出论证。李氏主体性实践哲学对人之普遍性的论证,基本上融合了康德实践理性哲学、马克思历史唯物主义及儒家传统资源,将主体性的普遍性界定为历史本体、理性本体及后来的"情本体"。刘再复则将李泽厚的主体性论证引入文学领域,对所谓"文学主体性"理论进行全面论证,从而使"主体性"理论获得更为广泛的影响。

李泽厚局限于一元世界的普遍性论证,只有求助于历史维度(当然最后还是回归到"情本体"),其理性诉求无法抵达超越性理性,只能是历史理性。正是声名不佳的历史理性,遗留下为80年代主流意识所批判的靶子,受到来自更为年轻的学人的反击。刘小枫从德国浪漫诗学中的基督教思想资源出发,对李氏的历史主义倾向进行商榷,揭示了历史主体的价值局限及其传统思想的遗留。刘晓波则以更为激进的个人主义立场,将西方现代个人想象成排除一切现实束缚的绝对生命自由,并以世俗欲望来界定生命的本质,因而直指李氏辛苦论证的破绽,指摘其个体逻辑的不彻底。虽然二刘反击的价值资源不同,李氏本人对二人的批评也自有褒贬,但是,出发点都是对李氏普遍性论证的不满,在强调人的个体偶在与自由的问题上,立场是同一的。

反顾80年代人文意识形态对"人"的反思和追寻,其所凭借的资源,基本是西方现代非理性主义哲学、美学与文艺思潮,带有诗意、浪漫、美学的特征。仅有的理性主义的思考或者局限于主流哲学,或者局限于传统思维惯性,未能打开新的局面,对人的普遍性的论证远未完成。80年代文化热的现代与西方的资源指向,对于西方理性主义传统殊少探究,所见甚浅。这一短视,必然导致"人"之追问的难以为继,文化价值的转向,也在所难免。

1985年似乎正好是80年代文化热的分水岭。该年,文学领域的"寻根文学"开始产生广泛影响。"寻根文学",产生于1984年杭州会议的倡导,其后,倡导者纷纷发表文章,宣扬"寻根"理念,并在文学创作中自觉体现这一主张,产生较大影响。可见,"寻根文学"并非自发的文学现象,而是理念在先,创作跟进,出于自觉的倡导。其实,"寻根"意向早在诗歌领域就已有所现,"朦胧诗"中杨炼、江河的"史诗"努力,求助于本土传统文化资源及其象征符号,80年代中期,这一意向终于在小说中形成思潮。虽然"寻根文学"倡导者对作为"根"的传统文化的理解并不一致,有的指向正统文化(如儒、道),有的强调非正统文化(民间文化),但无论如何不同,关键是,文化的本土倾向已然呈现。

2013年,"寻根文学"发起人之一韩少功再谈往事,指出"寻根文学"出现有两个背景,一是"文革"时期的"大破四旧",一是80年代的"全盘西化",并且强调:

> 这样的两种声音在政治意识形态上是不接轨的,甚至是对立的,但是在否定中国文化传统方面它们是相同的,组成了一个同盟。①

可以看出,韩少功的回顾已经带有当下的意识形态特征,不可完全当真。其实"寻根文学"作为文学思潮,直接动机源于当时文学创作题材的困境,1984年杭州会议讨论的就是文学创作的题材问题。当时,社会政治题材的伤痕、反思、改革小说已走到尽头,能否突破成为一个问题;80年代前期对西方文艺思潮与技巧的借鉴,也遭遇了瓶颈;1982年,加西亚·马尔克斯依据拉丁美洲本土文化资源创作的《百年孤独》获得诺贝尔文学奖,更刺激了中国文艺家的神经。以更为深入的文化视野观之,寻根意识也是80年代政治与文化反思意识的继续,人文知识分子试图将对历史的反思与自我的寻找,深入到文化传统中,进一步探寻政治灾难与民族文化性格的成因,并试图发现重塑文化精神的可能。因而有一个值得注意的寻根文学现象:虽然寻根文学的"文化"取向已发生转向,但是,在对笔下的传统文化作价值判断时,叙事人立场却表现出模棱两可的分裂状态,显示了转折过程中的

---

① 韩少功:《文学寻根与文化苏醒》,《文汇报》2013年8月15日第11版"笔汇"栏。

暧昧特征。如《爸爸爸》对湘楚民间原始文化的表现,又显现了文明与愚昧的启蒙思路,冯骥才在对"三寸金莲"的美学展示中,反封建的批判思维又若隐若现。文化取向的左冲右突与价值判断的左右摇摆,至少能说明,80年代寻根意识代表的传统文化热,还只是局限于"文化"与人文意识形态内部,没有超出文化热范围,属于现象一种。

"寻根文学"还仅仅是创作现象,其背后的文化动向则更值得关注。①随"寻根文学"一道涌现的,是80年代中、后期兴起的传统文化热,在学术领域,有关传统文化的书籍、刊物和讲座开始受到欢迎,在民间,易经热、气功热、各种人体特异功能的宣传也甚嚣尘上。

对"人"的内涵的寻找,在80年代中、后期又呈现过一种似乎不具有显著文化色彩的取向,这就是文化与文学领域中对原始野性的呼唤。这一取向无疑也源于对"人"的生命、自由等价值的追求,只不过将当初取法于西方思想资源的对生命自由的强调,还原至原始生命层面。文化领域的"寻找男子汉"思潮、刘晓庆主演的电影《原野》、莫言与张艺谋的《红高粱》等等,就是这一原始野性生命力诉求的文化景观。由现代化与传统文化热,到不具有文化色彩的原始野性诉求,显露着80年代人文建构的穷途与危机。

这里需要强调的是,虽然80年代中、后期的传统文化热形成了一定的社会影响力,但是,这一热潮基本上还是遵循着80年代的文化逻辑,即它的发生与运作基本上是在人文意识形态内部进行的,带有80年代的"非政治"特征。

三、90年代以来文化语境的变迁及文化本位思潮的出现

由前文对80年代文化思潮的分析可见,80年代中、后期的传统文化

---

① 有作家当年自述道:

近来,每与友人们深谈起来,竟不约而同地,总要以不恭之辞谈及五四,五四运动曾给我们民族带来生机,这是事实。但同时否定得多,肯定得少,有隔断民族文化之嫌,恐怕也是事实?

……

……我所熟悉的一些青年作家,在文化感(我杜撰之词)上,也正酝酿着一种强烈的寻根倾向。聚一起,言必称诸子百家儒释道,还有研究易经八卦的,新鲜得很,有一点百家争鸣的味道了。(郑义:《跨越文化断裂带》,《文艺报》1985年7月13日)

热,在某种程度上是80年代前期现代化指向的文化热发育不良的结果。但是,如果将90年代的文化本位思潮完全视作80年代中、后期传统文化热的延续,则就简化了90年代文化本位思潮的复杂性。原因是:一、90年代文化本位思潮,不再是80年代那样的属于纯粹人文意识形态,在90年代的文化语境中,人文意识形态已经退居边缘,处于核心位置的是权力与资本力量。二、与80年代中、后期文化热的传统转向不同,90年代文化本位思潮的兴起,基于80年代在中、西文化关系中中国自我认同的根本变化。如果说80年代传统文化热是现代追逐之疲惫后的文化反顾,或者是资源枯竭后的蓦然回首,在这一过程中,中、西文化关系中的自我认同并无根本改变。那么,在90年代,政治风波与东欧剧变后,中、西关系中的中国自我认同开始发生根本改变,以前纯粹文化的视角,开始掺入新的国际关系与国内秩序背景下的实际利益考量,换言之,80年代人文思潮的非政治倾向,在90年代被普遍的政治意识和国家意识所取代。因此说,90年代的文化本位思潮是在一个新的文化语境中形成的。

90年代,中国文化语境产生至今尚未充分认识到的重大变化,政治风波后,国内秩序与国际环境都发生重大变化,在短暂徘徊后,中央一方面加强意识形态的建设,一方面进一步将经济建设落实为工作中心,于1992年开始推行社会主义市场经济。"市场"的正式出现,为社会热情与欲望提供了新的释放渠道,更为社会财富的增长与重新分配、新的社会阶层、社会空间与权力结构的形成提供了基础。90年代以来,在政治权力之外,资本成为支配中国社会的另一个重要力量。在社会文化领域,80年代人文意识形态与政治意识形态的互动结构已经解体,在新的社会语境中,政治意识形态不再像80年代那样需要人文意识形态的参与和合作,在新兴的市场中,人文意识形态也一时找不到自己的位置,开始边缘化。人文与政治关系的终结,不仅仅意味着80年代文化结构的变更,同时,在更长的历史视野中,也意味着源远流长的中国人文角色传统的改变,在兹不赘。在90年代的文化语境中,代替边缘化的人文意识形态发挥重要影响力的,是随市场化出现的大众通俗文化意识形态,80年代政治意识形态与人文意识形态的互动结构,被90年代政治意识形态与大众通俗文化意识形态的共在关系所替代。

文化本位思潮正是在这一新的社会文化背景中兴起的。在新的国际环境与国内秩序中,政治意识形态需要寻找新的精神资源凝聚人心,维系社会稳定,传统文化成为当然的选择,并被纳入爱国主义意识形态,成为核心价值的重要组成部分。中国大众通俗文化意识形态历来是文化本位意识自发的场所,也是各种意识形态意欲而且易于操纵的对象,因此,传统文化意识在大众通俗文化中的兴起,自然是水到渠成。90年代大众通俗文化,是随着港台流行歌曲、功夫影视和武侠小说进入大陆而展开的,港台流行文化在带来大众喜闻乐见的文化产品的同时,也输入了在港台特别是香港通俗文化中保留的传统文化意识,流行歌曲中的中国意识与传统情调,功夫、警匪影视与武侠小说中的复仇情结与强国梦想,催生成90年代以来流行文化中的中国风,在香港通俗文化中,正面的忠孝节义等传统家国观念,与负面的黑帮作派、油滑作风在一起,对90年代成长起来的人的情性与心性,产生潜移默化的影响。可以说,在与传统文化长期隔绝后,在港台延续、发展并未免带上地方色彩的传统文化,通过大众通俗文化传入大陆,构成了90年代以来的文化本位意识兴起的流行文化氛围。

在此一背景下,国学热悄然兴起,形成影响力巨大的社会思潮,成为90年代以来文化本位思潮最鲜明的标志。国学热不仅是一种单纯的文化思潮,在政治、教育与市场的共同推动下,其中掺杂了新语境下种种现实利益的纠缠与合谋。

有学者将90年代以来的国学热描述为学者积极倡导、媒体推波助澜、高校设院办班、民间跟风呼应、官方倾向支持五个方面的综合结果,①较为客观地描述了90年代以来国学热的实际状况。1992年,北京大学成立中国传统文化研究中心,这本来更多地是延续了80年代后期的传统文化热,属于校园学术的某种动向,还不具有后来复杂的"国学"意识,但是,官方媒体如《人民日报》《光明日报》、中央电视台与中央广播电台等给予了充分的关注,1993年8月16日和17日,《人民日报》分别发表两篇关于国学热的文章,前一篇用整版的篇幅发表《国学,在燕园又悄悄兴起》,这样写道:

---

① 王彦坤:《国学热的持续升温与值得思考的几个问题》,《暨南学报》(哲社版)2009年第1期。

"国学的再次兴起,是新时期文化繁荣的一个标志,它将成为我国文化主旋律的重要基础。同时,学术文化的兴盛、发达,还须有一个显著标志,那就是不断有大师级学者的出现。"官方媒体将国学热上升到建设文化主旋律的高度,既是评论,也是引导;后一篇《久违了,"国学"》将"优秀传统文化"融入"爱国主义"意识形态。

随后,国学大师成为整个社会的吁求,北大的季羡林作为被发掘出来的国学象征,身不由己地被冠以"国学大师"的称号;暗中或公开以国学大师自许的学者也开始渐有其人。2000年,北大将中国传统文化研究中心更名为国学研究院,2002年起开始招收博士生;2004年,蒋庆推出《中华文化经典基础教育诵本》,推广"读经"运动;2004年9月,许嘉璐、季羡林、任继愈、杨振林、王蒙等领衔联名发表《甲申文化宣言》;2005年中国社科院儒教研究中心成立,人民大学成立国学院,此后各地高校的国学院也纷纷成立;2005年9月,首次全球联合祭孔仪式举行,央视全程直播。2011年1月11日,天安门广场国家博物馆前,悄然竖起孔子雕像,100天后又悄然撤去。在央视《百家讲坛》的引导下,大众则将对大师的热情转向栏目包装出来的学术"超男"与"超女",于丹的《于丹〈论语〉心得》、易中天的《品三国》狂销百万册。不甘寂寞的学术界则应时而动,学者们也开始纷纷换上对襟中式服装,俨然以大师自居,并与于丹们争宠。各种总裁国学班、少儿国学班、读经热、汉服热如雨后春笋般涌现。

从以上的文化景观不难看出,当代"国学热"是政治意识形态、大众意识形态与体制内知识分子互动的结果,其中交织着复杂的利益诉求。作为文化思潮,当代国学热兴起的背后,无疑有这样的思想文化背景,如对"五四"至80年代激烈反传统倾向的反思、社会转型过程中出现的"现代病"勾起怀旧意识、经济崛起后文化软实力与全球化时代自我认同的需要等等,但是,在这一过程中,权力与资本合谋形成的巨大引力场,是当代"国学热"兴盛的根本动力。政府、媒体、高校、学者、商人共同汇入这一潮流,各种现实权力与利益诉求纷纷参与其中,政治意识形态的提倡自有在国际与国内利益的双重考量,高校的运作则更多有在教育体制内抢占山头、开辟新的学科生长点的需要。媒体、高校、学者既与体制利益相关,又与市场结合,因而在市场与大众通俗文化领域中,当代"国学热"的表现,与其说是一个社会思潮,更像是一个"商潮"。

面对90年代以来中国社会强大的文化本位思潮,已经边缘化的人文意识形态处于何种应对立场呢? 可以说,90年代人文意识形态既是文化本位思潮的最早感知者,又是资源与方法的输送者,并主动加入这一主流思潮的合唱。

1989年后,第一个起来进行反思的人文学者是当时的社科院研究员何新,在一系列文章中,对新的国际局势下中国文化的选择做出评述,伸张中国当下文化选择的自主性。其后,西方后现代主义思潮开始在国内流行,后现代思潮的引进与流行,看似80年代西方人文思潮引进在90年代的延续,但是,后现代主义带来的,是价值立场的根本变化。后现代主义是西方进入后工业社会的哲学、人文思潮,对启蒙运动以来以理性化为特征的现代性文化提出全面批判,秉持解构策略,瓦解普遍性的理性叙事与西方中心意识,提倡差异与多元。西方后现代思潮立足于自我文化系统的批判性反思,在90年代中国成为批判西方文化霸权,重新确立中国本位意识的人文意识形态。实际上,后现代思潮已不仅仅是思潮一种,而是90年代大多数人文思潮的基本立场和方法,成为90年代以来中国文化本位思潮的潜在思想资源。90年代初,对激进文化与政治的反思开始兴起,文化保守主义开始出现,在80年代还显得不合时宜的海外新儒家,90年代成为文化保守主义的思想资源。90年代中期,新左派与自由派的论争正式浮出水面,新左派有法兰克福学派、西方新左及后现代主义的学理支撑,基于对西方现代性的反思,为中国现代实践的本土资源与创新价值提供论证,显现以本土实践为中心的文化本位意识。自由派的主张聚焦于制度与体制层面,传统文化的评判是其理论盲区,故对传统文化缺少批判性反思,与文化保守主义形成难以两分的传统文化立场。有意与无意,动机也未必一致,90年代以来人文意识形态的基本立场客观上为文化本位思潮提供了意识形态的深度支持,遂与90年代以来的文化主流达成潜在的一致。90年代人文意识形态不仅是文化本位思潮的追随者,也正是其积极承担者。

人文意识形态的问题不在于是否主张文化本位主义,作为一种人文立场,文化本位主义本身完全具有存在的合法性与合理性,问题在于,在90年代以来的以文化本位为主导意识的社会文化语境中,人文意识形态的应对,不能提供与整个社会文化趋向不同的反思空间,丧失了独立的立场,成为主流文化公开或秘密的主动追随者。顺着 90 年代以来的诸多人文话语反溯其话语诉求,不得不让人感叹:"条条道路通罗马",在看似热闹的社会文化语境之后,现实利益,成为最终的决定性因素。

四、文化本位思潮的认识盲区

当下普遍性的文化本位思潮,反映了在经济崛起后从政府到民间的文化自主意识,这不仅是一个国家实力上升时期的自然需要,也是一个拥有优秀文化传统的民族的必然选择。但是,当下普遍性文化本位思潮却存在认识的盲区。

从近代开始的中国一个多世纪以来的现代转型,既是中华民族遭遇生存危机的屈辱史,同时,从另一方面看,也是本来已经积贫积弱的中华帝国从自我封闭性文化圈向正在打开的全球性文化转型的关键时期,是古老文化吐故纳新的历史机遇。李鸿章说"三千年未有之大变局",就是在于,中国几千年漫长历史上的任何巨大变革,如春秋战国、中原易主(蒙元和满清),都不足以与当下的变乱相比,因为,此前的变局,都是在区域性的文明圈内、在中华文化的封闭系统内完成的,而当下的现代转型,面对的是同样悠久与强大的异域文明和全新的全球性格局,从而面临"亡天下"——文化的危机。通过近代以来几代人试错式的选择,中国的现代转型之路,从器物、制度、政体到文化,由表及里,近代中国的转型范式不断转换,并层层深入。如果说中华民族必将走向世界,现代转型是走向世界的必由之路,那么,近代以来学习西方和反思、批判文化传统,就是文化自我更新的可贵努力,也正是中华文明自身仍具有活力的证明。

"五四"所代表的精神与思想的转型,致力于中国现代转型的精神维度,可以说是中、西文化碰撞中中华文化最深刻的自我更新,鲁迅,是这一转型范式的先驱和杰出代表。早在"五四"之前十年的 1905 年,鲁迅弃医从文,确立以文学唤醒中国人的精神的救亡思路,1907、1908 年,鲁迅一连发表五篇文言论文,第一次系统地表达对中国救亡方案的思考,在《文化偏至论》中,基于对人的进化史和科学史的回顾、对西方 19 世纪文明的反思以及对 19 世纪末"新神思宗"的展望,正式提出摆脱近代危机的"立人"思路:

"首在立人,人立而凡事举;若其道术,乃必尊个性而张精神。"①将"个性"与"精神"确立为现代转型的精神契机;《摩罗诗力说》则借"摩罗诗人"的感召力,强调"诗力"的重要。"精神"("个性")与"诗",成为中国现代转型的两个契机,也是十年后五四思想革命与文学革命的两个命题。鲁迅发言的时刻,中国的现代转型正处在由维新到革命的转换途中,在东京,革命派正与维新派展开激烈论战,青年鲁迅的声音,被埋没在时代潮流中,没有获得任何反响,由此陷入近十年的沉默。但是,超前的判断,却远接十年后五四的风雷。

鲁迅于维新、革命之交揭发时弊,指出"黄金黑铁"与"国会立宪"的不足,并非否定物质、体制本身的价值,以新者取而代之,而是看到,在古老中国的现代转型中,如果只有这两个层面,没有文化与精神层面的深刻参与,则物质与制度的转型可能是沙上建塔,更不能实现现代转型的终极目标。值得注意的是,青年鲁迅的批评直指传统积弊与现实人心:一是认为,中国言新之士"仅眩于当前之物"②,而看不到背后"寻其根源,深无底极"③的精神背景,而这些,其实都来自传统的积弊,"夫中国在昔,本尚物质而疾天才矣"④;另一方面,鲁迅又揭示了中国改革的一个更为潜在的危机,那就是很多倡言改革者不过是"假是空名,遂其私欲"⑤!在青年鲁迅的第一次发言中,潜在的批判指向,已是传统弊端与国民劣根性。

现代转型进入思想与精神层面,不仅是逻辑的深入,更是历史的选择。十年后的民国初年,初建的亚洲第一个民主共和政体陷入纷乱的权力乱局中,先是袁氏窃国,后是国会贿选、复辟闹剧,在变革者那里,越来越多的人开始失望于政治,把思路转向更为基本的思想文化层面(胡适曾惊讶于民

---

① 鲁迅:《坟·文化偏至论》,《鲁迅全集》第 1 卷,人民文学出版社 1981 年版,第 57 页。
② 同上书,第 33 页。
③ 同上。
④ 同上书,第 57 页。
⑤ 同上书,第 46 页。

国初年宪政讨论的突然消歇)①,与此同时,新文学也呼之欲出,黄远庸的思想忏悔,即伴随着对新文艺的深情呼唤②,从事思想革命的陈独秀后来与胡适的文学革命一拍即合,也说明文学革命是思想革命题中应有之义。"五四"那代人不约而同抓住了思想与文学这两个变革契机,至此,"五四"的时代选择,与十年前青年周树人的苦心孤诣开始连接,鲁迅以边缘人身份中途加入"五四",以其深度迅速成为"五四"思想与文学的卓越代表,自然有其历史背景。

对于鲁迅与"五四"代表的中国现代转型的精神维度,存在两个质疑,或谓忽视了体制层面转型的重要性,或谓在批判传统、取法西方过程中丧失了文化自主性。对于第一个质疑,前文已述,现代转型的思想与精神维度的展开,并非排他性的选择,而是经由痛苦的历史经验意识到,如果物质与制度层面的转型不伴随着文化与思想层面的深刻改造,就会丧失付诸实施的精神基础。如此认识,庶几乎可摆脱先有制度还是先有精神的怪圈。第二个质疑是当下的主流倾向,文化本位意识与此同流。文化自主无疑是一个民族正当的选择,但还要看到,在中、西文化碰撞中被迫启动的中国现代转型,一方面是民族救亡图存的自救行动,另一方面,从更长远的眼光来看,也是世界历史上中、西两大文明第一次正式交融的开始,在这两个方面,学习异域先进文化都是一个必要的选择。不学习对手,就无以自存,已成为近代国人的共识,也被近、现代史所证明,从制度到文化的现代转型理念,就是向对方学习一步步加深的过程。文化的全球化是在相互融合中形成的,中国近代以来的现代转型,是中国文化第一次真正意义上与外来优秀文化的碰撞和交融。如果我们有足够的自信认为,中华文明与西方文明一样,将成为未来全球文明的孵化地,那么,中华文明与中国文化,就绝不会是在拒绝他

---

① 胡适在《五十年来中国之文学》中说:"民国五年(一九一六年)以后,国中几乎没有一个政论机关,也没有一个政论家;连那些日报上的时评也都退到纸角上去了,或者竟全取消了。这种政论文学的忽然消灭,我至今还说不出一个所以然来。"《胡适全集》第2卷,安徽教育出版社2003年版,第308—309页。
② 语见《甲寅》月刊第1卷第10期(1915年10月)"通信"栏:"愚见以为居今论政,实不知何说起。……至根本救济,远意当从提倡新文学入手,综之,当使吾辈思潮如何能与现代思潮相接触,而促其猛醒。而其要义须一般之人,生出交涉。法须以浅近文艺普遍四周。史家以文艺复兴为中世改革之根本,足下当能语其消息盈虚之理也。"

者的封闭状态中走向世界的,而是在与异域优秀文明的充分交融中吐故纳新、弃恶扬善,在将一切文明中的优秀分子当作人类普遍财富吸收的同时,也将自身的特色与优势充分世界化与普遍化。如果中华文化的优秀分子真正能成为世界与人类的共享,也就实现了中华文化走向世界的梦想。中国文化史有几千年,而我们的现代转型才一个多世纪,中国的经济奇迹与科技进步,正是在现代转型中完成的,是现代转型的初步成果,如果在经济起飞后,我们就开始强调文化自主、提倡文化本位,关闭与异域优秀文化的更深层交融的大门,无异又回到洋务派的思路,中国精神文明第一,只要学习西方物质文明即可。中华文明真正走向世界并影响世界,不可能在现代转型的中途就可实现,而是在现代转型充分完成之后。

每一个文明和文化,都有自己的长处与短处、优势与劣势,源远流长的中华文明长期处在独尊的区域性中心位置,没有可资比较的对象,缺少自我反思与更新的动力,近代,西方他者拍岸涌来,中华文明才被迫开始自我反思与更新的现代转型,正是在他者的对照中,才发现了自我文化传统的种种弊端。文化传统的弊端,表现在各个方面,但其症结,仍在文化精神层面。鲁迅与"五四"代表的现代转型的精神维度,是现代转型的基础,鲁迅将近代救亡方案聚焦于"立人",并终其一生致力于批判国民性的工作,这一艰难转型的艰巨任务,远未随鲁迅有限生命的离去而告完成。

五、结语:人文意识形态的应对

中国文化的固有惯性,使人们在危机平复之后,极易回到固有轨道。在20世纪中国,文化本位是间歇性出现的社会思潮。20年代中期有人主张读经,鲁迅写《十四年的"读经"》,开头说:

> 自从章士钊主张读经以来,论坛上又很出现了一些论议,如谓经不必尊,读经乃开倒车之类。我以为这都是多事的,因为民国十四年的"读经",也如民国前四年,四年,或将来的二十四年一样,主张者的意思,大抵并不如反对者所想像的那么一回事。①

---

① 鲁迅:《华盖集·十四年的"读经"》,《鲁迅全集》第3卷,人民文学出版社1981年版,第127页。

笔者发现,这段话正好概括了20世纪的几次国学热,有意思的是,鲁迅不仅指出他曾经历的"民国前四年"(1905年左右以国粹派为代表的国学热,"国学"一词在这里开始出现)、"四年"(1915年的袁世凯复辟尊孔,提倡读经)、写此文时的"十四年"(1925年教育总长章士钊提倡读经),而且还非常巧合地预言到"二十四年"——20世纪第四次文化本位思潮的出现(1935年1月,王新命等十教授发表《中国本位的文化建设宣言》)。如果算上2005年达到高潮的本轮国学热,可以说,似乎逢"5"就会出现一次。

作为致力于中国现代精神转型的最深刻思想者与最坚定战斗者,鲁迅终其一生,都在对不时出现的读经热进行反击。无论读经热和国学热有何特定的时代背景以及复杂动机,鲁迅坚持的,始终是中国精神转型的现代取向。

今天,我们早已告别现代转型的"救亡"起点,正处于"大国崛起"的殷切期待中,经济的成功,本来是现代转型的成果,但它带来的,却是文化保守意识的兴起,曾经的文化开放心态,在普遍的文化保守意识中悄然关闭,似乎我们已经成功抵达现代转型的终点。应该保持清醒意识与反思立场的当代人文意识形态,不仅没有成为文化主流的反思者,而且成为怂恿者与追随者。90年代以来中国人文意识形态的多元表象,掩盖不了近乎一元的价值立场,这背后,是逐渐显露的现实利益的考量。

上个世纪初,中国正处于变革之际言论纷纭的环境中,而青年鲁迅却感觉到"寂漠",在未写完的《破恶声论》中,他说:

> 本根剥丧,神气旁皇,华国将自槁于子孙之攻伐,而举天下无违言,寂漠为政,天地闭矣。狂蛊中于人心,妄行者日昌炽,进毒操刀,若惟恐宗邦之不蚤崩裂,而举天下无违言,寂漠为政,天地闭矣。①

鲁迅承认:"今之中国,其正一扰攘世哉!"②既为"扰攘之世",为何又感"寂漠"?鲁迅说:"世之言何言,人之事何事乎。心声也,内曜也,不可见也。"③何谓

---

① 鲁迅:《集外集拾遗补编·破恶声论》,《鲁迅全集》第8卷,人民文学出版社1981年版,第23页。
② 同上书,第25页。
③ 同上。

"心声"与"内曜"?"内曜者,破黮暗者也;心声者,离伪诈者也。"①寂寞,不是因为没有声音,而是因为其声并非发自"心声"。"时势既迁,活身之术随变,人虑冻馁,则竞趋于异途,掣维新之衣,用蔽其自私之体"②,原来,现实利益,是缤纷话语背后的真正动机。

人文意识形态的危机,本质上是人文知识分子的危机。"真的知识阶级是不顾利害的,如想到种种利害,就是假的,冒充的知识阶级。"③如果知识分子不能"白心",发出"心声",则再多的人文"声音",也只是话语的游戏。鲁迅曾言:"故今之所贵所望,在有不和众嚣,独具我见之士。"④这也是当下语境下我们的诉求。

第二节　文学史叙述的"现代"迷思
——以美国汉学中国现代文学研究为中心

一、问题的提出

近30年来,海外中国现代文学研究对国内文学研究产生深远影响,美国汉学的中国现代文学研究显得较为突出,其中,夏志清、李欧梵与王德威三人在教职与学术上都有传承关系,形成了一个对国内具有持久影响力的学术谱系。夏志清的《中国现代小说史》⑤对于80年代的"作家出土"与"重写文学史"有直接影响,循着夏开创的理路,李欧梵也以其对中国浪漫

---

① 鲁迅:《集外集拾遗补编·破恶声论》,《鲁迅全集》第8卷,人民文学出版社1981年版,第23页。
② 同上书,第25页。
③ 鲁迅:《集外集拾遗补编·关于知识阶级》,《鲁迅全集》第8卷,人民文学出版社1981年版,第190页。
④ 鲁迅:《集外集拾遗补编·破恶声论》,《鲁迅全集》第8卷,人民文学出版社1981年版,第25页。
⑤ 夏志清著《中国现代小说史》(*A History of Modern Chinese Fiction*)1961年由美国耶鲁大学出版社初版,1971年再版,1999年印第安纳大学出版社出版第三版。中译繁体版也有三个版本,1979年香港友联出版社版,1991年台北传记文学出版社版,和2001年香港中文大学出版社版。2005年,中文简体版由复旦大学出版社出版。

派作家、鲁迅、现代主义流脉与上海都市文化的研究持续发挥影响,①90年代末,王德威具有广告效应的"没有晚清,何来'五四'?"②一说在国内不胫而走,激起国内学者对于现代文学史晚清起点的讨论③。海外中国现代文学研究曾经与国内研究形成良好的互补关系,在研究视野、理论、方法甚至学术规范上,为国内研究提供了新的参照,促进了国内现代文学研究的拓展与深化。鉴于海外中国现代文学研究的良性影响,国内学界的认同与呼应自然有其学术与历史的合理性。但是,长期以来,国内学界对海外研究的态度,停留在一边倒的追随局面,甚至出现盲目追捧的现象,缺少必要的反思,更谈不上自身问题意识的自觉,形成一种曾有论者指出的"汉学心态"与"仿汉学"倾向④。或出于80年代以来对外来理论与方法的求新骛奇,或意在近年高校国际化新潮中将海外研究作为学术生长点,究其症结,皆因所宅不深,自身问题意识与学术自信不足。其实,海外中国现代文学研究也存在自身难以克服的限度,在问题意识上囿于自身学术传统,与国内语境究竟有隔,具体判断存在似是而非之处。近年来,学界也开始对美国汉学中国现

---

① 李欧梵在大陆出版书籍众多,学术上较有影响者有:《中国现代作家浪漫的一代》,王志宏译,新星出版社2005年版;《上海摩登:一种新都市文化在中国1930—1945》,毛尖译,上海三联书店2008年版;《现代性的追求:李欧梵文化评论精选集》,王德威编,三联书店2000年版;李欧梵:《铁屋中的呐喊》,尹慧珉译,岳麓书社1999年版,后又再版(河北教育出版社,2001年;人民文学出版社2010年版)。

② 主要参见王德威:《被压抑的现代性:没有晚清,何来"五四"》一文,收入氏著:《想像中国的方法:历史·小说·叙事》,三联书店1998年版;后又作为导论收入氏著:《被压抑的现代性——晚清小说新论》,宋伟杰译,北京大学出版社2005年版。

③ 这一讨论由将中国现代文学起点前推至晚清的讨论开始,进一步落实为将小说《海上花列传》作为现代文学开山之作的讨论,如孔范今的《论中国文学的现代转型与文学史重构》(《文学评论》2003年第4期)认为:"以19世纪90年代前期刊行的韩邦庆的《海上花列传》为其起点标志是比较符合实际的。"范伯群的《〈海上花列传〉:现代通俗小说开山之作》(《中国现代文学研究丛刊》2006年第3期)则较为审慎,只是将《海上花列传》视为"中国现代通俗小说的开端"。栾梅健则发表一系列文章,明确提出《海上花列传》是"中国第一部具有现代性的小说"。严家炎主编的《二十世纪中国文学史》将这一讨论落实为文学史写作的实践,将《海上花列传》与陈季同的法文小说《黄衫客传奇》视为中国现代文学"发端"的"标志"。(高等教育出版社2010年版,第1—23页)陈国恩的《文学革命:新文学历史的原点》(《社会科学辑刊》2007年第1期)和吴福辉《寻找多个起点,何妨返回转折点——现代文学史质疑之一》(《文艺争鸣》2007年第7期)则对此提出不同意见。

④ 温儒敏:《文学研究中的"汉学心态"》,《文艺争鸣》2007年第7期。

代文学研究的反思,①笔者认为,美国汉学现代文学研究中存在的问题,集中体现在其文学史观念中,焦点在于对处于核心位置的"现代"的理解,其

---

① 如清峻通过对部分海外学人学术观点的分析,指出其过分倚重西方理论,轻视基本史实,存在过度阐释的研究局限(《昧于历史与过度诠释——近十年海外现代文学研究的一种倾向》,《海南师范学院学报》(社科版)2004年第5期);李凤亮以整个海外研究群体为对象,考察其整体构成、内在差异、对国内研究的影响及其跨文化的意义(《海外华人学者批评理论研究的几个问题》,《文学评论》2006年第3期);吴秀明、张锦指出,在西学中处于边缘位置的海外汉学难以从根本摆脱西方学术体系,其以西方为取舍的思维观念不符合在中国境遇中诞生与发展起来的现代文学实际(《海外中国现代文学研究对新时期以来内地学界的影响》,《社会科学战线》2007年第6期);王丽丽、程光炜对从夏氏兄弟到李欧梵、王德威的学术传承背后的学术文化传统进行了深层梳理(《从夏氏兄弟到李欧梵、王德威——美国"中国现代文学研究"与现当代文学》,《当代文坛》2009年第5期);温儒敏对美国汉学中国现代文学研究影响下国内学者的盲目跟风心态进行了反思与批评(《文学研究中的"汉学心态"》,《文艺争鸣》2007年第7期);秦弓基于海外理论资源对国内现代文学研究的影响现状,对其负面效应进行了反思(《中国社会科学报》2010年8月17日);郝庆军对国内学界受李欧梵的影响纷纷将"公共领域"与"想象共同体"理论用于报刊研究的不良现象作出反思(《报刊研究莫入误区——反思两个热门话题:"公共领域"与"想象共同体"》,《中国现代文学研究丛刊》2005年第5期);妥建清则就李欧梵强调西方启蒙现代性对中国文学影响最大的是时间观念提出商榷,认为中国文学的现代性更重视自身的空间体验(《中国文学现代性的空间体验——兼与李欧梵先生商榷》,《汕头大学学报》(社科版)2009年第2期)。比较而言,批评之声多集中于王德威的"没有晚清,何来'五四'"一说,张志云认为,此说将中国文学移植到美国汉学的文化语境中,抽离了中国文学的文化语境,导致一种文化上的理解错位(《一个错位的"晚清"想像——评王德威"被压抑的现代性"说》,《云南民族大学学报》(社科版)2006年第5期);刘成勇认为王德威无法恰当处理晚清文学与五四文学的关系,在现代性话语与后现代策略之间游移不定(《吉首大学学报》(社科版)2008年第6期)。同样是针对晚清"现代性"一说,有意思的是,冷露依据柯文(也是王心仪的对象)和沟口雄三的历史观,认为王在阐述晚清现代性时偏于甲午之后的文学史断裂,因而重蹈了"冲击—回应"的固有理解模式,可以说是在与此前相反的方向上以更激进的立场嫌王氏新论的颠覆性还不够彻底(《评王德威"被压抑的现代性"说》,《中国现代文学研究丛刊》2002年第2期)。另外,王彬彬指摘王氏《从"头"谈起》一文的主观臆断、"胡搅蛮缠"之处(《胡搅蛮缠的比较——驳王德威〈从"头"谈起〉》,《南方文坛》2005年第2期);郜元宝指出氏著《当代小说二十家》试图将驳杂理论和文学史堆积到具体文学现象之上建构"跨世纪华文文学的版图"的虚妄之处(《"重画"世界华语文学版图?——评王德威〈当代小说二十家〉》,《文艺争鸣》2007年第4期);汤拥华进入氏著《抒情传统与中国现代性——在北大的八堂课》的论述细节,就其有关"抒情"、"传统"与"现代性"的论述,揭示其艰辛的为文策略及逻辑与价值的漏洞(《"抒情传统说"应该缓行——由王德威〈抒情传统与中国现代性——在北大的八堂课〉引发的思考》,《文艺研究》2011年第11期)。这些数量有限的反思性批评,显示了国内学者面对海外研究的影响开始有了可贵的学术自觉与独立思考能力。在这些文章中,王晓初的《偏狭而空洞的现代性——评王德威〈被压抑的现代性——晚清小说新论〉》触及作为问题核心的"现代性"论题,认为王氏"混乱而偏狭"的文学史视野,根源于其"空洞而游移"的现代性观念,并对中国文学现代性的内涵、限度及其历史合理性进行了分析(《文艺研究》2007年第7期)。

论述既有一脉相承性,也有局中人意识不到的立场分歧,尤其是基于后现代立场对"现代性"的阐释,存在歧义丛生、自相矛盾的现象。鉴于美国汉学中国现代文学史叙述在国内的影响,重新梳理并反思其有关"现代"的论述,对于中国现代文学史基本问题的清理,具有重要意义。对于引发争议的"现代"问题,今天,我们理应也完全可以以更为全局的视野和更具学理的态度来进行深入辨析。基于以上研究背景和问题意识,笔者试图在中国现代文学史叙述的整体格局中,将美国汉学的中国现代文学研究作为整体考察对象,在分梳其学术话语的传承及变异的基础上,辨析其"现代性"论述中存在的问题,并试图基于更宽广的视域和更恰切的问题意识,揭示中国"现代性"问题的复杂性;美国汉学在中国文学"现代性"论题上的局限,源于本土经验与问题意识的欠缺,而国内学者盲目跟风,更显自身问题意识和学术自信的丧失,因而最后对海外研究的限度与国内学界的盲从心态作出必要的反思。

二、中国现代文学史叙述的三个路向

文学史,是随着现代学科体系和教育体制的形成应运而生的,20世纪初年,林传甲与黄摩西文学史的出现,正是伴随晚清刚刚开始的现代学科与大学体制的建立;但另一方面,在中国,史书的编纂又是举足轻重的大事,因为"春秋"成经,经史并列甚至以史为经,历来对"修史"颇为重视,治史者或多或少都有指向"经"的冲动。这一传统,使应现代学科体系而生的文学史编写,成为令人关注的事业,文学史的起讫和分期、作家作品的入选与评价等等,都为人瞩目,似乎文学史是划定经典的地图,进入文学史则"载入史册",文学教育体制也助长了这一局面,载入文学史则为后学接纳和传承,未入文学史的,则没入历史深处,故而,甚至中、小学教材文章篇目的变动,都会引起社会的热议。新中国成立后,中国现代文学学科正式进入大学教育体制,现代文学史的编写,自然承担了重要的"经典化"职能,在这个意义上,可以说,现代文学史的编写,一开始就承续了悠久的"经史"传统,治史者的诚惶诚恐、正襟危坐,或踌躇满志、指点江山,自然是题中应有之义。

在中国现代文学史叙述中,主要存在三个叙述理路,一个是新民主主义理论的历史观,一个是80年代"二十世纪中国文学"历史观,一个就是以美国汉学为代表的海外中国现代文学历史观。毛泽东在《新民主主义论》中,将"五四运动"视为"旧民主主义革命"与"新民主主义革命"的分水岭,"五四"之后,中国革命已经进入新民主主义革命阶段,中国革命领导者,已经属于中国无产阶级,相应地在文化上,新民主主义革命文化的主导者,也应是无产阶级文化。上世纪50年代以后的中国新(现代)文学史写作,自然要体现这一基本历史判断,从50年代初承担重任的王瑶的《中国新文学史稿》①,到70年代末唐弢、严家炎主编的《中国现代文学史》②,都是趋向正定"经典"的努力。文学史既然裹挟意识形态的要求,社会文化思潮的演变必然牵动文学史格局的变动。"文革"结束后,官方改革派需要人文知识分子参与改革意识形态的建设,人文意识形态获得相对独立的空间,并形成想象性的同一立场,"文化热"蔚然兴起。80年代中期,"重写文学史"的呼声应运而生。"重写"既包含作家的"出土"与作品的增删,也指向文学史起讫和分期的调整,"二十世纪中国文学"③概念的提出,将现代文学的起点由"五四"(1917或1919)向前推至戊戌维新,并非否定"五四"的现代意义,而是试图通过对以五四新文化运动(1917)为标志的"现代"的溯源,将戊戌维新视为1917年的前奏,超越以1919年"五四运动"为标志的新民主主义文学的界定,以进一步突出"启蒙"对于"救亡"的本源性意义,《中国现代文学三十年》④就是这一努力的成果。

美国汉学的中国现代文学研究者主要由华人组成,但并非铁板一块,来

---

① 王瑶的《中国新文学史稿》由个人撰写而成,是第一部中国现代文学史著作,上册于1950年脱稿,1951年开明书店出版,下册1952年完成,1953年新文艺出版社出版,1954年新文艺出版社推出上、下册版,1982年上海文艺出版社再版。

② 唐弢、严家炎主编:《中国现代文学史》,人民文学出版社1979年版,集当时国内高校力量编写而成,为80年代高校普遍使用。

③ 1985年5月,陈平原、钱理群、黄子平在中国现代文学研究创新座谈会上联名发表论文《论"二十世纪中国文学"》,该文以《二十世纪中国文学三人谈》连载于《读书》杂志1985年第10、11、12期;署名黄子平、陈平原、钱理群著的《二十世纪中国文学三人谈》由人民文学出版社1988年出版;署名钱理群、陈平原、黄子平著的《二十世纪中国文学三人谈·漫说文化》由北京大学出版社2004年出版。

④ 钱理群、温儒敏、吴福辉、王超冰:《中国现代文学三十年》,上海文艺出版社1987年初版,修订本署钱理群、温儒敏、吴福辉著,北京大学出版社1998年版。

自不同的地区（如台湾和大陆），与不同的大学背景，都会形成不同的学术个性。从对国内现代文学研究的影响来看，美国汉学中国现代文学研究以夏志清、李欧梵与王德威为代表，并形成了自己的传承谱系，对国内现代文学研究产生了较为持久的影响，构成中国现代文学史叙述的第三个路向。以夏志清的中国小说史研究为开端，随着其《中国现代小说史》翻译成中文并在80年代传到大陆，美国汉学的中国现代文学研究开始在国内引起反响。夏基于海外意识形态立场，本着发现杰作的新批评旨趣，发掘被大陆正统意识形态埋没的中国现代小说及作家，这一新的小说史格局的呈现，在80年代文化热与人文知识分子试图构建人文意识形态的语境中，自然受到欢迎，80年代的"作家出土"与"重写文学史"，都与夏氏小说史的激发有关。李欧梵继夏之后，以其中国现代浪漫派作家、鲁迅及上海都市文化研究，延续对国内学界的影响，李注重对非正统的浪漫主义与现代主义潜流的挖掘，自然对大陆的现代文学史格局带来启发。90年代后期，王德威的"没有晚清，何来'五四'"一说在国内现代文学界获得较大反响，成为近年较有影响的文学史意识形态，其在现代文学起点问题上明确的重写指向，又激起国内文学史重写的冲动和讨论。

这三个叙述理路，构成了中国现代文学史叙述的主要格局，但这三者之间，存在复杂的纠缠关系：新民主主义的历史观和"二十世纪中国文学"历史观都以"五四"为立足点，不同的是前者以1919年的五四运动为定位，后者指向以1917年为标志的新文化运动（溯源至戊戌维新）；同样是对"五四"文学的批评，新民主主义文学所欲张扬的是正统的革命文学，而对于美国汉学中国现代文学研究来说，其意欲打捞的是被正统叙述压抑和埋没的作家、作品和流派；"二十世纪中国文学"历史观与美国汉学中国现代文学历史观，都是来自对正定现代文学史叙述的不满，不同的是，前者所欲突显的是"五四"的现代启蒙主义，后者则将矛头指向笼统的"五四"以来的文学及其文学史叙述。可以看到，"二十世纪中国文学"与美国汉学中国现代文学叙述都有颠覆主流文学史叙述的意图，前者背后有着积极涌动的80年代人文意识形态的背景，试图以"启蒙"的"现代"代替"救亡——革命"的"现代"，作为文学史叙述的基点，因而在80年代语境中，与后者形成相互借鉴的可能，但是，后者出于对革命叙述的不满，将否定指向笼统的"五四"，从而在对"五四"的理解上,存在前者尚未意识到的相互之间的分歧,也埋伏下进一步颠覆的可能。

这里梳理中国现代文学史叙述的相互纠缠的路线及其复杂的意识形态背景,并非说局中人都有明确的设计意图,历史与时势,往往借由坚固的传统习惯与复杂的人心走向制约着个人的选择,局中人亦难分清,师承者对前因后果,更未必了然于心,歧义与矛盾的产生,自然在所难免。

三、美国汉学中国现代文学研究的传承与变异

夏志清、李欧梵与王德威三人构成一定的传承谱系。首先在大学教职上有继承关系。夏志清是由冷战时期美国的中国学研究进入中国现代文学研究的,于 50 年代进入中国现代小说史研究,长期担任哥伦比亚大学东亚语文系教授,亲兄弟夏济安亦以中国现代文学研究见长,其左翼与鲁迅研究对后继者产生了一定影响。李欧梵师从夏济安,深受夏氏兄弟影响,退休前在哈佛大学任中国文学教授。王德威曾在哥伦比亚大学东亚语文系供职多年,自然与夏志清有着影响关系,后又到哈佛大学,继承了李欧梵的教职。

三人在学术上,自然也有自觉不自觉的传承,表现在对中国现代文学史的基本判断与研究路向上:1. 李、王传承了夏对中国现代文学的一个基本判断,认为在中国现代文学中,存在一个"感时忧国"的精神倾向,以及由此产生的现实主义创作主流,大陆正统的文学史叙述视其为正统,而压抑其他的流派和倾向。"感时忧国"、"现实主义"几乎成为对中国现代文学及其文学史叙述之局限的一种基本判断。三人的中国现代文学史叙述,都以这个基本判断为起点,遂有意在这一主流叙述之外,发掘、打捞被压抑和埋没的文学存在。2. 在基本判断之后,对于文学史中被压抑的对象,也有着基本共同的上榜名单。夏志清给张爱玲、沈从文、钱钟书、新感觉派作家等以重要的文学史地位,李欧梵挖掘浪漫主义流脉,进而对现代主义潜流加以钩沉,对于海派作家多有兴趣,新感觉派与张爱玲为其关注所在。张爱玲、沈从文等也是王德威个案研究的兴趣点,新感觉派作家虽未涉猎,亦颇受其青睐。3. 三人的中国现代文学研究,都主要集中于小说研究;与对作家、作品钩沉发掘的动机有关,也都热衷并擅长于对文学个案的精彩分析。4. 对于李与王来说,其传承性在于,李开始以"现代性"理解中国现代文学中压抑

与被压抑现象，王也自觉以"现代性"作为其现代文学研究的一个理论指标和学术生长点，"现代性"成为二人论著甚至标题中频繁出现的关键词。虽然，在夏的基础上，李、王的研究各自有所拓展，如李欧梵的鲁迅研究与上海都市文化研究，王德威的晚清小说研究与当代小说研究，但其基本文学史判断一脉相承。

在以上不难发现的共同性之后，又存在不易察觉的潜在差异。这首先表现在相同的文学史判断及其肯定指向背后，各自依赖的价值立场其实并不相同。夏志清对大陆中国现代文学史正统叙述的不满，除了不必讳言的意识形态因素外，西方人文主义立场与美国新批评理论是其主要立论背景，其小说史写作抱着"发现杰作"的基本动机，而对作品价值的判断，依据的是人性的深度与艺术的尺度，其价值判断的背后，似乎有基督教价值的支撑，他认为现代中国文学的人性表现之所以缺少心理深度，是因为没有真正宗教的价值背景。①

李欧梵对中国现代作家中浪漫一代的研究，指向的是对夏揭示的现实主义主流的反拨，并由浪漫一代，进入对现代主义潜流的挖掘，将浪漫主义与现代主义，看成被压抑的"现代性"，并试图建构一条被视为"现代"文学特质的"颓废"文学的脉络。如果追问李的价值立场，可以说是一种基于多元价值的现代主义立场。

如果说前两位的价值立场尚为明确，王德威的则较为模糊。王继承了夏、李的基本研究倾向，而其真正产生影响的，是"没有晚清，何来'五四'"的提出。试图寻找"被压抑的现代性"，这自然可以看成夏与李思路的混合继承，但"被压抑"的对象，已不是夏的普遍人性标准下的"杰作"，也与李的"现代主义"的"现代性"有别，而是所谓晚清"现代性"，然而，晚清如何"现代"？这一关涉价值判断的核心问题，在其论述中是不清晰的，其获得反响，来自对"五四"正统的颠覆效应，如果追问下去，可能不是某种价值立

---

① 夏志清在《中国现代小说史》之最后一章"结论"中说："现代中国文学之肤浅，归根究底说来，实由于对原罪之说或者阐释罪恶的其他宗教论说，不感兴趣，无意认识。当罪恶被视为可完全依赖人类的努力与决心来克服的时候，我们就无法体验到悲剧的境界了。"（夏志清：《中国现代小说史》，刘绍铭等译，香港中文大学出版社 2001 年版，第 432 页）并认为："基督教传统里的西方作家都具有这种宗教感的。"（《作者中译本序》，同上书，第 xliii 页）

场,而是后现代解构策略才是其最终学术动力。

粗略地看,可以这样概括,夏志清偏向西方人文主义立场,李欧梵立足于西方现代主义立场,而王德威奉行的是更时尚的后现代主义。这样看来,就呈现了一个复杂而有趣的学术传承现象,虽然作为学术出发点的文学史判断是相同的,局中人也自觉以传承者自居,但是,未明言的各自不同的价值立场,导致了不同的研究倾向。这本来是学术传承与发展的自然现象,但是,由于局中人对相互之间的分歧没有自觉,因而在自我陈述与学术论述中,难免出现命名与判断的混乱现象。

同样是出于对"感时忧国"与"现实主义"的不满,夏志清本着人文主义的普遍人性的经典标准,以揭示人性的深度作为衡量文学价值的主要指标,并将中国现代小说深度的不足,归咎于宗教信仰的缺失,其所欲彰显的作品,在他看来都显示了人性的丰富性。如果说夏是以人性的丰富性来展现文学史的丰富性,李与王则没有夏的价值背景,其关注似乎仅在文学史本身,在他们的论述中,出现了一个夏所没有的关键词——"现代性",某种意义上,"现代性"取代夏氏的"人性"标准,成为一个新的评价指标。既然致力于发现被遮蔽和压抑的文学现象,所谓"现代性"就成为追求与打捞的对象。李欧梵首谈"现代性",在他那里,被压抑的"现代性"指向"现代主义",但对于王德威来说,"现代性"指向就不那么明确了。这一传承路途中尚未自觉的价值立场的变异,使他们对具体文学作品的评价,实际上存在分歧,比如说,王德威所欲伸张的体现"现代性"的晚清小说,在夏志清的经典人性标准下,大概很难被称为"杰作"吧;李欧梵为了挖掘"现代主义"流脉,对鲁迅作品中的"现代主义"因素多有阐发,而王德威为伸张晚清而"压抑"鲁迅,竟将明显具有象征主义艺术质素的《狂人日记》纳入"保守的""写实主义"范畴[①],这是否正好针锋相对了呢。

美国汉学的中国现代文学史叙述在80年代的国内学界迅速获得影响并确立地位,与80年代的时代语境相关,在思想解放和文化热语境中,人文知识分子对革命意识形态进行反思,现代文学学科也意欲突破正统文学史叙述的规范,夏志清的小说史对被正统文学史遮蔽的作家作品的发掘,自然

---

① 具体论述参见后文。

受到国内学界的欢迎与响应,并在一定程度上启发了80年代的现代文学史重写。在此后的一段时间内,"二十世纪中国文学"文学史观与美国汉学的中国现代文学史观构成了较为密切的互动与借鉴关系。但是,到了90年代中期,随着80年代的"现代化"思潮被90年代的"现代性"论题所取代,二者之间本来存在的分歧开始渐渐浮出水面,在现代性反思中,"二十世纪中国文学"文学史观逐渐陷入被质疑的位置,而美国汉学的中国现代文学史叙述在后继者李欧梵、王德威的推动下,挟"现代性"热潮,对国内现代文学叙述继续产生影响。

四、90年代文学史重写冲动的"现代"迷思

国内现代文学研究界曾于90年代对文学史意识展开过反思,但文学史仍然是意识形态争夺的场域。90年代以来,80年代盛极一时的人文意识形态开始边缘化,想象性的同一立场分化,形成内部的激烈纷争,意识形态的动荡必然波及现代文学史意识的变动,虽然不再像80年代那样公开打出"重写文学史"的旗号,但"重写"冲动依然存在。

90年代文学史的"重写"冲动,虽然表现多样,但其中最有影响的,还是与美国汉学的中国现代文学研究有关。如前所揭,夏志清的现代小说史写作与李欧梵的现代文学研究,作为对大陆正统文学史叙述的反驳,已然在从事重写文学史的实践,但直到90年代末,随着王德威"没有晚清,何来'五四'"这一具有广告效应的论点的提出,才重新激起国内文学史重写的冲动。从字面意思看,这一说法似乎还是以"五四"为某种标志,叙说的是"五四"的来源,但真正所欲表达的,是副标题"被压抑的现代性",也就是被"五四"压抑的晚清的现代性,在他看来,晚清是中国文学"现代性"的良好开端,晚清"现代性"本来比"五四"要丰富得多,"五四"是晚清现代性的"窄化的收敛",终结了本来发育正常的"现代"。① 这一观点引起国内的响应,既然晚清比"五四"更"现代",现代文学的起点自然要向前推,于是出现将现代文学起点定位于晚清某一篇小说的言论,严家炎主编的《二十世纪中国文学史》,则将这一讨论落实为文学史写作的实践,现代文学起点的重新

---

① 参见王德威:《被压抑的现代性:没有晚清,何来"五四"》。

定位,成为这部文学史的一大亮点,将现代文学的起点,定位为两篇晚清小说的出现,并给出了充分的论证。① 这一观点,开始得到学界越来越多人的呼应。

90年代的这一重写冲动,与80年代的"二十世纪中国文学"重写运动也有一定渊源。重视晚清,并将现代文学起点前推至晚清,本来不是一个新话题,陈平原是"二十世纪中国文学三人谈"的参与者,在其博士论文《中国小说叙事模式的转变》中就开始从叙事模式角度探讨晚清至"现代"的小说转型的轨迹,并在"三人谈"之后系统实施晚清文学研究的计划,如20世纪中国小说史第一卷的写作。陈平原的晚清文学研究代表着现代文学领域向晚清拓展的动向,但作为"二十世纪文学"概念的提出者,其晚清研究属于80年代重写文学史的想象:通过进入"五四"前文学,为"五四启蒙"的"现代"溯源。为"五四"寻找晚清源头,无疑也是一种将"现代"内涵进一步扩充的努力。

在某种程度上,90年代的晚清热,可视为80年代晚清热的延续,但是,"没有晚清,何来'五四'"的重写指向,已与80年代有所不同。"二十世纪中国文学"对"现代"的想象,依然以"五四"启蒙为期待,"被压抑的现代性"之"现代",却出于对五四启蒙"现代性"的不满。与80年代晚清热尚为清晰的"现代"价值指向不同,在90年代的晚清热及文学史重写冲动中,作为关键词和价值指向的"现代性"却相当模糊,一方面,"现代性"成为新的学术生长点漫天飞舞,另一方面,对于问题关键的"现代性",晚清"现代性"的提出者及呼应者皆未加深入追问和清晰界定,造成与这一重写冲动相关的几乎所有文本,都处在对象不明的言说之中,矛盾之处在所难免。追问何谓"现代",在当下深受后现代思潮影响的现代文学研究者看来,也许被认为是本质主义倾向,大可不必,但纠缠于"现代",而不问何谓"现代",极易形成盲人摸象的纷纭局面。正如有论者指出:"清理与厘定造成现代性这一概念内涵混乱与歧义丛生的逻辑前提及其思维方式的学术梳理已成为当

---

① 参见严家炎主编:《二十世纪中国文学史》,高等教育出版社2010年版,第1—23页。

前中国现代文学界与学术理论界的一个迫切任务。"①

"现代"之在国内成为问题,始自90年代以来的"现代性"论题。作为理论思潮,现代性论题源自西方思想界对于自启蒙运动以来现代化进程的反思,19世纪中期以来德国社会与文化理论对资本主义与现代化进程的反思性考察,为现代性提供了最早的考察与描述范式,19世纪末以来,人文领域的现代主义思潮则不断提供激烈的反叛形式,到20世纪70年代,作为现代主义的极端发展,后现代主义开始出现,后现代主义的实质,是以更为整合的姿态,宣告与启蒙现代性以来的西方现代性模式的断裂,"现代性"作为一种整体,成为批判与超越的对象。中国的"现代性"论题是随西方后现代思潮一道涌入的,90年代中期,随着后现代思潮的涌入,"现代性"取代"现代化",成为国内人文思想界的关注点,后现代理论对启蒙理性及其现代进程的反思与批判,启发中国学界开始对曾经追慕不已的西方"现代化"模式进行反思;现代性论题的出现当然也有来自国内的思想动机,80年代末国内与国际形势的巨变,促动受挫的人文思想界开始反思80年代的思想范式。90年代中期以来,大量学者投入现代性论题的研究,有关"现代性"的景观、内涵、构成、西方话语史、与后现代性的关系、审美现代性、中国现代性问题等等,都为论者所论及。②

现代性问题,涉及何谓"现代"的追问,自然属于中国现代文学研究界的核心论题。国内较早涉及"现代性"论题的学者汪晖,就来自现代文学界,90年代中期,带着"什么是现代"的追问,汪晖开始进入思想史领域追溯"现代"的来源,③启发了现代文学研究界开始反思作为学科题中应有之义的"现代"问题。虽然前述新民主主义文学史观与"二十世纪中国文学"文学史观之间的争辩,已分明含有对于"现代"理解的分歧,但"现代"作为问题成为现代文学研究界正式反思的对象,则形成于90年代的"现代性"思

---

① 王晓初:《现代性:中国现代文学学科构建史的核心话语》,《中国图书评论》2010年第5期。
② 参见赵景来:《关于"现代性"若干问题研究综述》,《中国社会科学》2001年第4期。
③ 见汪晖:《韦伯与中国的现代性问题》(收入氏著:《汪晖自选集》,广西师范大学出版社,1997年,第1—35页)、《现代性问题答问》、《当代中国的思想状况与现代性问题》(收入氏著:《死火重温》,人民文学出版社2000年版,第3—94页)。

潮。90年代,"二十世纪中国文学"的倡导者钱理群重新反思这一文学史观中的问题,据他回顾,王瑶曾经质询,讲20世纪为什么不讲殖民帝国的瓦解与第三世界的兴起,不讲(或少讲,或只从消极方面讲)马克思主义、共产主义运动以及俄国与俄国文学的影响,因而反思:"我几乎不加怀疑地认定,西方的现代化道路就是中国的现代化的理想模式;西方现代化模式与现代化本身必然产生的负面,则基本上没有进入我的观察与思考视野。"①作为人文思想界"现代性"讨论的响应,自90年代中期以来,"现代性"开始成为现代文学研究领域的关键词,举凡作家、作品与诸多文学现象的研究,多与"现代性"一词发生联系,与"现代性"论题相关的现代文学论著,可谓屡见不鲜。②

"现代性"论题激发下的中国现代文学史重写,主要表现为两个意向,一是通过对80年代"现代化"理路的反思,检讨"二十世纪中国文学"历史观中以五四启蒙为价值支点、以西方现代化模式为指向的"现代"理解,在这一反思中,左翼、延安与社会主义文学重新获得文学史的理解。这一意向背后,有着90年代在现代性反思中崛起的"新左派"人文思潮的支撑,其领军人物汪晖来自现代文学研究界,因而这一思潮对于现代文学领域自然有着直接影响;第二个意向,则与美国汉学的中国现代文学研究的影响有关。如前所述,李欧梵与王德威在90年代以来中国现代文学界的影响,与"现代性"论题密切相关,将现代性问题引入中国现代文学研究,李欧梵要早于国内学者,王德威则步李之后尘,又挟后现代新风,纵论中国文学的"现代性"。李、王的文学"现代性"论述,自然包含有美国汉学的中国现代文学研究中固有的对"五四"启蒙现代性的不满,但其重写意向不可能是指向对左翼文学的重新肯定,而是指向了反现代性的现代主义与所谓晚清现代性。现代性论题下的这两个重写意向,价值取向有别,但有一个共同的倾向,就是强调文学现代性的本土因素,如晚清现代性论述,甚至文学现代性的晚明起源论。近年国内学者热议的"民国"文学史,虽在价值取向上未必一致,

---

① 钱理群:《现代文学的观念与叙述·矛盾与困惑中的写作》,《文学评论》1999年第1期。
② 相关综述参见王晓初:《现代性:中国现代文学学科构建史的核心话语》,《中国图书评论》2010年第5期。

但将80年代的时间之维的现代化论述转换成空间性的"民国体制",在强调现代性的本土因素上,也表现出相似的倾向。美国汉学的文学现代性论述,也与90年代以来的国内现代通俗文学史研究构成呼应,二者相似的"被压抑"意识,虽然被压抑对象所指不同,但都指向了对"五四"启蒙现代性及其文学精英意识的不满,在一定程度上共同构成对"五四"文学传统的消解。

可见,90年代"现代性"论题下的中国现代文学史重写动机表现多样,其中来自美国汉学的中国现代文学研究的影响值得关注。将现代性问题引入中国现代文学研究,李欧梵要早于国内学者,作为美籍学者,得欧、美风气之先,他较早在诸多论著中将"现代性"问题广泛融入中国现代文学研究之中,在国内获得广泛影响。王德威的问题意识与研究脉络,与前者有一定的传承关系,其对"现代"的想象与论述,自然承续了其若干脉络,并有所变化。所以,我们可以首先从李欧梵的现代性论述入手,考察其中可能存在的问题。

李欧梵在国内出版的著作,有关"现代性"问题的论述,可以王德威为其编的《现代性的追求》[①]为代表,该著实际上是其中国现代文学研究代表作的选集,既以"现代性"标题,应该有相关思考在兹。

概观李欧梵的研究,其对"现代性"的论述,以卡林内斯库(Matei A. Calinescu,1934—2009)《现代性的五副面孔:现代主义、先锋派、颓废、媚俗艺术、后现代主义》[②]中的两种现代性观点为基本论述框架,在涉及现代性问题的地方,每每加以引用。[③] 卡氏认为,自19世纪上半叶以来,西方有两种分裂的现代性,一种是起因于启蒙主义和工业革命,作为"科学、技术发展的一个产物,是工业革命的产物,是资本主义带来的那场所向披靡的经济和

---

① 李欧梵:《现代性的追求》,王德威编,三联书店2000年版。
② Matei A. Calinescu: *Five Faces of Modernity*: *Modernism*, *Avant-Garde*, *Decadence*, *Kitsch*, *Postmodernism*; Duke University Press, 1997;中文版《现代性的五副面孔》,周宪等译,商务印书馆2002年版。
③ 据李欧梵在《上海摩登:一种新都市文化在中国1930—1945》的中文版序中回顾,他与卡林内斯库曾同时执教于印地安那大学,过从甚密,深受其现代性理论的影响:"他的这本书(指卡氏的《现代性的五副面孔》,引者注)就成了我当年研究现代主义的理论基础。"(李欧梵著,毛尖译,北京大学出版社2001年版,第2—3页)

社会的变化的产物"①的资产阶级的、市民的、"布尔乔亚"的现代性,它对理性进步和科技发展持乐观信念,同时具有市民的庸俗和市侩气;一种是经由后期浪漫主义发展而来的"作为美学观念"的艺术的现代性,作为对前一种现代性的反动,诉诸艺术的先锋手法,厌弃外在,崇尚内心,现代主义艺术就是其表现。在李的表述中,"五四"代表的现代性,就是前一种"现代性",如他说:

> 从1898年的"维新"运动到梁启超的"新民"观念,再到五四时期新青年、新文化、新文学的一系列宣言,"新"这个词几乎伴随着旨在使中国摆脱以往的镣铐、成为一个"现代"的自由民族而发动的每一场社会和知识运动。因此,在中国,"现代性"不仅含有一种对当代的偏爱之情,而且还有一种向西方寻求"新"、寻求"新奇"这样的前瞻性。因此,在中国,现代性的这个新概念似乎在不同的层面上继承了西方"资产阶级"现代性的若干常见的含义:进化与进步的思想,积极地坚信历史的前进,相信科学和技术的种种益处,相信广阔的人道主义所制定的那种自由和民主的理想。②

> 我觉得值得考虑的是《新青年》思潮背后的一个新的意识形态和历史观,我把它称作"现代性",并曾作专文论述。这一种现代性当然和西方启蒙(enlightenment)思想的传统一脉相承,它经由对知识的重新组合而灌输几套新的思想——理性主义、人本主义、进步的观念等等,此处不能细说。③

不难看出,李欧梵将自维新至五四的现代性追求定位成卡氏所谓资产阶级庸俗的现代性。基于学术上的师承关系,李氏将夏志清所指摘的"感时忧国"与"现实主义"视为"前一种现代性"的文学表现。其实,从早期的浪漫一代研究,到鲁迅研究、海派文化研究,李试图钩沉的都是与五四"现代性"不一样的存在,至此可以看到,李所想发掘的,即卡氏所谓后一种"现代性"——反叛前一种"现代性"的现代主义,因而,虽然对五四浪漫主义的

---

① 李欧梵:《现代性的追求》,三联书店2000年版,第234页。
② 同上书,第236页。
③ 同上书,第145页。

"现世关怀"有所不满,但他还是着意将自五四浪漫主义到海派颓废的一脉阐释成中国文学真正"现代性"的代表——"现代主义"潜流。

"感时忧国"倾向与现实主义取向具有内在关系,这一判断不无真知灼见,但这里的问题是,将"感时忧国"及其现实主义取向,与卡氏所谓资产阶级庸俗现代性等同起来,是否简化了其中的复杂性?将"五四"与资产阶级等同,本来是新民主主义文学的理路,但新民主主义文学所欲伸张的,是革命文学的正统,夏、李对新民主主义文学的阐释自然不满,将本来捆绑在革命文学中的"现实主义",放到"五四"身上,也许在他看来,后来的主流倾向,与五四脱离不了干系,此处不作展开。笔者在这里想梳理的,是相互纠缠的文学史复杂理路。

美国汉学的中国现代文学研究有其自成系统的师承关系和对话语境,李欧梵的中国现代文学研究师承夏志清对中国现代文学主流的基本判断,又受启发于夏济安的鲁迅研究,其对中国现代文学中情感、主观与浪漫之脉络的关注,又可能受捷克中国现代文学研究者普实克(Jaroslav Prusek,1906—1980)的启发。李欧梵中国现代文学研究中的"现代"论述尚属明确,即通过将"五四"代表的现代性定位成卡氏所言资产阶级的"庸俗"现代性——表现为"感时忧国"情结与现实主义取向,试图打捞并彰显卡氏的后一种现代性——中国现代主义文学流脉,即趋向个人、内在、情感甚至颓废的情感与艺术趋向,其对浪漫一代、鲁迅、新感觉派、张爱玲、上海都市文化、"颓废"等的研究,体现着这一努力。但这一理路存在的问题是:1.卡林内斯库基于西方现代史的两个现代性的分析模式,直接套用到对中国现代性问题的分析是否合理?如此相关的是:2."五四"的定位是否准确?由此而欲伸张的"现代主义"在中国有无可能性?如果承认卡氏理论放诸中国而皆准,则无疑我们首先要有充分的前一种现代性,才会有后一种现代性的可能。将"五四"与资产阶级和市民阶级的运动挂钩,在新民主主义理论及胡风文艺观中都不鲜见,其中欲抑欲扬,各有抱负,在李欧梵那里,"五四"是在卡氏模式中来定位的,是意欲否定的对象,但是,"五四"如果真是代表着卡氏所谓前一种现代性,按逻辑说,应该正是由于该种现代性的出现和充分发展,方能催生出后一种现代性的反动——"现代主义",为何"五四"现代性反而构成对后者的压抑呢?这里引发的疑问还有:卡氏第一种现代性是否必然生成"感时忧国"与"现实主义"？定位成"五四"结果的"感时忧国"与"现实主义"，是否有更悠久与深广的传统渊源呢？现代主义必然与现实主义相消长吗？现代主义的产生，在西方自我文化传统中，有无更深厚的文化根基？中国文化传统土壤与西方现代主义如何对接？中国的现代主义能否产生？

有点矛盾的是，在后来可能受启发于本雅明（Walter Benjamin, 1892—1940）"拱廊街计划"（19世纪巴黎文化研究）的《上海摩登》①中，李欧梵又运用哈贝马斯（Jürgen Habermas, 1929— ）的"公共空间"理论和安德森（Benedict Richard O'Gorman Anderson, 1936— ）的"想象共同体"理论等，将现代都市、市场、印刷、出版和媒体等作为其所欲伸张的文学现代性的背景和证明，但是，这些体制层面的"现代性"，不正属于其曾经所欲反拨的"资产阶级的"、"市民的"现代性吗？

这一先验设定中的漏洞，导致了李欧梵在文学史个案研究中的一些问题。在鲁迅研究中，李出色地继承了夏济安对鲁迅"黑暗意识"的关注，将对鲁迅精神与文学的探讨，由国内盛行的革命精神与现实主义模式，引向对鲁迅的现代主义因素的发掘，无疑拓宽和加深了对这一本来极为丰富的研究对象的理解。但是，李氏或多或少存在的抑彼扬此的思路，在具体研究中未免遗留下"偏至论"的痕迹。

在纪念鲁迅逝世50周年的"鲁迅与中外文化学术讨论会"上，李欧梵作"鲁迅与现代艺术意识"的发言，由鲁迅大陆新村旧居二楼卧室中的两幅德国裸体版画入手，试图揭示，在人所共知的"公"的、"社会"的一面下，鲁迅还有"私"的、"个人"的艺术倾向，甚至带有"悲观和颓废的色彩"②，李运用弗洛伊德原欲理论，结合鲁迅相关作品，详细讨论了其艺术意识中的爱欲因素。揭示鲁迅艺术意识的复杂性及其现代主义因素，打开了一个新的研究空间，但由于过于强调爱欲与颓废因素，专注于通过弗洛伊德的原欲理论对鲁迅潜意识中爱欲因素的挖掘，未免简化了试图展开的鲁迅的艺术现代

---

① 参见李欧梵：《上海摩登：一种新都市文化在中国》，毛尖译，北京大学出版社2001年版。

② 李欧梵：《铁屋中的呐喊》之"附录"，尹慧珉译，河北教育出版社2001年版，第191—212页。

性及其复杂性。这一倾向引起李允经的商榷,在他看来,鲁迅欣赏两幅裸体画,并非因为爱欲驱动,而是因为"这两幅德国版画所表现的主题都是善与恶、美与丑的对比,并非是性与爱欲的挑逗"。"虽然柔软,却很清新。"①陈浩针对二李的争论,以"恶魔的美"——"有力之美"来定位鲁迅的艺术追求,将其看成鲁迅接受唯美主义的内在原因。② 李允经与陈浩的商榷,就是针对这一新颖但又陷入单一的分析,试图将其再次拉回到统一性的鲁迅形象中。

如果说李欧梵现代主义的"现代性"论述多少具有明确指向,那么,后继者王德威的晚清"现代性"的分析逻辑则指向不明。王德威的研究理路无疑师承了夏、李以来的研究传统,"感时忧国"、"现实主义"等等,是其批评"五四"及其后文学自然出现的判断,在潜意识里,他似乎也对真正的现代性应该是卡林内斯库所言的现代主义的李氏思路有着认同。王德威的中国现代文学研究,主要体现在具体文学现象、作家与作品的个案研究,并延伸至当代文学,与"现代性"相关的思想史与理论问题,非其所擅,疏于对"现代性"问题的明确阐述,也不像李欧梵那样呈现连贯的研究思路,但在涉及文学史的论述中,尤喜使用"现代性"一词,甚至直接见诸论著标题,诸如《被压抑的现代性:没有晚清,何来"五四"?》、《被压抑的现代性——晚清小说新论》、《翻译现代性》及近著《抒情传统与中国现代性》等。

《被压抑的现代性:没有晚清,何来"五四"?》所欲钩沉发掘的是晚清的文学"现代性",该文作为头条收在其两本专著中,③可见对该文的重视,其在国内的影响也主要基于此文。王文发表后,国内学界多有反响,呼应者有之,商榷者有之,也有基于其曾翻译福柯(Michel Foucault, 1926—1984)《知

---

① 李允经:《鲁迅与中外美术》,书海出版社2005年版,第195页。
② 陈浩:《"恶魔的美":鲁迅与唯美主义》,《鲁迅:跨文化对话》,大象出版社2006年版,第102—108页。
③ 见氏著:《想像中国的方法:历史·小说·叙事》(三联书店1998年版)和《被压抑的现代性——晚清小说新论》(北京大学出版社2005年版)。

识考古学》,发掘其真意不在建构,而在后现代解构策略。① 诸多反响言论,尚未进入实质层面,因为与王文类同,议论者对于处于核心的"现代"含义,无人问津。

任何解构,同时也是在建构,在《被压抑》一文中,为了顺利导入晚清比五四更"现代"的论述,颇费周折。王文首先以小说为例,铺陈晚清(自太平天国前后至宣统逊位)小说创作、出版及阅读的变化,此一描述,见于胡适《五十年来之中国文学》的最早叙述及以后各类现代文学史对晚清文学的描述,值得注意的是,王文晚清的时间界定,比80年代"二十世纪中国文学"的戊戌维新起点要早。以此为基础,逻辑上不得不正面碰撞"现代性"的界定问题,在处理这一棘手问题时,王文提前进入自我辩难的状态,不断为自己设置遭遇反驳的可能,在闪展腾挪的自我否定中规避可能陷入的陷阱。

行文之周折,除了个人文风外,可能来自立论的险要,其"险要"在于,一是以晚清取代五四成为文学"现代"的起点,二是棘手的"现代"界定终究是绕不过去的立足点。论者明白"这牵涉到我们怎么定义'现代'中国文学的问题"②,但对于这个举足轻重的"现代",王文的处理颇为举重若轻,其涉及明确界定的论述,仅见如下:

> "现代"一义,众说纷纭。如果我们追根究底,以现代为一种自觉的求新求变意识,一种贵今薄古的创造策略,则晚清小说家的种种试验,已经可以当之。③
>
> 让我们再思前述"现代"一词的古典定义:求新求变、打破传承。④

将"现代"界定为"求新求变、打破传承",谓其"古典定义",因为仍然来自西方传统界定,即17世纪西方思想界在古今之争中的求新意识,以及

---

① 李扬:《"没有晚清,何来'五四'"的两种读法》,《中国现代文学研究丛刊》2006年第1期。
② 王德威:《被压抑的现代性:没有晚清,何来"五四"》,《想像中国的方法:历史·小说·叙事》,三联书店1998年版,第6页。
③ 同上书,第7页。
④ 同上书,第8页。

波德莱尔(Charles Baudelaire,1821—1867)对"现代"的经典言说①。但是,作为一个具体的界定,这一标准未免过于宽泛,不仅放之四海而皆准,放之古今也皆准,因而,在设置这一标准后,敏感的论者就不得不自我设置了两个障碍,通过逐一应对,最后承认:"我们仍需体认清末文人的文学观,已渐脱离前此的中土本位架构。面对外来冲击,是舍是得,均使文学生产进入一国际的(未必平等的)对话的情境。"②可见,其"求新求变"是在中、西交汇的语境中来谈的。

既然必须在中、西交汇语境中谈"求新求变",那么,"新"与"变"的原因及其方向,就不是一个能够忽视的问题。"求新求变"的表述,已包含主动的意思,在王文的描述中,主动求新表现在晚清小说界改编传统小说的种种努力。但是,这些所谓新变,是传统解体后的"后现代"式的游戏呢?还是"现代性的追求"?其实,王文描述的晚清新变,更多是西来现代体制如现代出版、报刊和市场出现后小说市场化现象与商业意识的兴起,属于文学体制层面的变动,还非主动的现代精神的追求。

看来,王德威也不想专以体制性层面为文学现代性定位,颇费周折后,终于拿出了晚清文学现代性的具体案例:

> 准此,我们可以回到五四的前身——晚清,观察中西文学擦撞出的现代火花。晚清小说,类别繁多,但我以为至少有下列四类,最能凸显一代中国文人与未来对话的野心。③
>
> 我以晚清小说的四个文类——狭邪、公案侠义、谴责、科幻——来说明彼时文人充沛的创作力,已使他们在西潮涌至之前,大有斩获。而这四个文类其实已预告了20世纪中国"正宗"现代文学的四个方向:对欲望、正义、价值、知识范畴的批判性思考,以及对如何叙述欲望、正

---

① 一般认为"现代性"(modernité)一词的最早提出者是波德莱尔(Charles Baudelaire),波德莱尔对"现代性"有一个描述:"现代性,就是过渡性,昙现性和或然性,是艺术的一半。"(Charles Baudelaire:*Oeuvres completes*, Pleiade, Gallimard, Paris, 1976, P.694,转引自河清:《现代与后现代》,中国美术学院出版社1994年版,第23页)
② 王德威:《想像中国的方法:历史·小说·叙事》,第7页。
③ 同上书,第12—13页。

义、价值、知识的形式性琢磨。①

四大文类与四大"现代"方向对接,纷纷对号入座,其对于晚清文学"现代性"的言述,在"求新求变"的标准后,移向了一个具有普遍性的意义指向——"欲望"、"正义"、"价值"与"知识"("真理")。这似乎成为此后王氏"现代性"立论的基本框架,后来的著作《被压抑的现代性——晚清小说新论》(北京大学出版社 2005 年版)就是以这四类小说与四大方向为论述框架,在近著《抒情传统与中国现代性》中,更明确以这四个指标为"现代性"分析的标准。② 回到《被压抑》一文,此处将四类小说与四大方向联结起来,无疑是在前述"新、变"的意义上展开的。

然而,恰恰四类小说在所列意义指向上,"新变"非其所擅。"情欲"并非晚清狭邪小说中的现代新发现,在明以降小说、传奇中,甚至在中国固有叙事文学中,情与欲一直是题中应有之义,《品花宝鉴》、《花月痕》、《海上花列传》等等,正是这一传统的继承。如若着眼于"开拓中国情欲主体想像",难道其"新意"仅仅在于"假凤虚凰,阴阳交错"、"以赴死之心'言'情'说'爱"?情与欲的颠三倒四,自《牡丹亭》以来就是中国艳情叙事之所擅,至于说《海上花列传》"预言上海行将崛起的都会风貌",似乎又移向了"现代性"的物质性标准。所谓"诗学正义",在《水浒传》之类小说中从来不缺,将"公案狭义小说"与"法律正义(legal justice)"连接,且标上英文,让人联想到现代法律正义,常识是,晚清侠义公案小说中的"正义",与现代法律正义究竟不同。将"谴责小说"牵连"价值",颇为牵强,哪个讽刺小说不牵涉价值判断?谴责是一回事,谴责所依凭的价值是另一回事,如果紧密结合所欲强调的"新意",那就要问,"谴责"背后所依凭的价值是什么?是同一平面

---

① 王德威:《想像中国的方法:历史·小说·叙事》,第 16 页。
② 王德威:"现代性这个题目已经是老生常谈了,我想在座每一位可能都有自己的定义和看法。就我自己而言,也许我可以再一次引用我在我的书《被压抑的现代性》里,所建议的四个不同的进入现代性的定义方式。由于时间的关系,我不会做仔细的分梳,但是我还是提出这四个观点做个简略的说明。第一,现代性可能观照的范围包括了对'真理'的重新定义与追求,……第二,对于'正义'的重新思考及实践。…… 第三,对于'欲望'的重新定义及探讨。……最后,我们对现代性的思考也带来对'价值'的重新定义。……真理与知识'启蒙'、正义与'革命'、欲望与'主体'、价值与'资本'是我所有兴趣探讨中国现代性的门径。"(王德威:《抒情传统与中国现代性:在北大的八堂课》,三联书店 2010 年版,第 72—73 页)

的泄愤?还是背后有更高、更新的价值立场?说晚清"科幻小说""对传统或西方构成'知识'及'真理'的论述,展开系列对话。"①看似不怎么离谱,但有点言重,"知识"与"真理",本来是在知识论领域展开的,以想象性小说科幻牵连确定性"知识",由此突出晚清"现代性",准此,则这样的"现代性"无处不在。

可见,王文艰辛的"现代性"描述,一旦落实在事实案例上,就显得捉襟见肘。对四类小说"现代性"的发掘,不是依凭新发现的材料,而是在已有的评价上原地翻案,点石成金。但仅凭对四类小说的翻案,王文就推出举足轻重的最后结论:

> 即使前文对晚清小说四个文类,仅作点到为止的回顾,我们应已了解那不只是一个"过渡"到现代的时期,而是一个被压抑了的现代时期。五四其实是晚清以来对中国现代性追求的收煞——极匆促而窄化的收煞,而非开端。没有晚清,何来五四?②

王文终于宣告:"五四"不是中国文学"现代性"的开端,而是"窄化"的结束;晚清不是"过渡",而是中国文学"现代性"原本良好的开端。这一结论,不仅是解构性的,而且具有颠覆性与爆破性,显示了文学史"重写"的强烈指向,王氏新论,在热衷于思潮性追逐的国内现代文学研究界不胫而走,风行海内。

虽然结论振聋发聩,但论证过程问题多多。由于作为理论杠杆的所谓"现代性"的描述与界定具有很大的不确定性,因而歧义丛生,矛盾所在多是。国内已有学者敏锐剔出其行文中自相矛盾之处,③对其不易发现的深层裂痕,尚未有人揭示,故在兹列举一二:

(一)"现代性"的本土指向,与"现代性"的西方指向纠缠混杂。

王文潜藏一个"现代性"的本土指向:反对"以西学是尚的现代观

---

① 王德威:《想像中国的方法:历史·小说·叙事》,第15页。
② 同上书,第16—17页。
③ 参见刘成勇:《"没有晚清,何来'五四'"与中国现代文学起点问题》,《吉首大学学报》(社科版)(吉首)2008年第6期。

念"①,责怪"五四以来的作者""挟洋自重"②,说"被压抑的现代性"代表"一个文学传统内生生不息的创造力"③,强调"中国文学的现代性"的"与众不同之处",揶揄人们"总陷在'迟来的现代性'的陷阱中"④,在文后的注释中,终于明确表达了立场:"(保尔·柯文的《在中国发现历史》)强调中国现代化的因由须自中国的传统内找寻,而西方的冲击仅为因素之一。此说近于我的论点,但未强调'现代性'本身的多元可能。"⑤

另一方面,言述中又难免透露"现代性"的西方标准:"求新求变、打破传承"这一"古典定义"就来自波德莱尔以来西方对"现代性"特征的基本界定;强调不能以西方现代标准为尚,却说:"假若我们对中国文学现代性的了解,仅止于迟到的、西方的翻版,那么所谓的'现代'只能对中国人产生意义。因为对'输出'现代的原产地作者读者,这一切已是完成式了。"⑥似乎是在强调,中国的"现代"须赶上全球步伐,不能只关注对自己的意义。"鲁迅这一部分的表现,其实不脱19世纪欧洲写实主义的传统之一:人道胸怀及控诉精神。摆在彼时世界文学的版图上,算不得真正凸出。"⑦又在批评鲁迅没有跟上西方文学现代性的步伐。

一方面批评五四"文学"唯"西学是尚",另一方面又批评五四"文学"不够前卫,称接受"写实主义"是"承继欧洲传统遗绪的'保守'风格"⑧,"至于真正惊世骇俗的(西方)现代主义,除了新感觉派部分作者外,在二三十年代的中国乏人问津"⑨。则又似乎站到李欧梵的"现代主义"的"现代性"立场了。

王文在论述中有意无意将五四的"感时忧国"与本土传统联系起来,

---

① 王德威:《想像中国的方法:历史·小说·叙事》,第12页。
② 同上书,第16页。
③ 同上书,第8页。
④ 同上书,第9页。
⑤ 同上书,第19页。
⑥ 同上书,第8页。
⑦ 同上书,第11页。
⑧ 同上。
⑨ 同上。

"所谓'感时忧国',不脱文以载道之志。"①"鲁迅一辈对晚清谴责作家的失望,其实泄露出他们的正统儒家心事。"②言下之意,"五四"所代表的,其实是中国本土的传统,所以不够"现代",这似乎又是在中与西等于传统与现代的理路中来展开批判了。

如前所述,王文将晚清四类小说捉襟见肘的"现代性"与四大指标联系起来,列出"现代性"的四大"正宗""方向"。③ 其实,这一新标准带有更确凿的西方印记,看似来自韦伯(Max Weber,1864—1920)与哈贝马斯(Jürgen Habermas,1929—)的启发,哈贝马斯在《现代性——一个未完成的方案》中这样介绍韦伯的现代文化观:"自18世纪以降,旧有世界观所遗留下来的问题被整理为有效性(Validity)的特定形式:分别是真理、正义、真实和美。这些有效性可以被视为知识问题、正义问题、道德问题和审美问题来理解。"④在近著《抒情传统与中国现代性》中,王德威开始明确以这四个指标为界定"现代"的标准,但有意思的是,对这四个指标的复述,却与《被压抑》一文中最初的阐释路向发生变异,似乎不再强调四类小说与四个指标的联系了。⑤

(二)在言说中国文学的"现代"性时,实际上运用的是"后现代"策略。

王文寻找的是中国文学"现代性"的开端,但如前所揭,其真正服膺的是后现代主义,对五四的颠覆,对晚清的翻案,运用的就是后现代解构策略。我们知道,"现代性"与"后现代性"之间纠缠复杂,但两者已经不属于同一个方案,行使的也不是同一个策略,如果前者还有确定性的追求,后者已经放弃对一切确定性的执念。"现代性"建构与后现代解构策略的并陈,使王文呈现出话语驳杂、逻辑不清、价值指向不明的状况。以至有论者为其为晚清翻案叫好,有论者因其话语的混沌感到困惑,有论者奉献"'没有晚清、何

---

① 王德威:《想像中国的方法:历史·小说·叙事》,第6页。
② 同上书,第15页。
③ 同上书,第16页。
④ 转引自汪晖:《汪晖自选集》,广西师范大学出版社1997年版,第4—5页。
⑤ 参见王德威:《抒情传统与中国现代性:在北大的八堂课》,三联书店2010年版,第72—73页。

来五四'的两种读法"①,发掘其真正的后现代立场。

"我们应重识晚清时期的重要,及其先于甚或超过五四的开创性"②、"对我而言,中国作家将文学现代化的努力,未尝较西方为迟。这股跃跃欲试的冲动不始自五四,而发端于晚清"③。"五四其实是晚清以来对中国现代性追求的收煞——极匆促而窄化的收煞,而非开端。没有晚清,何来五四?"④"我们仍需体认清末文人的文学观,已经脱离前此的中土本位架构。面对外来冲击,是舍是得,均使文学生产进入一国际的(未必平等的)对话的情境。"⑤此类言辞,含有明确的现代性建构指向,至于难以回避的"现代性"界定及其晚清的代表,王文也巧为辩难,颇费周折,这也正显示出现代性建构远不如后现代解构那样潇洒易行。并申明:"我无意在此大作翻案文章;在这个所谓'放逐诸神'、'告别革命'的时代,高唱'推翻'典范,打倒'传统',也无非是重弹五四的老调。"⑥"我丝毫无意回到理想主义式的位置,(中西机会均等,世界百花齐放!)也不因此玩弄解构主义式正反、强弱不断易位的游戏。"⑦并不得不设立晚清现代性的四个指标。

另一方面,在王文设立的现代性指标下,晚清四类小说呈现的却是后现代性的"世纪末的华丽"⑧。在对"五四"正统进行解读时,王文主要依据的异于直线进化的"突变论",和异于一元决定的多元决定论,这就是典型的后现代策略。强调"也不因此玩弄解构主义式正反、强弱不断易位的游戏",转而诉求研究的"历史化"、"放入历史流变中",其实这也正是后现代策略,中国现代文学研究中的后现代倾向,不也热衷于以某个微不足观的历史个案,来颠覆普遍性判断?对晚清"现代性"的描述,如"新旧杂陈,多声

---

① 李扬:《"没有晚清,何来'五四'"的两种读法》,《中国现代文学研究丛刊》2006年第1期。
② 王德威:《想像中国的方法:历史·小说·叙事》,第3页。
③ 同上书,第11页。
④ 同上书,第16—17页。
⑤ 同上书,第7页。
⑥ 同上书,第6—7页。
⑦ 同上书,第8页。
⑧ 据王德威自述,他曾准备以"世纪末的华丽"作为《被压抑的现代性》一书的书名。

复义"①、"混沌喧哗"②、"如《品花宝鉴》(1849)总结了古典以来余桃断袖的主题,竟向《红楼梦》《牡丹亭》借鉴,敷衍成一大型浪漫说部"③、"假凤虚凰,阴阳交错。男欢女爱的至情从未如此大规模地被颠覆过"④。"而在一片插科打诨下,谴责小说家是极虚无的。他们的辞气的确浮露,大概因为自己也明白,除了文字游戏,再无其他。鲁迅谓其'谴责',其实是以一老派道学口气,来看待一批末代玩世文人。"⑤此类描述,是典型的后现代语气,其后的后现代立场隐约可见,如"语言游戏"就是后现代的一个描述范畴,在《后现代状况》中,利奥塔(Jean-Francois Lyotard,1924—1998)就把来自维特根斯坦(Ludwig Wittgenstein,1889—1951)的"语言游戏"理论作为后现代知识考察的方法。我们再引用一下伊哈布·哈桑(Ihab Hassan,1925—   )《后现代景观中的多元论》的一段话作为参照:"种类混杂(Hybridization),或者,体裁的变异模仿,包括滑稽性模仿诗文、谐摹诗文、仿作杂烩。……题材陈腐与剽窃,拙劣的模仿与东拼西凑的杂烩,通俗与低级下流丰富了表现性。这样看,翻版与摹制可以跟它的原型一样真实,甚至可能带来一种'生命的增值'。"⑥王文描述的晚清"现代性",是否酷似哈桑笔下的"后现代景观"?

晚清四类小说在王文设立的"现代性"指标下,呈现的却是后现代性的"世纪末的华丽"。王文结尾处说:"在20世纪末,从典范边缘、经典缝隙间,重新认知中国文学之路的千头万绪,可谓此其时也。而这项福柯式(Foucault)的探源、考掘的工作,都将引领我们至晚清的断层。"⑦终于道出其论说话语背后的真正后现代资源。

---

① 王德威:《想像中国的方法:历史·小说·叙事》,第3页。
② 同上书,第16页。
③ 同上书,第13页。
④ 同上。
⑤ 同上书,第15页。
⑥ 伊哈布·哈桑:《后现代景观中的多元论》,王岳川、尚水编:《后现代主义文化与美学》,北京大学出版社1992年版,第128—129页。
⑦ 王德威:《想像中国的方法:历史·小说·叙事》,第16页。

（三）其所谓文学"现代性"的标准，精神性追求与物质性、体制性现象交叉使用。

西来现代体制下出现的文学现象如现代出版、印刷、作家职业身份甚至作品反映的客观内容等，其实属于文学现代性的物质与体制层面的现象，谈文学的现代性，学界易将这些视同为文学现代性本身。① 王文也未摆脱这一习惯性视角。

一方面王文颇费周折地试图寻找晚清"现代性"的精神性迹象，另一方面，在论述过程中，为了弥补晚清小说精神性表现的不足，有意无意诉求于体制性现象，如"比起祖师爷吴敬梓的《儒林外史》，晚清作者未免失之轻浮、毫无深度。但此一现象不仅在于作者个人的自我期许，更在于整个文学市场机制（!）的剧变。……李伯元、吴趼人没有工夫感受儒林内外的冷暖；他们的时代已经是个学术价值四散分崩的时代。写作不只是寄情托志，更是谋生之道。他们讽刺世道不彰，自己却也得为这样的世道负责。吴、李是近代中国第一批'下海'的职业文人。"②"鲁迅一辈对晚清谴责作家的失望，其实泄露出他们的正统儒家心事。对他们而言，写作是事业，不是企业；是文以载道，不是言不及义。相形之下，晚清那批'无行'的文人，对文学、象征资本的挪移运用，反较五四志士更有'现代'商业意识些。"③说《海上花列传》的"现代性"在于"预言上海行将崛起的都会风貌"④等等，看来也只能在言说文学现代性者津津乐道的市场机制、职业身份、商业意识与都市风貌上作文章了。

王德威随处出现的自己无法意识到的矛盾，来自于更内在的矛盾动机：一方面站在后现代立场，解构正统文学史叙事中的"现代"，另一方面又不放弃"现代性"这一魅力语词；一方面乐于解构，另一方面又潜藏宏大建构

---

① 如严家炎主编的《二十世纪中国文学史》，将现代都市妓女形象当作《海上花列传》为"现代"小说的主要证据，并引英国学者关于世界各大都市妓女人数占城市总人口的比例的统计数据，以上海当时的这一比例数据超过发达国家水平，证明上海的"现代性"，并从而证明《海上花列传》的"现代性"。（严家炎主编：《二十世纪中国文学史》，高等教育出版社 2010 年版，第 19 页）
② 王德威：《想像中国的方法：历史·小说·叙事》，第 14—15 页。
③ 同上书，第 15 页。
④ 同上书，第 13 页。

的冲动。如将自我界定的晚清文学的"现代性"与80、90年代的华文文学连接起来,拉起一条自晚清到世纪末的20世纪中国文学的"现代性"脉络;①又如将张爱玲与两岸三地的诸多作家连接起来,建构一条所谓"张派"谱系。② 一方面试图将中国文学的"现代"与"传统"拉上关系,将"传统""现代"化,另一方面又离不开西方的"现代性"话语。以西方的现代性理论证明中国具有与西方不一样的"现代性",难免蹈入拔着自家头发离开地球的困境。

正因为王文围绕"现代性"的问题意识及其阐述是不明晰的,故在涉及个案分析时,就更易出现常识性误判。作为现代文学史重镇的鲁迅,无疑是意欲检讨的对象。王文在称扬日本的芥川龙之介、俄国的贝里、爱尔兰的乔伊斯与奥地利的卡夫卡为各自国家开拓了较好的文学现代性之后,开始转笔至鲁迅,剑锋所指,甚为明了。王文认为,鲁迅文学"面对社会不义、呐喊彷徨的反应","不脱19世纪欧洲写实主义的传统之一:人道胸怀及控诉精神"。在当时的世界文学版图上,"算不得真正凸出"③。"在种种创新门径中,鲁迅选择了写实主义为主轴——这其实是承继欧洲传统遗绪的'保守'风格。"④接着举《狂人日记》为例说:

  据说是受果戈理(Gogol)启发的《狂人日记》成于1918年;卡夫卡的《蜕变》成于1914年,而夏目漱石的抒情心理小说《心镜》则于1916年推出。⑤

意思很明显,《狂人日记》因其"感时忧国"的写实主义,因而与同时代的《蜕变》(《变形记》)与《心镜》相比,其"现代性"不可同日而语。

且不谈"写实主义"是否就不属于"现代",这里的问题是,即使在王文的判断逻辑中,也存在常识性的误判。《狂人日记》出于"感时忧国"没错,

---

① 参见王德威:《被压抑的现代性——晚清小说新论》之第六章"归去来——中国当代小说及其晚清先驱",北京大学出版社2005年版,第363—391页。
② 参见王德威:《想像中国的方法:历史·小说·叙事》辑三"落地的麦子不死——张爱玲的影响力与'张派'作家的超越之路",第248—255页。
③ 同上书,第11页。
④ 同上。
⑤ 同上。

但它是"写实主义"的吗?《狂》的象征性,学界已有所认识,虽然对于小说象征的深度及其创造性,今人还所见不深,但不能将其完全归为写实主义名下,已属学术常识。曾经围绕"狂人"形象问题的争论,今天看来是一个假问题,因为对于"狂人"形象的争议,正是在现实主义的理解中产生的。有意思的是,得欧美现代主义风气之先的海外学者,竟然还保持着大陆过去时代的鲁迅观,这一雷同现象,正说明了二者在某些否定前提上的一致性,在兹不论。作为十年隐默中对中国历史和文化进行洞察的小说表达,《狂》的意义指向空前深切,远超出所谓写实主义范畴,隐藏着巨大的"象征"空间,形成了象征的深层结构。象征物"狂人日记"作为"不正常人"对外在世界的虚幻意识,具备了一般象征小说的荒诞特征,但《狂》在象征格式上却显出与一般西方象征小说极为奇妙的不同之处:荒诞是日记的内容,而"狂人"的"日记"本身却是现实世界中客观存在的,这一点又通过"日记"前的一则文言小"识"加以证实和强调。一般的象征小说,为让读者顺利进入象征情境,首先显示故事本身的虚幻性,而《狂》的双关性,为象征世界的打开设置了障碍。小说解读的机关,就是"狂人","狂人"不是形象,而是"呐喊"的手段,"狂人"的出现,使文本出现了两个价值世界,一个是"狂人"不正常、我们正常,另一个就是"狂人"正常、我们不正常,只有达到后一个立场,象征世界才能打开。与一般象征小说不同,《狂》的象征世界是隐藏的,因而它不仅是中国第一篇现代(象征)小说,而且,其象征格式独具一格、极具创造性。① 当然,这并非出于所谓"现代性"的追求,而是"呐喊"的需要。

其实鲁迅喜爱与引介的异域作家,如安特莱夫(Andreev,1871—1919)、梭罗古勃(Feodor Sologub,1863—1927)、梅特林克(Maeterlinck Maurice,1862—1949)、迦尔洵(Vsevolod Mikhailovich Garshin,1855—1888)、阿尔志跋绥夫(Mikhail Artsybashev,1878—1927)等,都不是写实主义所能概括的。至于其"感时忧国"及"写实主义"诉求,是否追随欧洲"落后"与"保守"的

---

① 参见笔者:《无声的"呐喊":〈狂人日记〉象征格式初探》(《东方丛刊》(桂林)2000年第3期)对《狂人日记》象征格式及其创造性的论述,及《何谓"吃人":〈狂人日记〉新读》(《国际鲁迅研究集刊》(香港、台湾)2013年第1辑)对"吃人"内涵的揭示。

潮流,这又是说来话长的问题,限于篇幅,此处不赘。

以上主要就王德威产生广泛影响的《被压抑》一文展开具体讨论,其实,在氏著其他关于中国文学"现代性"的论著中,也存在类似问题。如近著《抒情传统与中国现代性》(三联书店 2010 年版),基于普实克对中国现代文学"抒情"与"史诗"倾向的论述,将"抒情"内涵进一步发挥,与"史诗"合二为一,从而将"抒情传统"由以前的"非现代"存在,阐释成中国文学"现代性"的构成要素。其实,王德威的新意不在于"抒情传统"的发现(如王世骧、高友工),也不在于对中国现代文学由"抒情"到"史诗"的转换轨迹的考察(如普实克),甚至,抒情传统渗入现代文学从而形成中国现代文学的特色,也非新见(如 90 年代国内学界关于中国抒情诗传统与现代"诗化小说"关系的讨论),王德威论点的触目之处,是第一次明确将以前不属于"现代"范畴的"抒情传统"与"现代性"直接连接起来。但是,"现代性"内涵的不确定,使"抒情"与"现代"的并列,在引人注目的同时,又显得有点不伦不类。在中、西比较语境中,"抒情传统"无疑正是中国文学的特色,现将"抒情"标以内涵不清的"现代",打破任何客观存在的历史差异,会让深究者感觉歧义丛生。与其说"现代性",不如直接说"中华性",放掉"现代性"一词,歧义顿然消失。

五、中国语境中的"现代性"问题

90 年代以来,"现代性"取代"现代化",成为中国思想文化语境中的关键词,一时众说纷纭。何谓"现代性"?这在理论发源地西方就是一个聚讼纷纭的问题,在中国语境中,与其回答这个问题,不如首先追溯国内"现代性"话语背后的西方资源,了解其现实指向。

虽然西方思想界对现代社会和文化的整体批判可以追溯到马克思(Karl Heinrich Marx, 1818—1883)和尼采(Friedrich Wilhelm Nietzsche, 1844—1900),但是,作为反思性的"现代性"话语的主要资源,主要有两个,一是 20 世纪初韦伯(Max Weber,1864—1920)在《宗教社会学论文集》中对现代资本主义精神的考察。一是 20 世纪中期伴随后现代思潮的出现,西方理论家对现代过程的反思与批判。韦伯在世界范围的宗教比较视野中对西方资本主义过程的考察及对资本主义现代性的"合理化"特征的概括,将现代性纳入整体考察视野。伴随后现代思潮出现的现代性反思,有两个理路,一是后现代主义者在对后现代思想、知识与社会状况进行考察与描述时,与"现代性"进行对比,由此展开的对"现代性"的反思与批判,二是法兰克福学派第二代代表人物哈贝马斯(Jürgen Habermas,1929—),基于后现代现状,重新考察并伸张启蒙现代性"未完成的方案"。哈贝马斯对现代性的考察,继承了韦伯对现代性之"合理化"特征的概括,但面对后现代思潮,继续强调启蒙现代性方案的未完成性。可以看到,在这些"现代性"话语资源中,存在着立场的分歧。韦伯对现代性的未来并不抱乐观态度,但在通过宗教比较探讨为什么现代性首先在西方出现的过程中,还是将"合理化"作为分析现代性的主要指标;哈贝马斯逆后现代潮流而动,伸张现代性方案的"未完成性",试图重现启蒙现代性的整体蓝图。而后现代主义者对现代性的考察,基于后现代立场,在新、旧对照中,现代性的弊端自然呈现,尤其在解构主义者那里,现代性成为解构与超越的对象。

中国的"现代性"话语,是随西方后现代思潮一道降临的,其与后现代话语资源之间的联系,自然是题中应有之义。后现代思潮对现代性的新、旧逻辑展开批判,有意思的是,中国接受西方后现代思潮,在一定程度上正是基于新、旧逻辑,因而,后现代思潮对现代性的比照、反思与批判,就自然成为中国接受者轻易超越现代性的理论依据,也为命途多舛的中国现代转型之路找到了解脱之道和发泄口,因而后现代思潮成为90年代中国最新的理论时尚,现代性讨论也在其中应运而生。中国的现代性话语,是具有后现代性的,甚至可以说,它就是后现代思潮的一个组成部分。

与"后现代性"的现代性话语一道出现的,是文化本位意识的兴起,赛义德(Edward Said,1935—)的《东方学》为本土取向提供了理论立场,德里达(Jacques Derrida,1930—2004)的解构主义尤其是福柯(Michel Foucault,1926—1984)的"知识考古学",成为广为流行的理论武器,柯文(Paul A. Cohen,1934—)的《在中国发现历史》和沟口雄三(1932—2010)的著作也一时成为业内传布的秘籍。基于中、西不同的立场,中国的现代性论述在反思现代性的过程中大多暗含自我文化传统与现实的认同。

当"现代性"这一本来就聚讼纷纭的概念与交织着复杂历史情境的中国现代文学史联系在一起时,现代文学界的理解与判断,更出现人言人殊,莫衷一是的局面。以更大的包容性容纳各种文学形态的存在,势必是"现代性"讨论后现代文学史叙述达到的新格局,但是,现代文学领域对"现代性"的反思与重估,又难免蹈入以下思维惯性:在伸张自家认同的"现代性"时,肆意解构和轻易抛弃此前的"现代性"认知,置之死地而后快,以图取而代之;在"现代性"阔大无边的"帽子"下,竞相翻新自家观点,喜作翻案文章,企图轰动效应;在呈现多元的现代性景观时,放弃对中国文学"现代性"中主与次、正与反、主动与被动、内在与外在等层面的进一步考察;将来自西方的后现代价值取向与中国本位意识简单对接,换言之,纯然基于西方后现代批判立场而获得中国本位意识,没有意识到中西古今之间的复杂性,也使本土问题意识难以真正形成。"现代性"反思,给我们带来更多元的视角和更大的包容性,但是并不意味着抛弃历史与价值的真实,满足于价值失范、众声喧哗、任意想象历史、观点不断循环的局面。

现代与后现代、新与旧、古与今、中与外,可以看到,中国语境中的"现代性"言说,其实面临空前复杂的理论与历史的线索,岂可随意谈之?前述美国汉学的中国现代文学叙事的"现代"标准的混乱、"现代性"与"后现代性"的混杂、西方理论立场与文化本位意识的交织,就是这样陷入到自己不能意识到的迷津之中。在中国语境中谈论"现代性",面临三个尚待处理的复杂问题。1."现代性"话语与后现代话语的纠缠,涉及如何处理"现代"与"后现代"之间历史的和理论的复杂关系。2.作为"现代性"发源地的西方与作为后进现代国家中国在文化传统与社会发展阶段的不同,涉及如何在"中西古今"的复杂框架中、在中国与西方相互交叉的现代转型中来考察中国"现代性"问题的复杂性。3.与以上两点相关,如何审慎处理借鉴现代性与反思现代性之间的复杂关系。只有基于中国自身的问题意识,立于中西古今的宽阔视野,对相关问题作原创性的追问,才能免于"现代性"的无意识的迷思。

在西方学术界,"现代性"问题的引起广泛关注,是随着"后现代主义"①的论争而出现的。1977年英国建筑评论家查尔斯·詹克斯(Charles Jencks)发表《后现代建筑语言》(The laguage of post modern architectur),在这本轰动一时的书中,詹克斯宣布现代主义建筑已经死亡,并对与此不同的后现代主义的特征进行了描述,此后,"后现代主义"概念在西方思想界产生广泛关注,成为70年代后西方思想界的重要分析范畴。伊哈布·哈桑、利奥塔(JF. Lyotard)、丹尼尔·贝尔、哈贝马斯、詹明信(F. Jameson)、汉斯·昆、哈尔·福斯特(Hal Foster)、吉亚尼·瓦蒂莫(Gianni Vattimo)、安德尔斯·休伊森(Andreas Huyssen)、吉姆·莱文(Kim Levin)等成为西方后现代主义论争中的主要批评家。在围绕"后现代主义"的论争中,关于"现代"与"后现代"的界定及其分期标准就是一个聚讼纷纭的核心问题,"后现代"是"现代"逻辑的延续?还是对其的反动?论者各持己见;有的将50、60年代建筑与艺术领域的极端化与分裂倾向视为"分裂性后现代主义"(Schismatic post—modernism)②,有的则认为它是"后期现代主义"(Late—modernism)③。休伊森将艺术界"60年代的造反"看成仅仅是对于20年代盛期现代主义的决裂,依然是现代主义逻辑的继续,而70、80年代开始的"真正的后现代"才是与整个现代主义的决裂。④

80年代初利奥塔与哈贝马斯之间关于现代性问题的论争,是后现代论争在哲学领域的深化,1979年,利奥塔发表《后现代条件——一个关于知识

---

① "后现代主义"一词广泛见于文艺、建筑学、哲学、社会学等领域,而且首先是在其他领域产生影响,然后才进入文艺批评界的。据考证,西班牙作家菲德里柯德翁尼斯(Federico De Onis)、英国历史学家汤因比(Arnold Toynbee)、美国文学批评家伊尔文·豪(Irving Howe)、莱斯列·费德勒(Leslie Fiedler)与伊哈布·哈桑(Ihab Hassan)是较早使用"后现代"一词的人,但是,"后现代主义"概念在西方思想界产生广泛关注,是查尔斯·詹克斯1977年发表《后现代建筑语言》之后。

② 斯特恩(Robert Stern):《后现代性的两重性》(The double of post—modern),The Harvard Architecture Review,I,1980。

③ 查尔斯·詹克斯(Charles Jencks):《什么是后现代主义》(What is post—modernism),Academy Editions,London,1986。

④ 安德尔斯·休伊森(Andreas Huyssen):《大界线之后:现代主义、大众文化、后现代主义》(After the great divide: Modernism, Mass culture, Postmodernism),Indiana Univernisty Press,Bloomington and Indianapolis,1986。

的报告》,通过对当代高科技信息社会中知识的存在与传播方式的考察,指出在当代知识膨胀与复杂化的同时,知识的真理性却在丧失,没有了绝对的标准,因而,"启蒙学说"的"元叙事"和"超级学说",不再具有自明与普遍的真理性,形成合法化危机。利奥塔将哲学的后现代主义界定为"对超级学说的怀疑",强调后现代知识基于"语言游戏"的"差异性"。与知识层面上否定启蒙现代性相反,利奥塔毫不掩饰对波德莱尔以来的现代主义艺术的偏爱,在另一篇文章中,他甚至有意抹杀现代主义艺术与后现代主义的差别:"(后现代主义)它当然地属于现代主义""一件作品只有当它首先是后现代的,才可能是现代的。这样理解的后现代主义,并不是现代主义的终结,而是它的初生状态。"①1980年9月,哈贝马斯在法兰克福被授予阿多诺奖时发表《现代性——未完成的工程》,与利奥塔相反,在这篇著名的讲演中,哈氏鉴于时人对启蒙理性的批评,将启蒙现代性视为"未完成的方案",认为文化现代性的危机不在于启蒙理性本身,而是在于启蒙实质理性的分化及其与日常生活的分离,他认为:"由18世纪启蒙哲学家开创的现代派工程(即'现代性方案',汪注)的任务是,分别依照它们自己的特性,坚定不移地推进客观化的科学、道德与法律的广泛(或译为'普世主义',汪注)基础以及独立的艺术的发展,但同时也要把如此积累的认知潜力从其深奥的阳春白雪形式中释放出来,将其运用到实践,也就是理性地塑造生活。"②但是现代理性化过程中科学、道德与艺术的分化和独立,导致现代文化与日常生活的分离,"文化中通过专业操作和反思所获得的成果无法毫无前提地为日常实践所有"③。"已经机构化了的科学和在法律体系中已经分离出来的道德—实践讨论也已经如此远离了生活实践"④,从而催生出种种"扬弃"启蒙现代性的纲领。哈氏批判现代主义艺术,"想通过强行打开一个文化空

---

① 利奥塔:《什么是后现代主义问答》,法国《批评》(Critique)杂志第419期,1982年版,第365页。转引自河清:《现代与后现代:西方艺术文化小史》,中国美术学院出版社1998年版,第336页。
② 哈贝马斯《现代性——未完成的工程》,丁君君译,汪民安、陈永国、张云鹏主编:《现代性基本读本》,河南大学出版社2000年版,第112—113页。
③ 同上书,第112页。
④ 同上书,第116页。

间,这里指的是艺术,创建一个通向某一个专业化的知识整体的通道,来把理性化的日常生活从文化贫困的僵化中拯救出来,是根本不可能的"①。这种"美学现代性"诉诸"填平艺术与生活、虚构与实践、表象和真实之间鸿沟的试图;将一切视为艺术,将所有人称为艺术家的试图;收回所有标准,将美学评判与主体经历的表述等同起来的试图",只不过是"无稽之实验",属于一种"错误扬弃行为"。② 哈氏认为"我们更应当从伴随现代派工程的迷失中和过激的文化扬弃纲领的错误中吸取教训,而不应放弃现代派及其工程本身"③。主张通过"交往理性"重建科学、道德和艺术各领域之间及其与生活世界的自然联系,实现启蒙理性未完成的计划。可以看出,利、哈的分歧在于,前者基于后现代立场,将启蒙现代性看作过时的"超级学说",对其合法性加以怀疑,同时呵护现代主义艺术,并将其纳入后现代的理解范畴;后者捍卫启蒙现代性的原初计划,将现代性的危机归于启蒙现代性整体计划的分化,视现代主义艺术为现代性危机的表征,批判其艺术逻辑。

为当下国内学界所乐于征引的卡林内斯库的《现代性的五种面向》,则试图将现代性进行平行分类以超越分期的难题。卡氏认为有两种分裂的现代性,一种是起因于启蒙主义和工业革命,表现为资本主义政治、经济过程的现代性,体现了对理性的进步、科技的发展、主体自由持乐观信念的资产阶级世俗观念;一种作为对前一种现代性的反动,经由后期浪漫主义发展而来的"作为美学观念"的艺术的现代性,它诉诸艺术的先锋的手法,现代主义的前卫艺术就是其代表。卡氏的划分其实受到哈贝马斯"文化现代性"与"美学现代性"划分的影响,当然,他的前一种现代性已不是哈氏的作为整体计划的"文化现代性",卡氏看出了两种现代性之间的分裂,却没有如哈贝马斯那样深刻认识到"文化现代性"与"美学现代性"之间的复杂联系。卡氏两种现代性的否定性并列关系,掩盖了现代性生成与变异的历史过程的复杂性。如果艺术或审美现代性由启蒙现代性分化而来,则它就不仅仅

---

① 哈贝马斯:《现代性——未完成的工程》,丁君君译,汪民安、陈永国、张云鹏主编:《现代性基本读本》,河南大学出版社2000年版,第115页。
② 同上。
③ 同上书,第116页。

表现为反现代性的现代性,在早期浪漫主义文艺那里,对理性、自由、个性的赞美,对民族压迫的反抗,对民族独立的歌颂,都与启蒙现代性的价值取向是合拍的。现代主义否定逻辑的形成,除了对资本主义现实的批判外,应该还有现代性自身的逻辑因素。

通过展示西方理论界围绕现代性与后现代问题的争议,关于"现代"与"后现代"问题,我们想重新整理形成如下的划分:作为整体方案的启蒙现代性—作为现代性实践的资本主义现代化过程—作为观念性否定的现代性(现代主义艺术和反现代的现代性理论)—后现代主义。作为整体方案的启蒙现代性是自文艺复兴到18世纪启蒙运动西方现代性孕育形成时期形成的对未来的整体规划,包括对普遍理性、主体自由、人类平等与博爱等基本原则的确认,对知识进步、科技发展与制度健全的信念,对人类福祉的承诺,对未来远景的憧憬;作为现代性实践的资本主义现代化过程表征的现代性,是指18世纪以来现代性方案在知识、技术、道德、制度、艺术各领域展开的现代性实践过程,它表现为启蒙理性在主体自由原则下的分化及其各自的实践性演进;作为观念性否定的现代性是对资本主义现代化过程的批判,现代主义的艺术现代性的否定性,自后期浪漫主义的怀旧与现实否定发展而来,到19、20世纪发展为反抗现实与不断自我否定的现代主义的艺术潮流,作为观念性否定的反现代的理论现代性,是指19世纪以来西方思想界在哲学、心理学、社会学、政治学、诗学等领域基于对现代化实践过程的反思而展开的对现代性的理论批判,在这个意义上,马克思、赫尔德、韦伯、尼采、弗洛伊德、维特根斯坦、萨特、海德格尔、法兰克福学派等等,都可以看成否定性理论现代性的代表;后现代主义出现有其社会背景,西方社会继50、60年代经济大增长后,在70年代遭遇能源危机,生产下降,社会凋敝,对进步与未来的乐观信念开始受到怀疑,随着产业的调整和信息社会的来临,西方进入后工业社会,后现代意识开始弥漫,主要表现为社会文化思潮与人的情性、心性的变化,在哲学领域,福柯、德里达的解构主义思想开始流行,在艺术与设计领域,解构精英,走向通俗,呈现驳杂与多元,在日常生活领域,未来消失,只剩当下,消除内心深度,放弃个性追求,满足于求同式、平面化、及时行乐的生活方式。

从社会背景看,后现代的发生,看似与现代存在某种断裂,但是,如果看不到二者之间的内在逻辑联系，就会简化其间的复杂关系。在敏锐的观念尤其是艺术领域，现代与后现代之间与其说是转换，不如说是承接，并不存在断裂的巨大声响，以至后现代思潮的出现，不是现代主义式的预先宣告，而几乎是对既成事实的发现与确认。对于50、60年代的波普艺术、事件艺术、激浪派艺术与概念艺术等先锋派是属于现代性范畴的现代主义艺术，还是后现代艺术，在西方学术界产生巨大的分歧。其实，在思想核心的哲学领域，后现代哲学的代表人物福柯、德里达等，与现代哲学的尼采、弗洛伊德、维特根斯坦、萨特、海德格尔、法兰克福学派等，其间理路的承接也是严丝合缝，非常自然。在更宽广的历史视野中，后现代也是现代的延续。因而，考察西方现代性与后现代问题，在细化其阶段性后，需要进一步追问的是，现代与后现代之间转换的内在逻辑是如何进行的？

虽然西方学者对与此相关的问题有过阐释，但我以为，对于这一问题，中国语境中的观察可能提供更为明晰的线索，因为，就目前看，中、西比较的视角，能比西方中心的自我观察提供更为全球性的视野。在这里，我想把这尚未完结的第一个问题，提前与前述第二个问题——如何在"中西古今"的复杂框架中来考察"现代性"问题——结合起来讨论，这两个问题放在一块来谈，可以更好地同时得到解决。

我们所讨论的中国"现代"——"三千年未有之大变局"现代转型，是在中、西碰撞中被动开始的，迫于"救亡"压力，东方的现代转型，最初处于被动、后来转向自觉地向西方学习，从洋务、维新到"五四"，从器物层面、制度层面到更深的文化层面，中国向西方的学习一步步加深，"五四"新文化启蒙，正是在试错式的转型后试图进入更深层的文化与精神层面。西方的现代转型是自发的，随着绝对宗教权威的解体与新教的建立、现世的发现、新航路的开辟、人文知识的复兴、科技的进步、民族国家的形成、现代法律和国家体制的建立等现代性事物应运而生，虽然自文艺复兴始，主导西方精神世界的信仰体系开始松动，随着现实世界和人的发现，人的精神欲求投注于现实世界和人本身，导致延续千年的宗教秩序的崩溃，但是，来自信仰世界转而投注于现实的精神力，却创造性地建构了以理性为中心的涵盖知识、道德、法律、制度的精神世界，并在自然科学研究及物质世界的发明创造中取得卓越的成就，在这个意义上，西方近代在彼岸世界衰微后的理性建构及科学发展,仍然处在其文明创造的高峰期。

韦伯在考察西方资本主义的发生时,将"合理化"("理性化")作为资本主义现代性的本质特征及其发生的决定要素,并以"合理化"程度解释世界各地区产生现代性的迟早的原因。在著名的《新教伦理与资本主义精神》中,韦伯将"合理化"精神与新教伦理联系起来,认为正是新教伦理催生了资本主义发生的必要精神因素,在更为宽广的宗教比较视野中,通过对包括儒教和道教在内的全球各大宗教进行比较性考察,将非西方世界未能实现现代性的原因归于其他宗教不能如新教那样催生"理性化"精神因素。韦伯以"合理化"概括西方资本主义现代性的特征,具有深刻的洞见,后来哈贝马斯对现代性问题的考察,继承了韦伯的思路,也是以"理性"为主要分析范畴。

韦伯抓住了"理性化",但是,他将"理性化"精神归为新教伦理的主要观点,我以为是有问题的,换言之,这一揭示虽然具有一定道理,但并没有追溯到西方理性精神的真正源头。在我看来,现代性的理性精神的源头,远在古希腊的形而上学思维传统中,近代理性是古希腊理性精神的复苏。需要追问的是,所谓理性的实质又是什么呢?

在中、西比较的视野中,这一问题可以更为明晰地彰显出来。世界观——对于世界秩序及其价值的理解,是文明的精神核心。来自于两希传统,西方对世界秩序的理解,是二元对立的,即认为存在有两个世界秩序,一是本质的,一是表象的。虽然在两希对立的传统理解模式中,两希各被放到灵与肉、神圣与世俗两个对立方面,但我认为,在思维结构上,希腊和希伯来却正是同一的,即都具有对世界秩序的二元对立的理解,在思想史上,基督教信仰的二元对立世界观的形成,与希腊化时期古希腊形而上学的影响有一定关系。古希腊自然哲学家一直追问现实世界的"本原"和"基质"(Arche、Urstoff),到柏拉图,形成了绝对世界和现象世界这两个二元秩序观,并制约了西方的二元思想传统;在柏拉图和亚里士多德那里,世界的本质是理念或理智,人的灵魂正是因为分有了理性,才能够"看"到理念世界。古希腊形而上学对世界本质的追问,最终产生了对于普遍理性的信仰,形成以理性为核心的形而上学精神传统,看似与希腊思想对立的希伯来宗教传统,是把希腊理性二元秩序理念落实为更具影响力的神界——俗界二元对立的宗教观。如果说古希腊形而上学还是局限于哲人的思维中,那么可以说,正是中世纪的宗教化使这一二元对立的精神传统普遍化和生活化,进入普通人的精神世界。到近代,神界式微,但重新发现的古代理性取代了神的位置,并将理性与人的主体结合起来,与古希腊理性主义侧重于超越性理智世界相比,近代理性主义更多地致力于上帝缺席后主体理性的建构,但我们要看到,近代主体理性的建构,并不是落实在个体人的意义上展开的,而始终是作为普遍理性进行论证的,形成理性主义形而上学,并落实在知识、道德、法律、国家体制等近代理性建构中。可以说,在二元对立的世界观中,所谓理性,首先是普遍理性,它既是依据理智的普遍性的理解原则,也是超越的、普遍性的价值世界,此世与个体的价值与意义,来自这一超越性的、普遍性的价值世界。

　　对于中国传统世界观对世界秩序的理解,笔者曾在一篇文章中表达过这样的见解:"中国思想传统对世界秩序的理解,形成了与西方具有鲜明对比性的特点,在我们的世界图式中,只有一个或一元的世界秩序。自"轴心时代"始,所谓"天人合一"的思维模式就已成形,殷商尚言"天"、"帝",周公"以德配天","德"者"得"也,"天"与"人"始趋同,孔子"从周",故一部《论语》,不语"怪力乱神",亦不问"天",所重者乃在"仁"——人人之间,由"仁"到"礼"——体制性伦理规范,正是内在逻辑使然。"天人合一"思维模式成为中国人深层的思想传统,在中国人的世界图式中,只存在一元的世俗秩序:以血缘伦理为基础的家国同构秩序,在这个一元秩序里,人,本来就处于在世价值的中心,或者说是"以人为本",中国传统对人性的理解,从来都是自然一元论的"。① 二元对立世界观的缺失,使普遍理性难以形成,构成普遍性的,只能是非超越性的此世的伦理秩序与体制,与个体形成压迫性的紧张关系。韦伯在考察儒教与道教时,发现了中国官僚体制中存在的一定程度的理性化存在,他在解释为什么这一理性化因素不能催生现代资本主义时,归因于缺少新教伦理的与此世的紧张关系,这一解释虽然具有一定说服力,但他没有看到,中国历史实践中的理性因素,不是来自于超越性的

---

① 参见拙著:《能否到人为止?:对二十世纪中国人道主义文学思潮的反思》,《北京科技大学学报》(哲社版)2010年第1期。

普遍理性，而是一元世界中的经验结果。

中、西文化的本质差别在于一元世界观与二元对立理性形而上学世界观的差异，在这一中、西比较的视野中，西方文化的二元对立性形而上学的本质得以呈现出来，准此，我们就不仅能把握到西方现代与后现代转换的内在逻辑，还能在全球视野中发现中、西现代转型的复杂性。

哈贝马斯将启蒙理性称为未完成的现代性方案，他援引韦伯的观点认为，现代性的过程是将宗教与形而上学问题分化到各自不同的领域，造成了文化现代性的困境——启蒙理性在各领域的分化，及其与日常生活的难以沟通，因而寄希望于交流理性重新整合分化的现代社会。丹尼尔·贝尔发现西方资本主义社会已形成深刻的文化矛盾，他将社会分成三个主要领域，这三个领域各自奉行不同的原则与追求，技术—经济领域奉行效率原则，政治领域奉行平等原则，文化领域奉行自我实现的原则，这三个领域各行其是，存在结构性的矛盾和冲突。可见二人都发现了西方现代性的共同症结，结合前述西方文化二元对立理性形而上学世界观，我以为，西方现代性的危机，是普遍理性在现代化过程的分解，并在后现代彻底衰落。

中世纪信仰体制解体后，文艺复兴打破宗教世界观的禁锢，首先发现了人自身的价值与现世的意义，到18世纪的启蒙运动，重返历史舞台的人，终于找到主体性的内涵——理性，启蒙哲学在古希腊、罗马那里重新发掘了普遍理性，将其作为人得以自立的根据，启蒙哲学对理性的论证，就是为以人为主体的新世界寻找新的普遍性，在启蒙思想家那里，理性是人的思维原则，并贯穿于知识、科学、道德、政治、法律、美等精神领域，依凭理性，人类必然达到未来的福祉。哲学的理性论证，在康德那儿终于形成了初步完备的体系。可以看到，启蒙理性是普遍理性，是人类事务的首要原则，因为理性的普遍性与超越性，普遍理性的世界观依然是二元对立的，它发掘了古希腊二元对立形而上学中的普遍理性，经过近代哲学的进一步论证，取代了中世纪二元对立世界观中上帝的位格，但又继承了宗教的信仰和价值，在这个意义上，普遍理性也就是价值理性，认识到这一点是至关重要的。在18、19世纪，启蒙理性的普遍理性计划，在知识发展、科技进步、制度建构、法律建设、经济增长、艺术独立诸方面，都初见成效，可以说，没有启蒙理性，也就没有现代世界，在一定程度上说，普遍理性也已经凝结在知识、道德尤其是制度与法律中。

　　但是,启蒙理性本身蕴含自我解构的因素,正是这些因素,导致了普遍理性的在现代化过程中的瓦解,形成现代性危机。一是,近代主体的觉醒,普遍理性与人的主体性的结合,已经暗含人的主体性取代普遍理性并进而解构普遍理性的可能。古希腊形而上学中的理性,是在超越性、普遍性的世界理性的意义上来谈的,近代理性从对宗教世界观的反抗中拿出了主体性的新概念,理性成了人的主体性,也就是说成了人的主体的一个属性,这为后来人取代理性、甚至发现人的属性不是理性提供了可能性。二是,启蒙理性是作为基督教世界观的反动而出现的,虽然它重启古希腊形而上学中的理性,但是,基督教信仰毕竟是以二元对立世界观为基础,启蒙理性对基督教世界观的批判,必然动摇二元对立世界观的基础。三是,启蒙理性既有普遍性计划,又包含主体自由的原则,主体自由的原则使分化的现代领域各自按照自己的内在逻辑向前发展,最后,自身的逻辑取代普遍理性的原则,普遍理性遭到遗忘,并最终遭到抛弃。这主要表现在科技、管理领域与主观性的哲学与艺术领域,在科学技术领域,知识遵循自身逻辑突飞猛进地发展,并与以有效性为要求的经济与管理领域结合起来,形成了工具理性的泛滥;在哲学领域,哲学按照自身的逻辑不断建构与证伪,从启蒙哲学到康德,哲学为理性的合法性进行论证,但经过黑格尔的集大成后,理性主义形而上学正是在西方自成体系的哲学批判中遭到解构的,从费希特到尼采,在德国精神哲学对主观性的深入探讨中,几千年的形而上学传统终于缓缓坍塌,到尼采,方正式揭示西方信仰和形而上学的整体危机。尼采说"上帝已死",这里的"上帝",不仅仅指信仰世界的上帝,它代表的是整个形而上学传统中确立的"最高价值",尼采的破坏性不在于抛弃上帝信仰,而在于开始公开对西方几千年来的形而上学和理性主义传统进行无情解构。尼采在世时尚未获得多大影响,但其死后,西方现代主义思想开始从其遗产中发芽,后现代主义正是其逻辑的发展。在艺术领域,艺术在"为艺术而艺术"的口号下成为独立的精神领域,它曾经与启蒙理性保持统一步调,但从后期浪漫派开始,对现代化过程的失望,使艺术开始沉入过去与内心,由外向的反抗转入内心的挣扎,到20世纪的现代主义,艺术的反抗转向依据自身的形式法则不断否定自身的前卫取向,在50、60年代的先锋艺术中,不仅主题,而且甚至据以立足的形式最终都遭到解构,表现出趋向"虚无"的无名冲动,从而提前站到后现代的门槛上。现代性过程中现代主义向后现代主义的滑动,正是普遍理性(价值理性)进一步瓦解的过程。现代主义与后现代主义的区别,在于前者遗弃普遍理性之后,将真理的欲求转入内心,在个人内心中寻找新的确定性,因而讲求内心深度,具有精英情结,而后现代主义索性彻底放弃对确定性的追求,真理不复存在,存在的是基于个人欲望的游戏。以这个视角,就可以判断50、60年代先锋艺术的属性,也会了解为何正是在它们身上爆发现代主义与后现代主义之争的原因。

通过以上梳理,围绕现代性与后现代问题,我们整理展现了西方现代性的阶段性:作为整体方案的启蒙现代性—作为现代性实践的资本主义现代化过程—作为观念性否定的现代性(现代主义艺术和反现代的理论现代性)—后现代主义,并且找到其间普遍理性(价值理性)逐渐丧失的转换逻辑,现代性危机的症结,就在于普遍理性(价值理性)的逐渐瓦解,这一现代性的危机,与启蒙理性的主体性原则不无关系。无论是在西方还是中国,当下流行的观点是将现代性危机直接归因于启蒙理性的整个计划,如愤慨于工具理性的泛滥,遂将启蒙理性与工具理性画上等号,口诛笔伐。此说难免武断与粗疏。一方面我们要看到启蒙理性自身设计的局限及其与后来现代性危机的联系,另一方面,对于未实现的启蒙理性设计中的普遍理性(价值理性),又不可轻易否定,因为现代性危机不是普遍理性(价值理性)自身的问题,而是普遍理性的丧失,确切地说,因普遍理性的遗忘而导致西方传统二元对立世界观的解体。

基于以上讨论,现在可以展开第二个问题——如何在"中西古今"的复杂框架中来考察"现代性"问题,我们所讨论的中国"现代"——"三千年未有之大变局"现代转型,是在中、西碰撞中被动开始的,这之后,又有着东、西文明双向转型的复杂背景。东、西方现代转型,虽然是一被动、一主动,前者是在后者的压力下被迫开始现代转型,但不易察觉的是,东、西转型却表现出相向而行的趋向。

在内在精神与心性层面,西方现代转型的深刻指向,是随着信仰体系的衰微,理性主义形而上学传统也开始遭遇危机。19世纪末20世纪初,尼采正式指出"上帝已死",他的矛头指向的已不仅仅是宗教的上帝,而是由"上帝"所代表的西方最高价值,开始对整个西方理性主义形而上学传统进行清算,尼采的敏锐性与破坏力在于抓住了西方精神传统的本质——二元对立的理性主义形而上学,并对其展开无情的批判,尼采抓住了西方文明的核心,然而对它发起毁灭性的攻击,当他无忌地揭示西方二元对立的理性主义形而上学的弊端,宣告只有一个世界的时候,恐怕连他自己也未意识到其所带来的破坏性。作为尼采是第一个公开批判西方二元对立世界观,宣告一元世界观的西方人,在源远流长的西方理性形而上学的传统中,历史性地成为终结者,开启了西方精神现代性的大门,其在西方思想史甚至文明史中的地位,也正在此。

尼采所宣告的一元世界观,相对而言正是中国的精神传统和文化特色。如果西方现代转型的内在逻辑,是由两个世界二元对立的传统世界观,向只有一个世界的世界观转向。那么,在中、西比较的视野中,可以说,西方的现代转型,是不自觉地向以中国为代表的东方世界观转向。在这样一个全球性的比较视野中,就可以呈现东、西方的现代转型是相向而行的。这里所说的"相向而行",并非指双方已达成一个共同的目标,而是指双方的转型有意或无意地指向了对方的精神传统。中国现代转型是被动的,但自觉以对手为榜样,西方的现代转型是主动的,由二元对立的世界观转向一元世界观,无意中趋向的却是中国代表的精神传统。因此可以说,发生于19世纪末20世纪初的中、西两大文明的碰撞,又是在相向而行的各自转型中进行的,这样一个空前复杂的文化背景,给我们对许多问题的判断,带来了复杂性,也带来了尚待发掘的问题空间。两大文明不期而遇的转型意向背后,是否存在某种必然性?最后会有什么样的结果?我们不得而知,但如果看不到这样一个全球范围内的文明转型的全局,对于许多具体问题的判断就会似是而非。

可以肯定,中、西现代转型因其文化传统、转型动机与历史阶段的不同,其所谓"现代"的指向是不可能相同的。在西方转型语境中,启蒙现代性的主体理性的建立,标志着现代的开始,但普遍理性逐渐丧失的过程,也是现代性发生危机并进一步向现代主义与后现代主义过渡的过程,其逻辑上的最终指向可能是一元世界观的确立。在中国转型语境中,由被动到主动,由传统到现代,中国的"现代"转型,主动以异域新价值为指向,由洋务到维新,再到五四思想革命,中国的现代转型理念,经历了试错式的艰难寻找过程,最终以西方现代性为指向。西方现代性既如前所揭处于复杂的动态过程中,那么,中国转型指向的西方现代性应该定位于何处呢?

在全球视野中,现代性本来就产生于多元文化的融合,如果吾人自信,中、西两大文化将是未来人类文明的孵化地,未来人类文明基于两大文化的充分交融,那么,吸取对方的文化精华无疑是必由之路,任何故步自封的自我重复和自我夸耀,都有悖于文化发展的长远眼光。处于中国现代转型的语境,基于对西方现代性复杂历程的洞察,面对我们已经展示的西方现代性的诸阶段,我们的"现代"指向,不能唯新是尚,直取现代主义和后现代主义为衣钵,如果现代主义和后现代主义的文化逻辑,正向我们自己的传统滑动,我们不正好守株待兔,有何借鉴可言? 我认为,从文化差异性角度来说,中国现代转型借鉴于西方的,应该是离我们自身传统最远的文化因素,通过以上中、西文化的比较分析,这一最大的差异性文化因素,就是我们今天经常随西方后现代潮流加以抨击的普遍理性及其背后的二元对立世界观。不是非理性,而是理性,不是工具理性,而是普遍理性,才更是西方文化现代性的本质。人们可能会问:谁的普遍理性? 谁的现代性? 其实,普遍理性的具体界定和内涵可以忽略,关键是超越性普遍性纬度的存在,这是中国文化传统的缺失,也是当下中国现代转型危机的症结所在。我以为,中国现代转型中的国民性与制度建设的难题,都与这一症结相关。

中国现代转型的困境,在于超越性、普遍性维度的缺失,中国的现代转型,呼唤超越性、普遍性维度的建构,意识到这个问题,在中国转型的语境中,面对西方现代性的阶段性系列:作为整体方案的启蒙理性—作为现代性实践的资本主义现代化过程—作为观念性否定的现代性(现代主义艺术和反现代的理论现代性)—后现代主义,启蒙理性才应该是我们借鉴的对象。"五四"的现代转型取向,虽然不能在中、西文化比较的洞察视野中发现传统的症结所在,但其批判传统、借镜西方启蒙思想的转型策略,无疑具有逻辑与历史的合理性,是不能一笔抹杀的。

六、西方理论与本土问题意识

"现代性"问题的混乱,关联到外来理论与基于中国情境的问题意识如何对接的问题,涉及对海外中国现代文学研究及我们自身的反思。在中国现代文学研究中,海外汉学的中国现代文学研究的优势在于新的理念、方法与没有限制的研究视角,其相异的资源背景和观察角度,与国内现代文学研究形成必要互补,成为80年代以来中国现代文学研究拓展与深化的重要动力。但是,海外中国现代文学研究在问题意识上,存在自身的局限,海外研究有着自成系统的传承谱系,其问题意识也往往产生于自己的学术系统,不是说这样的问题意识没有价值,而是说,即使本来是深刻的问题意识,如果长期处在自我学术传统的单一对话中,疏于对中国历史与现实问题的切近感受,与基于现实感受的深刻反思,其现场感与深度就会显得不足。

作为研究对象,20世纪中国文学与一般的文学研究对象比较,有其自身的特殊性。20世纪中国文学产生于中国人最深层的内心情结——救亡图存,并由此深入地参与了中国的现代转型。20世纪初,鲁迅"弃医从文",确立以文学激活国人精神的志向,其原初动机,是救亡图存的近代情结,而其深度指向,则是国人精神的现代转型,在早期文言论文中,他将中国变革的契机,诉诸"精神"和"诗",并通过引进介绍19世纪东、北欧与俄国文学,试图展现文学全新的精神世界。鲁迅世纪初的文学想象与实践,十年后汇入五四思想革命与文学革命,与五四白话文运动结伴而行,修成正果,在一定程度上,鲁迅世纪初的文学想象,通过五四,融入了现实,历史性地形成了现代文学的范式和传统:20世纪中国文学作为独立而深入的精神力量,深度介入民族国家的现代转型,形成了参与历史和干预现实的积极品格,在这一过程中与启蒙、革命、政治等重要的转型力量,发生复杂的因缘与纠缠,使文学成为艰难现代转型的丰富见证,空前丰富了我们对文学性的理解。对中国现代文学之"现代性"的理解,离不开对中国现代转型的复杂背景与历史过程的深入把握,无论出于何种动机,如果仅从概念与理论切入,就会大大简化中国文学现代性的复杂性和丰富性。

美国汉学中国现代文学研究在中国文学"现代性"论述上的局限,源于以上问题意识的欠缺。李欧梵、王德威的中国文学现代性论述,虽表现为试图通过将现代性由时间范畴转化为空间范畴,寻找文学现代性本土起源的意向,但由于立足于理论而不是历史过程本身,其中国本位意识无法转化为真正的中国本土问题意识。李欧梵将基于西方现代历史的"现代主义"作为中国文学现代性追求的目标,以"两种现代性""想象共同体"等理论模式和"颓废"标准来描述中国文学现代性,虽提供了许多新视野,但未充分顾及中国现代文学的历史实际。王德威立足西方后现代理论,将中国的"传统"解读成"现代",没有充分意识到中国现代转型背后"中西古今"的复杂性,从而造成理论名词的混乱,其理论灵感超过了问题意识。

由于对中国现代性问题背后的复杂知识与历史背景所见不深,其具体论述存在诸多自相矛盾、似是而非之处:鲁迅以文学参与现代精神转型的新文学想象与实践,与五四新文学的现代精神取向及其现代形式追求,根源于中国现代转型的现实动机与中心情结——救亡图存("感时忧国"正是"救亡图存"情结使然),自然有其历史的合理性和深刻的价值追求,岂能以"唯西是尚"视之?如果以"五四"追求为过时,欲以"现代主义"甚至"后现代主义"代之,岂不又落入"唯新是尚"的现代性陷阱?与"唯西是尚"又有何分别?且不论"现实主义"是否鲁迅与"五四"的不二选择(事实远不是这样简单),单论"现实主义"本身,在中国现代转型的语境中,它是过时的、保守的?还是在中国现代转型的语境中恰恰具有现代性的历史意义?现在看来,这也并非一个复杂的问题,"现实主义"在鲁迅与"五四"文学革命者那儿,难道不曾经正是"现代性"追求的一部分?"现代"文学并非必然如卡林内斯库"两种现代性"所谓乃反现代的现代性,文学与现代性的积极互动,在西方现代历史中,并非空白,鲁迅积极引介的裴多菲、拜伦、雪莱,以及东、北欧、俄国及被压迫民族的文学,难道不属于文学现代性范畴,莫非一定要反现代性或非现代性的现代主义或后现代主义才是文学的"现代性"?将价值失范、语言游戏的末世文学景观视为文学"现代性"的正宗,是否将西方世界的后现代感受提前放到正处于现代转型的中国现实,成为超越历史、脱离现实的奢望呢?……摆脱"现代性"的迷思,对于这些问题,我们应不难作出判断。

落实到现代文学史的叙述问题,如果不是为了避免分歧索性放弃对"现代"内涵的追问,将其视为中性的时间段落(但现代文学已经不同于"文苑传"与"诗文评"的中国文学的古典传统,即使不说时间意识的进入,意义追求也已成为中国现代文学新的显著特征),那么,笔者以为,既然现代文学史叙述离不开起码的价值判断,面对难以回避的"现代"内涵,我们就需要在今天的认识高度上,具有更全局的视野、更深刻的视点与更为辩证的意识。国内文学史叙述的革命现代性、启蒙现代性各有自己的抱负与追求,美国汉学中国现代文学研究的现代主义现代性与晚清现代性也有自家的想象,在包容阔大的文学史视野中,都具有必要的互补性,有助于形成现代文学叙述的整体视野,但若在伸张自家观点时,意在取前者而代之,以自家观点为排他性存在,则难免陷入佛家所谓遍计所执。无论是着重来自"西方"还是强调源自"本土","现代"问题都不可基于话语权力的诉求趋向概念化,更不可在概念与诉求之间陷入迷思。中国文学的现代性,不仅是一个理论问题,更是一个历史问题,需要将其落实到复杂的历史过程之中进行把握。自晚清至当代的中国文学,与中国社会整体的现代转型相始终,并处在一个整体的文学现代性的追求中,不可人为加以切割;而且我们更要看到,在20世纪中国,文学不是被动的观照者,也不仅仅是独立的现代艺术门类,而是曾经作为主动的历史力量积极参与甚至引导了现代转型的历史实践,在此一理路中,五四文学与鲁迅文学的历史性"现代"价值,才能得到彰显。在20世纪中国,所谓文学的"审美现代性"与社会现代性之间,在发生学意义上不是一种西方式的对立悖反关系,而是共生并相互促进、相得益彰的关系,"中国社会长期以来对现代性孜孜不倦的追求,却构成了文学发展的显在历史语境"①,"中国文学现代性是中国社会现代性的文学呼唤与表现"②。中国文学的现代性,是与20世纪中国的现代性一道生长的,在此一理路中,中国文学之"现代性"才能得到更恰切的理解。

现代性反思虽带来文学史重写的动力和意识,已然成为学术生长点,但我们不可固执于这一理念,满足于概念式的不断争夺、观点不断循环的局面,在文学史重写的"现代性"视角之外,亟待形成更具包容性的文学史观。近年来,国内现代文学界也在试图寻找文学史叙述的新视角,如"汉语新文学史"(或"现代汉语文学史")和"民国文学史"等概念的提出,着眼于语言可提供新的整合视野,聚焦于民国语境可展现中国现代文学形成的体制因

---

① 贾振勇:《理性与革命:中国左翼文学的文化阐释》,人民出版社2009年版,第13页。
② 王晓初:《偏狭而空洞的现代性——王德威〈被压抑的现代性——晚清小说新论〉》,《文艺研究》2007年第7期。

素,但这些新视角通过"换一种眼光看某某"的方式寻找某种统一性,没能在更高的层面上涵盖20世纪中国文学的多维存在,而且,新视角的提出也没能进入到对具体文学史对象的有效阐释。90年代中期以来的现代通俗文学史的呼吁与写作,也没有充分意识到所谓雅、俗之间的文学观念、文人自我认同、审美意识、文学生产与传播机制尤其是文学评价标准的重大差异。任何单一的理论视角都无法烛照复杂的历史存在,但并不意味着我们放弃对更具包容性的文学史视野的寻求。需要在不同文学存在之间寻找"最大公因数",形成更具包容性的文学史视野,来统摄不同文学现象的存在。

中国现代文学是在中国社会与文化的现代变局中形成的,作为一个独立的文学史阶段,中国现代文学的特征是在与此前几千年固有文学传统的对比中显现的,我认为,这一最大特征,就是中国现代转型引起的文学的整体现代变局,这一现代变局既涵盖文学所表现的内容——中国人对"现代"的主动与被动的追求、有意与无意的抵抗、现代中国人的世界认知、自我感知、情感表达、审美意识等的变迁,也包括文学自身的格局及其社会存在方式的调整,如文学观念、文人自我认知、语体与文体、文学生产与传播机制等,这些,无疑都是文学史观照的对象。以这一整体变局意识超越现代性意识,以考察现代转型这一变量引起怎样的文学整体现代变局,来代替"现代性"等概念性的纠缠,可以形成更为全局的文学史观。在这一基于现代变局的文学史视野中,文学的新与旧、雅与俗、现代与传统、激进与保守、个人与群体、内在与外在甚至文言与白话,都能获得有效的阐释,并获得新的文学史意义,从而拥有文学史的存在价值。现代通俗文学包含的新与旧(市场意识、市民意识与传统观念)在这一文学史视野中将获得更恰切的评价,而现代文言诗文的个人表达与挣扎生存,也将获得应有的关注。但是,这一文学格局并非"齐物论"式的呈现,既然立足于现代变局,以"变"为最大特征,那么,在从有序到无序、再由无序到有序的文学史整体格局的变化过程中,以鲁迅为代表的取法于19世纪世界文学新资源的五四新文学,以其形成确立的20世纪中国文学的新范式与新传统——新的文学观念、审美意识、文体、语体、文人与文学的存在方式等等,成为中国文学现代变局中最活跃的存在,促成了中国文学的现代转型,因而是最值得关注的对象。而固有文学传统作为文学现代转型的"支援意识",如何参与了对"现代"的接受与对"传统"的革新,自然也是现代文学史的必要论题。

80年代,国内现代文学研究界急于打破长期一体化的研究格局,海外研究的理论、方法与视角,带来巨大的冲击,遂引起热烈反响;90年代以来重建学术规范的呼求中,海外研究的学术规范无疑具有示范效应,其理论、方法甚至观点依然是国内学界聚焦的对象,国内学术体制与学术生产的弊端,也助长了对海外研究的崇尚。新世纪以来,在将国际化作为新的生长点的高校体制中,海外学人又具有了某种并非学术意义上的象征性价值。长期以来,海外研究与海外学人在国内学界获得普遍青睐,以至只要名字前有个括弧,就被另眼看待。

逐渐形成的盲从心态不仅表现在看重海外学者的研究,看轻本土学者的研究,更值得注意的是,我们自己的研究也在追求"汉学化"的过程中,丧失了本来应该具有的问题意识,表现在两个方面:

一是追逐海外研究的新理论和新方法,将其作为学术生长点。二是将海外学者的问题意识当作自己的问题意识,热衷于与海外学者的问题进行对话,接着海外研究中的问题来谈。

中国现代文学研究的推进,真正依赖的是问题意识,理论与方法不能替代问题意识,不能将新理论与新方法当作问题意识本身;外来问题意识自有其关心,但取代不了我们自身的问题意识,更不能热衷于接着别人的问题来谈。国内学者的优势,本来就在于本土问题意识——对20世纪中国艰难现代转型的感同身受、对20世纪中国文学与现代转型内在关系的深入理解、对正在进行的中国现代转型现实的切身体验。国内现代文学研究在强化学术规范、提高学术质量的基础上,亟待解决的,是自家问题意识的自觉与深入,只有在这个基础上,才能改变唯海外是尚的不成熟心态,在相互借鉴与互补中走向成熟的对话关系。

第三章 新语境中的"鲁迅"

第一节 变化的语境与变异的"鲁迅"

一

在刚刚过去的20世纪,鲁迅之在中国,无疑是一个显赫的存在,他在这个世纪只活了36年,但死后却以不以其个人意志为转移的方式持续发生更加深刻的影响。20世纪末,随着中国社会的复杂转型,思想文化语境产生新的变局,在这一新语境中,对鲁迅的评价开始发生微妙的变化,在新世纪初年暧昧不清的时代语境中,鲁迅的影响正在逐渐淡化,其所盼望的"速朽",似乎终于迟迟来临。

在20年代中期的《野草》中,鲁迅曾经对缠绕自身的"希望",进行层层剥笋式的自我消解和突围,最后的消解是:"但暗夜又在那里呢?……而我的面前又竟至于并且没有真的暗夜。"可以说,"暗夜"的不存在,是反抗者鲁迅自我消解的最致命一击。鲁迅希望自己"速朽",因为他是与黑暗同在的,他的被遗忘,正是黑暗消失的反面证明。

然而需要追问的是,鲁迅之在当下被遗忘,究竟是其提出的问题已经失效,或使命已经完成,还是就像他生前经常经历的"寂寞"一样,被遗忘正是鲁迅的命运?

寂寞,来自一种误解,一种真实价值的遮蔽?抑或来自于真实价值与现实世界的隔膜?其实是一个二而一的问题。这是一种双重的寂寞,一是被过多的话语所包裹,阐释之下被层层遮蔽,热闹之下是深深的寂寞,二是这些误解的话语复又被视为真实的存在,在新语境下遭到出于种种动机的话语解构。双重寂寞之下,难逃被遗忘的命运。

二

1936年其人辞世,鲁迅的存在,就成为一种可以称之为"鲁迅传统"的存在,它本质上是一种对鲁迅的话语阐释。20世纪对"鲁迅传统"的解读,大致形成了两套话语系统:一是政治意识形态鲁迅传统,二是人文意识形态鲁迅传统。前者形成于30年代左翼文化界,经过40年代延安文艺的系统阐释,新中国成立后成为官方正统鲁迅话语,80年代前在大陆占据绝对话语权力,它强调鲁迅后期的现实革命立场,强调鲁迅与中国共产党领导下的无产阶级革命的精神联系,将鲁迅阐释为由个人觉醒到集体主义革命的20世纪中国知识分子的典范,将鲁迅文学解读为中国政治革命的现实主义再现;80年代,随着思想解放中官方政治意识形态内部的松动,现代思想启蒙者的鲁迅,作为一种还原性的认知,被人文知识分子推到前台,在思想解放是中断的五四传统的承续的想象中,鲁迅,成为80年代新的现代启蒙和人文知识分子确立主体性的深度精神资源。在80年代前期的人文学科领域,鲁迅研究的影响力无与伦比,它已然超越学科的范围,成为影响甚至带动整个人文科学研究和社会思想文化语境的重要力量。可以说,80年代中国人文知识分子阵营及其意识形态的形成,基于一定的话语空间,它是在思想解放的语境下,官方改革派为了吸引人文知识分子参与新的改革意识形态的建设,从而让渡出来的一定话语空间,因而,80年代的官方意识形态鲁迅传统与人文意识形态鲁迅传统之间,既存在内在的冲突和紧张,又具有体制内的同构关系。

90年代,历史似乎翻开了新的一页,政治风波后文化热骤然降温,国家放弃意识形态和文化领域的纷争,真正将工作中心转移至经济与市场领域,与90年代之前政治意识形态与人文意识形态相互依存甚至分庭抗礼不同,90年代,权力与资本成为决定90年代以来中国社会发展的核心力量,一方面政治意识形态进一步强化其在思想文化领域的主导地位,另一方面,在不涉及意识形态的领域,国家全面推行经济主导的市场策略。在知识、文化领域,国家一方面大力扩大非关意识形态争议的应用性社会科学的发展,吸引大量知识分子投入体制内建设,同时,又通过中国特色的市场化策略促进大众通俗文化的繁荣。90年代以来中国社会的主流话语,一是官方政治意识形态话语,二是大众通俗文化意识形态话语。前者在中国特色政治意识形态基础上,暗含文化民族主义的资源诉求;后者基于官方监管的市场经济,在政治许可范围内,资本获得更加自由的发展机会,市场资本主动迎合大众的审美趣味,现代网络则给大众通俗文化提供了更为便捷的载体,大众通俗文化获得畸形繁荣,一方面带有全球化特征的大众文化如物质主义、消费主义、享乐主义等在中国得以迅速成型,同时,中国大众文化一旦获得自由发展就会呈现的本土要素,也渐渐复原并浮出水面,这主要表现在日常生活尤其是情感审美领域,如大众化的"国学"热、阅读市场的历史热和小说分类化、影视市场的宫廷热与古装热、审美情感的娱乐化和滑稽化、人际关系的"厚黑"化等等,形成一种"民间"权力话语,消费主义、娱乐主义、民族主义,是90年代市场资本引导下的大众意识形态的主要价值取向。大众通俗文化意识形态的崛起,深刻改变了90年代以来中国文化的格局,它取代80年代人文意识形态在文化格局中的位置,成为90年代与政治意识形态对应与共生的重要文化力量,与80年代人文意识形态与政治意识形态既存在体制内的同构关系又存在意识形态的对立不同,90年代以来网络化的大众通俗文化意识形态与政治意识形态之间的潜在对立来自于不同的体制运作,但前者的现实立场由于资本的参与,与后者具有更多的共谋性。90年代初知识分子想象的试图融入并能容身的独立"民间",结果并不存在,民间成为权利与资本的场所。

  这些方面的迅速扩展,使80年代曾经试图自我扩展的人文意识形态的发展空间,受到越来越强的挤压。在90年代,80年代想象性的知识分子同一性人文立场开始分裂,政治意识形态与人文意识形态的互动与对立,随着前者的抽身离去,演变成人文意识形态内部的纷争,人文思想界形成所谓文化保守主义、中国"后学"、"新左派"、"自由派"等等之间战线不清的纷争局面。一方面,人文思想界内部的纷争纠缠激烈,另一方面,在人文思想界之外,这些热闹都不过是"茶杯里的风波",决定社会舆论导向的,是逐渐合谋的强大的政治意识形态和资本力量,这一巨大存在,不仅使人文空间愈益萎缩,也对人文意识形态本身产生强大的牵引力。因而,人文思想界在分裂之后,又被绝对权力抽空,在外在强力的挤压下,或者丧失存在的空间,或者为了获得现实的生存而暗中向权力与资本靠拢与借力,打着纯粹思想旗号的人文思想,主动寻求与权力意识形态及其主导下的社会舆论保持或多或少、或明或暗的一致,就成为并不稀奇的现象。大致看来,争存于90年代以来的中国人文意识形态,其话语策略一方面要征引域外的流行资源,另一方面,又要暗合域内各种权力的需要,新的、外来的理论资源,只不过保持了其固有的人文色彩和知识形态,而现实的话语权力及其利益诉求,则是核心关注所在。

90年代开始流行的中国后现代主义思潮,迎头引进20世纪后半叶西方流行的后现代主义文化思潮,以其理论话语的新颖时尚,在国内迅速扩展流行,其对现代规范的解构尤其是后殖民主义对西方霸权的批判,为80年代现代性追求的挫折与多舛,找到了新的阐释资源与情绪发泄口。在国内舆论方面,后现代主义尤其是后殖民主义的文化政治立场,在解构西方霸权的同时,指向的是中国本位的民族主义意识,成为90年代权力话语所接纳的新的西方理论资源。后现代主义其实也正是"新左派"的主要理论资源,中国现代性的本位意识则是其潜在文化政治立场。"新左派"的理论资源当然不再是传统的马克思主义,而是法兰克福学派的西方"新左"与后现代主义的综合,后现代批判一方面指向了市场资本主义及其自由主义思想的弊端,为马克思主义的合法性提供新的批判资源,另一方面,后殖民主义取向又指向了反思西方霸权并重提中国本位的可能性。不过,"新左派"的复杂性在于,其马克思主义指向不是建立在正统马克思主义理论基础之上,而是建立在新颖的后现代批判的基础之上,其中国本位的价值指向不是建立在中华传统文化本位之上,而是建立在现实的中国现代性的创新实践之上,为中国现代性的独特性和合法性提供支持,与传统的文化保守主义的文化民族主义倾向不同,这可以说是一种现实立场的民族主义取向。90年代以来的文化保守主义内基于本土传统文化,外接海外新儒家资源,是一种典型意义的文化保守主义,在新的大国崛起的语境下,以前显得政治上不太正确的儒家意识形态和民族主义取向,获得了新的现实意义,成为政治意识形态暗中接纳的意识形态之一。

如果说文化保守主义、中国"后学"、"新左派"与"自由派"构成了90年代日益边缘化的人文意识形态场域,那么,在它们各自分化甚至对立的立场后,又具有自己尚未意识到的某些潜在的一致性,正是这些潜在的一致性,与90年代权威意识形态达成了和谐,因此,不是它们的外在文化立场,而是它们的潜在价值立场的一致性,才构成对90年代文化格局的影响。如前所揭,文化保守主义、中国"后学"、"新左派"的话语论述,指向共同的中华本位的价值立场,正是这一终极立场参与了90年代主流意识形态的合唱。90年代兴起的"自由派",在政治文化立场上保持着较为激进的西化自由主义立场,但在反左翼激进文化的过程中对本土文化传统采取同情和认同的温和文化姿态,这一倾向自我认同的文化立场与90年代文化保守主义、中国"后学",甚至与针锋相对的"新左派"并无二致。中国"自由派"的文化盲区在于,其价值诉求缺失文化批判的重要环节,陷入"明礼仪而疏于知人心"的中国难题,这一文化盲区的存在,使"自由派"与文化保守主义在传统文化立场上形成难分你我的局面。

三

在90年代以来的中国文化思想场域中,随着政治意识形态重心的变迁和人文意识形态内部的分化,以前分别通过政治意识形态和人文意识形态想象建构的"鲁迅传统",也在迅速瓦解。首先,90年代的政治意识形态渐渐放弃了对鲁迅的资源运用,曾被奉为旗帜的鲁迅,其"官方待遇"每况愈下,这从鲁迅周年纪念的官方规格可见一斑。政治意识形态从鲁迅资源阐释领域的进一步退出,理应给人文意识形态提供更大的自由空间,然而,80年代凭借人文意识形态形成的鲁迅阐释的兴旺局面,在90年代后并没有得以重现,一方面,90年代以来人文意识形态的分化及其主流价值的变迁,形成解构鲁迅的话语倾向,另一方面,本着继承鲁迅传统的重新阐释,不再有80年代单纯而激进的理想取向,掺杂了更多的现实动机,形成种种似是而非的鲁迅阐释。随着80年代追求现代化主题向90年代反思现代性主题的转换,鲁迅由反传统主义的现代启蒙的思想资源,演变成反思现代性——批判西方主导的现代性,寻求中国本位的现代性——的思想资源,鲁迅由反传统主义的现代启蒙思想者,渐渐成为反抗西方文化霸权的中国的甚至是东方的文化斗士。在这一转换中,鲁迅国民性批判的重要思想被尽量遮蔽,而其对"现代性"(最好是西方现代)的批判被充分彰显放大。反思现代性是西方后现代主义思潮题中应有之义,但这一西方思想传统内部的自我反思和批判,被拿来作为我们批判西方霸权,确立文化主体性的理论资源,其文化政治立场,与政治意识形态的现实诉求不谋而合。虽然反思现代性的鲁迅重释暗合了官方与大众的民族主义诉求,但除了在学术圈引起追捧外,其对政治与社会的影响力甚微。

  鲁迅在90年代以来中国的境遇,更多的是遭遇新兴话语的解构,从而变得不合时宜,与反思现代性的阐释局限于学术思想界不同,解构语境由人文意识形态和大众意识形态共同构成。在人文意识形态内部,中国"后学"基于激进的解构本性和潜在的理论进化逻辑,将属于现代范畴的精神思想遗产全盘否定,作为中国现代思想传统的五四启蒙主义思想,被视为落后遭到解构,80年代阐释中被视为五四现代启蒙代表的鲁迅,自然也成为质疑的对象。而中国"后学"中华本位的价值指向,更与人文意识形态内部的文化保守主义思潮以及大众意识形态化的"国学热"沆瀣一气,构成让鲁迅变得不合时宜的话语氛围。文化保守主义思潮的出现,可以追溯到80年代中、后期的传统文化热,彼时的思潮尚局限于人文意识形态内部,是80年代前期人文意识形态现代化追逐之疲惫后对本土传统思想与审美资源的回顾与重新发现,与政治意识形态无涉,大众化的意识形态更是尚未形成。90年代初,本着海外新儒家的余绪,文化保守主义思潮在人文意识形态内部的激进与保守的文化论战中形成局面,并随着90年代学术大众化的潮流,形成方兴未艾的学术界与大众文化共谋的国学热。国学热一开始就得到了官方媒体的认可和支持,1993年8月16日和17日,《人民日报》分别发表两篇关于国学热的文章,前一篇用了整版的篇幅,后一篇题为《久违了,"国学"》,官方的阐释将"优秀传统文化"融入"爱国主义"意识形态,在新世纪大国崛起的语境中,传统文化的独特性与优越性,成为弥足珍贵的意识形态资源。对于市场资本来说,大众化的国学热,更是有利可图的对象。在各种利好局面下,新世纪的国学热蔚然兴盛。新世纪国学热如其说是学术动向,不如说是一种大众文化意识形态,它起于对"国学大师"的莫名期盼,在被戴帽者自知名号的虚妄半就半推后,大众意识形态将对大师的热情转向"百家讲坛"包装出来的学术"超男"与"超女",(百家讲坛在2001年刚刚播出的时候,走的是文化精品路线,请一些资深专家、学者做讲座,可惜收视率不高,自从央视开始收视率考核,换了制片人,走通俗的、偏重历史演义的路线,终于一下火爆)百家讲坛和于丹成为国学热的亮丽风景,充分显示了新世纪国学热的通俗流行文化的本质。不甘寂寞的学术界则应时而动,学者们也开始纷纷换上对襟中式服装,俨然以大师自居,并与于丹争宠。国学、大众与商业走到一起,各种总裁国学班、少儿国学班、读经热、汉服热如雨后春笋般涌现。文化保守主义思潮和国学热将当下的传统取向直接对接现代转型之前的传统,以五四为代表的现代启蒙主义,成为旁逸斜出、无事生非的文化异类,生前屡次反对读经、甚至说出"我以为要少——或者竟不——看中国书"的鲁迅,自然成为大煞风景、急于抛弃的对象。随着大众通俗文化的繁荣,通俗文学逐渐占领文学阅读的市场,先是张爱玲热、后是金庸热,最后是网络文学热,鲁迅在阅读市场中逐渐成为冷门,可以预见,在娱乐化的指标下,电脑游戏终将战胜所有的文学阅读。在90年代的中国人文意识形态中,自由主义人文思潮在价值取向上更多地呈现出80年代人文意识形态的延续,但其思想资源的本土取向,则发生了重要的变化,以前统一性的五四资源想象,被分化为不同甚至分裂的层面,以前被遮蔽的以胡适为代表的一批自由主义知识分子,在90年代被重新发掘,现代自由主义思想作为被主流历史压抑的思想一脉,得到了更多的关注。但可惜的是,在90年代自由主义的思想解读中,鲁迅被作为激进政治文化的文人代表放到对立面,甚至不幸成为自由主义人文思潮兴起首先祭旗的对象,胡适和鲁迅,被放到非此即彼的单项选择中。有意思的是,在对鲁迅历史形象的定位上,90年代自由主义人文思潮与政治意识形态形成了一致,换言之,自由主义人文思潮将政治意识形态的鲁迅阐释,作为不加分析的历史前提,展开自己的历史批判,过分放大了鲁迅与胡适的现实政治立场的不同,而漠视了二者五四文化立场的一致性。

值得一提的,还有90年代以来社会文化语境和人文意识形态对学术圈内的鲁迅研究的影响。与90年代之前鲁迅研究在现代文学学科甚至整个人文学科研究领域绝对主导的地位不同,90年代以来,随着现代文学研究领域更多文学现象与作家的被重新发现,鲁迅所占的比重客观上在减少,这是正常现象。值得注意的,是鲁迅研究界自身的状况。90年代以来,政治意识形态不再干涉鲁迅研究的学术动向,从政治意识形态出发的鲁迅研究不再是研究者的不可承受之重。政治意识形态的放松使鲁迅资源向学术圈与大众媒体两个方向分流。90年代以来的鲁迅研究界在队伍不断收缩的过程中越来越显示学院化的研究品质,研究成果的发表数量甚至质量,在现代文学研究中仍保持龙头位置。但是,新语境下的鲁迅研究也产生着自身的危机。随着学术的进一步学院化与体制化,庞大的灰色学术大军带来的,是大量功利化的以项目和职称为目的的研究,其最常见的研究模式是,带着80年代理论热、方法热的习惯残留,在对研究对象并无准确把握甚至毫无心得的情况下,就将鲁迅作为某种新思潮新理论新方法的"实验田",以致有些本着弘扬鲁迅的研究,本身就不自觉地构成对鲁迅自身价值的解构。如果说这类研究是无思想的学术操作,那么,90年代以来具有思潮倾向的鲁迅研究,则来自社会思想文化语境。一是反现代性思潮对鲁迅研究的影响。如前所述,随着80年代追求现代化主题向90年代反思现代性主题的转换,鲁迅由反传统主义的现代启蒙的思想资源,演变成反思现代性的思想资源,鲁迅早期的文言论文对19世纪西方物质文明的批判,成为阐释者关注并发挥的对象。① 在反思现代性的阐释下,鲁迅国民性批判的小说代表作《阿Q正传》,竟然成为解构近代以来中国国民性理论——来自传教士话语——的核心文本。② 在反思现代性的阐释思潮中,日本思想家竹内好

---

① 其实,鲁迅早期文言论文的批判矛头并非直接针对西方文明本身,而是针对中国言新人士只看到西方19世纪物质文明的偏颇,而忽视了物质文明背后的"科学",以及"科学"背后的"神思",(参见《科学史教篇》与《文化偏至论》)在鲁迅看来,这种短视,正来自于"本体自发之偏枯","夫中国在昔,本尚物质而疾天才矣"(鲁迅:《坟·文化偏至论》,《鲁迅全集》第1卷,第57页),"劳劳独躯壳之事是图"(鲁迅:《坟·摩罗诗力说》,《鲁迅全集》第1卷,第100页),更有甚者,来自于倡言改革者的"假是空名,遂其私欲"(鲁迅:《坟·文化偏至论》,《鲁迅全集》第1卷,第46页)。必须将五篇论文放在一起,才能看到鲁迅批判的真正所指。

② 刘禾在《语际书写》(上海三联书店1999年10月版)中认为:"《阿Q正传》呈现的叙述人主体位置出人意料地颠覆了有关中国国民性的理论,那个尤其是史密斯的一网打尽的理论。""鲁迅的小说不仅创造了阿Q,也创造了一个有能力分析批评阿Q的中国叙事人。由于他在叙述中注入这样的主体意识,作品深刻地超越了史密斯的支那人气质理论,在中国现代文学中大幅改写了传教士话语。"(第97页)在其阐释下,一方面,鲁迅的国民性批判来自西方传教士对中国的偏见,非常果断地把从梁启超到孙中山等人用来建构中国现代民族国家理论的国民性话语归结为"不得不屈从于欧洲人本来用来维系自己种族优势的话语——国民性理论"(第69页),另一方面,《阿Q正传》又成为颠覆国民性理论的核心文本,让鲁迅自己打了自己耳光。对《阿Q正传》的解读一定要紧扣鲁迅自己的中国问题意识,笔者仍然相信,《阿Q正传》是鲁迅国民性批判的小说代表作。

的鲁迅研究,成为被广为引用的阐释资源。竹内好40年代当作绝笔写的小册子《鲁迅》①,本着一个日本思想者的真诚反思,以现代中国和鲁迅思想为参照,对日本"转向"的近代化历史提出批判,通过对鲁迅个人内心挣扎的富有魅力的描述,试图抽绎出鲁迅与现代之间的反抗性关系,从而将鲁迅与现代中国视为后进现代国家理想的"回心"型近代化路向的楷模。竹内好的鲁迅论,基于对日本近代化道路的反思,将鲁迅作为异域参照的资源,但其存在的问题是,竹内的阐释聚焦于自己的日本问题意识,鲁迅所面对的中国时代难题及其内在问题意识,是其先天的盲区。竹内基于日本问题意识对鲁迅的未免避重就轻的阐释,却成为90年代以来中国鲁迅研究界的一个近乎文学意识形态的存在,甚至达到"言必称竹内"的地步。反思现代性阐释下的鲁迅,为中国独特的现代性及其现实合法性提供了资源,其更为激进的政治指向,甚至直接重回80年代前政治意识形态的阐释思路,在他们那里,80年代的阐释被视为浅薄并被轻易否定,而80年代前政治化的阐释重新获得某种新的深刻性,完成中国人文知识分子鲁迅阐释的话语圆圈。反思现代性在学术界的另一种阐释路向,是对中国现代文学起点的重新讨论,上世纪80年代中、后期现代文学研究界"20世纪中国文学"概念的提出,还是基于以五四为现代化开端的标志的基本立场,只不过试图将现代的发生追溯到晚清维新思潮,显示20世纪的完整性,但在90年代开始的晚清学术热中,随着"没有晚清,何来'五四'"这一具有广告效应的表述的不胫而走,这一口号几乎成为现代文学界的一种新的学术意识形态。如果这一表述指的是为五四现代性寻找晚清的源头,其实无可厚非,但是,其真正想说的是"被(五四)压抑的现代性",将晚清解读成比五四更丰富、更具有开创性的现代开端,相反,五四却成为中国现代性本来良好开端的"窄化的收敛",在其视野中,所谓"被压抑"的现代性,实质上就是晚清商业市场形成后小说

---

① 竹内好的《鲁迅》目前在大陆有两个版本,一是李心峰译《鲁迅》,浙江文艺出版社1986年版,二是由李冬木译收在中译本竹内好文集《近代的超克》之第一部的《鲁迅》,三联书店2005年版。

领域的某些具有市场取向的变化,①跟进者则进一步将中国现代文学的起点归于晚清的某一篇小说的出现。且不说鲁迅是否就能代表并非一元的五四,但在这一文学意识形态下的文学史叙述中,鲁迅又一次作为五四现代性的代表遭遇或明或暗的"压抑"。对鲁迅研究的另一种可能性的影响来自大众通俗文化意识形态,随着90年代以来学术大众化的媒体取向,鲁迅研究也未免蠢蠢欲动,如果说鲁迅上百家讲坛并未获得预料中的成功(说明将鲁迅大众通俗化确属不易),那么,学术圈内部的大众通俗化研究却获得意外的热烈反响。新世纪初年,两位学者不约而同对鲁迅最为晦涩幽深的《野草》进行了纯粹"形而下"的解读——将《野草》视为鲁迅20年代中期性爱潜意识的集中表现,竟然被视为鲁迅研究新的生长点,造成了一个不大不小的研究热点。由此亦可见大众通俗文化意识形态下鲁迅研究的落寞。

可以看到,其人虽逝,作为话语的鲁迅仍然随着世纪中国的复杂变动与世沉浮,在90年代以来变化的社会文化语境中,其形象开始变得陌生、模糊,甚至不合时宜。追问"21世纪,还需要鲁迅吗?"首先需要正本清源,删繁就简,回到这样一个原点性问题:鲁迅存在的基本历史定位及其思想遗产的价值核心究竟是什么? 其次才是:鲁迅资源在当下还有没有价值?

四

研究一个人的思想,最直接的办法就是进入他自己的时代背景,及其思想动机和问题意识。可以首先从三个问题入手:他生活于怎样的时代? 他那个时代所面临的共同时代问题是什么? 他是如何应对这些问题的? 可以确认的是,鲁迅是20世纪初走上历史舞台的中国现代知识分子,他生活的时代,是李鸿章所谓"三千年未有之大变局"的中国现代转型,中华文明遭遇西方文明的挑战,被动地进入改变之途,这个时代,鲁迅称之为"可以由此得生,而也可以由此得死"的"大时代"。② 鲁迅出道的20世纪初,救亡图

---

① 主要参见王德威:《被压抑的现代性:没有晚清,何来"五四"》一文,收入氏著:《想像中国的方法:历史·小说·叙事》,三联书店1998年版;后又作为导论收入氏著:《被压抑的现代性——晚清小说新论》,宋伟杰译,北京大学出版社2005年版。
② 鲁迅:《而已集·〈尘影〉题辞》,《鲁迅全集》第3卷,人民文学出版社1981年版,第547页。

存,是共同面对的时代难题,作为一个具有传统使命感的中国现代知识分子,他首先面对的就是这样一个时代共同问题,并要做出自己的回答。青年鲁迅的第一次发言,是世纪初年留学日本时期,1905年,鲁迅弃医从文,确立了文学——精神——救亡的文学救亡道路,1907、1908年,鲁迅一连发表五篇文言论文,基于对西方现代文明的全面梳理,对当时流行的救亡思路如"黄金黑铁"的洋务派、"国会立宪"的维新派以及种种流行的维新言论提出批判,提出"首在立人"、"尊个性而张精神"的主张,并大力推介"摩罗""诗力",寄希望于"介绍新文化之士人",以此为"第二维新之声"。彼时,孙中山、章太炎为代表的革命派正在东京与维新保皇派论战,可以说,在革命派成功之前,青年鲁迅就在考察并否定洋务派的器物层面的救亡方案和维新派的制度层面的救亡方案的同时,提出了与方兴未艾的革命派民族主义革命方案不同的新的救亡方案,这一救亡方案抓住了中国现代转型的两个契机,一个是"精神",一个是"诗",其内在理路是,中国现代转型的真正基础,是国人精神的现代转型,而诉诸精神的文学,是改变国人精神现状的最有力的工具。周氏兄弟又通过《域外小说集》的翻译,展现其对改变精神的新文学的想象。晚清以林纾为代表的翻译小说,基于中国固有阅读习惯选取外国小说,注重故事的传奇性及内容的分类化,所取大多是18世纪以来英、法、美主流国家的文学,而周氏兄弟另辟蹊径,引进在当时非常边缘的19世纪俄国及东、北欧弱小民族的文学,这一取向除了呼应当时刚刚兴起的民族主义革命思潮,更为潜在的动机,则属于其文学——精神——救亡的新思路。这些小说所展现的,是一种全新的精神世界,尤其是鲁迅所择取、翻译的小说,其主人公的内心世界,真诚、执著、深广,甚至达到分裂与发狂的境地,正是分裂,显示着精神的存在。周氏兄弟对异域小说的引进,所可注意者有五:一是轻故事而重内心,二是轻长篇而重短篇,三是轻主流国而重东、北欧,五是轻18世纪而重19世纪,这一指向,是对19世纪西方文学所内含的迥异精神世界和人性世界的发现,故序文直言:"性解思维,实寓于此","籀读其心声,以相度神思之所在",并不无自信:"异域文术新宗,自此始入华土。"①在鲁迅那里,作为救亡根本的"立人"——现代转型的精神基础的

---

① 鲁迅:《译文序跋集·〈域外小说集〉序言》,《鲁迅全集》第10卷,第155页。

建立,其精神资源已经无法在世纪末业已衰微的宗教、道德、伦理、政治等"有形事物"中来寻找,而19世纪崛起并得以在精神界独立的西方文学,其内在精神深度及其富于感染力的特性,被鲁迅视为改变中国人沦于"私欲"、"劳劳独躯壳是图,而精神日就于荒落"①的国民精神现状的最好途径,文学,取代了原来的宗教和道德,成为精神的策源地。然而,文学——精神——救亡的"立人"方案被掩盖于风起云涌的革命呼声,导致青年鲁迅深深的寂寞和自我怀疑,并形成近十年的沉默。十年后,其"精神"与"诗"的救亡理路,在五四思想革命与文学革命中得到了呼应,在钱玄同的劝说下,鲁迅第二次出山,通过小说等新文学的创作,汇入五四潮流,至此,十年前的救亡思路与十年后的现实运动终于合流。鲁迅在五四时期再也没有系统阐释过自己的救亡主张,作为过来人,他主要是通过精神深异的文学创作,汇入五四新文学的潮流,显现文学内在的精神力量,可以说,通过文学创作,鲁迅将十年前的精神脉络,注入了五四,鲁迅一加入五四新文学,就能在创作上显示别人达不到的新异与深度,为五四新文学带来了不可或缺的实绩,其原因正在此。

  自五四开始的鲁迅文学创作,怎样延续了十年前的文学救亡理路?经过"立人"方案的挫折和十年隐默中对中国乱象背后的人性洞察,十年后,鲁迅将文学救亡的"立人"方案,落实在国民性批判这一首要的环节上,国民性批判,是鲁迅五四后文学创作最核心的创作动机和思想命题,实际上也成为他终其一生也未完成的文学救亡方案的现实践履。鲁迅五四时期的小说,通过小说虚构的自由,对国民性展开整体性的象征批判,《狂人日记》、《阿Q正传》是其国民性批判的小说代表作,五四时期的随感,则是更为广泛、直接的社会批评和文明批评。以1923年的沉默为标志,五四后鲁迅经历了第二次绝望,借由《彷徨》与《野草》的写作——《野草》是其冲决绝望的文学行动,他终于走了出来,走出绝望的鲁迅,开始摆脱前期缠绕自身、积重难返的矛盾,跨入更为坚实的现实生存,并越来越多地将写作重点转向杂文。对于鲁迅,国民性不再是抽象的存在,而就是"大时代"中乱象纷呈的现实,面对急剧变迁的现实,小说的虚构和象征,已经失去它的即时性和即

---

① 鲁迅:《坟·摩罗诗力说》,《鲁迅全集》第1卷,第100页。

物性,因而,直面现实的杂文,成为其最后的文学选择,不是是否文学,而是是否具有现实批判的有效性,成为鲁迅后期文学转换的内在动机。在其后期倾力以赴的杂文里,国民性批判与现实批判,融为一体,具有更强的现实效应,而其现实批判的深度,仍然来自国民性批判的洞察眼光;晚年的《故事新编》,更像是杂文化的小说,其古今杂糅、虚实交织的特色,将小说的虚构和游戏,与杂文的现实感与批判力,匪夷所思地融合在一起,完成了国民性批判最为创造性的文学表现。

综上所述,我们现在可以回答前面提出的三个问题,作为20世纪中国知识分子,鲁迅生存于艰难现代转型的20世纪中国,他面临的时代共同问题是救亡图存和现代转型,面对这一时代共同难题,其所关注的,是现代转型的精神基础问题,故提出"首在立人"、"尊个性而张精神",并试图通过引进崭新的文艺,为现代精神的形成提供深度资源。鲁迅"立人"方案的现实践履,后来成为终其一生也未完成的批判国民性的工作,可以说,其所有的文学创作,都是围绕这一核心命题。

基于这样的基本判断,可以看到,90年代以来新的社会语境下的鲁迅阐释,虽然更为自由,但是,或者偏离了鲁迅存在的基本历史定位,或者无视鲁迅的真实存在及其现实价值,径直加以抛弃。面对这一现象,我们需要追问的是:鲁迅的时代真的已经过去了吗?其所批判的国民性问题,真的已经失效了吗?

20世纪,并没有随着21世纪的到来而结束,中国仍然处在近代以来艰难的现代转型之中,鲁迅曾经面对的共同时代问题,仍然是我们的问题,而且,随着中国现代转型的进一步深入,其所揭示的现代转型的精神基础问题,越来越成为关键。现代转型由易到难、由浅入深,从器物到制度再到精神文化层面,由晚清至五四,中国曾经经历这样的转型理念变迁与深化的认识过程,一个多世纪以来,中国人民在现代转型的各个层面,都进行了艰苦卓绝的努力,五四之后,中国选择了马克思主义,在制度与思想方面都进行了深刻的社会改造,这在几千年的中国历史中,都是空前的并可载入史册的。中国的现代转型取得令人瞩目的成就,但仍存在很多问题。以马克思主义救中国,本来是以先进的思想、文化和制度改造旧中国,尤其是改造固有传统中不利于现代转型的文化因素,但在这一过程中,传统中某些最为顽固的、最不利于现代转型的文化因素,还是未免留了下来,并渗透进我们的制度、思想甚至日常生活的秩序中,阻碍着正在进行的中国改革事业。表面来看,阻碍改革事业的如权力腐败、社会公平等问题,来自法律、制度与规则的不健全,但是,如果落实到文化层面,其深层原因则是源于国人缺少对超越性、普遍性存在的理性共识和自我反思的能力,问题不仅在于有没有秩序和规则,而且在于难以真正相信并遵守超越于自身的秩序与规则,在我们的固有文化意识中,人,总是可以改变和利用秩序和规则的。这一"人本"——"天人合一"与自我本位——的文化取向,在人文与审美层面,自然有它的优越之处,但在现代社会的转型过程中,却是极为不利的民族文化心理传统。如果说现代市场社会得以维系的两大元素是利益诉求与秩序规范,可以说,中国一直不缺少的是利益诉求,但缺少的是规范化的秩序,尤其是对秩序的承认和尊重。如果现代社会充斥的都是没有规则意识的利益中心的个人,最后就会形成无原则的巧取豪夺,如果每个人都不能超越自身利益思考问题,最后导致的是矛盾积压并且积重难返。中国近代以来的现代转型,目前在社会物质财富的创造方面取得了举世瞩目的成就,但是,在已有的带来高度效率的红利因素消耗之后,如何进一步保持高效的发展,是横亘在中国面前的一个问题,这也就需要进一步通过深化改革,释放更为持久的效率因素。在这一层面,我们需要做的,一方面要进一步健全制度建设,完善法律法规,加强对权力的监督和秩序的规范,另一方面,缺少理性共识和反思精神的现世的、人的、利欲中心的文化心理,更是我们每一个人亟待自我反思并加以改变的最深厚文化传统。这一自我文化反思与改造的工作,自然极为艰难,但现在所能做的,是对不利于现代转型的传统遗留保持充分的警惕,不要急于产生文化自满情绪与自我中心意识。传统文化的自豪感,当然是一个民族立于世界民族之林所需要的,但是,如果将传统文化不加分析地作为大国崛起甚至故步自封的意识形态,则不仅局限了我们的现代视野,而且会进一步束缚住我们的现代进程。

鲁迅的国民性批判,是我们反思传统的一个最重要的现代精神资源。在反思传统的现代转型中,鲁迅,是对中国文化弊端洞察得最深的思想者,他以对国人"营营于治生,活身是图,不恤污下"①、"劳劳独躯壳是图,而精神日就于荒落"②的精神状况的洞察和批判,将近代以来中国的自我文化反思,推到了人性的深度,并因过深的洞察,产生了绝望,在反抗这绝望中战斗了一生。对于鲁迅,传统,从来不是优劣不分的,他所批判的,是阻碍中国现代转型的文化心理遗留,相反,对于传统中的优秀部分,他一直是珍视并加以发扬的,他收藏、博览中国古籍,他是整理、研究中国小说史的第一人,被称为反传统主义者的他,着中式服装、爱绣像绘画,私藏并赏玩中式信笺,一生写作都是绝佳的毛笔行楷,他深爱传统又批判传统。可以说,鲁迅的存在,是有着几千年历史的伟大的中华文明的一个解毒剂,而鲁迅的伟大本身,也正是中华文明具有文化反省意识、能够自我更新、具有强大生命力的证明。

20世纪初,鲁迅写道:"意者欲扬宗邦之真大,首在审己,亦必知人,比较既周,缘生自觉。"③21世纪,我们仍然处在20世纪尚未结束的现代转型之中,以批判国民性为核心的鲁迅思想与文学,仍然是我们有待进一步发掘的现代精神资源。

第二节　质疑"国民性神话质疑"

一

"国民性"批判是贯穿鲁迅一生的重要思想,这大概已成为学界同仁的共识,然而,这一思想对于鲁迅始终是一个尴尬的话题,国民性话题之受冷遇或成为热点,多少与此相关。80年代及以前,"国民性"思想首先要处理与当时政治意识形态("阶级性")的关系,故学界或有意回避,或认为"国民性"思想是鲁迅前期思想的局限性,后被阶级性思想所取代,或认为鲁迅国民性思想本来含有阶级性内容。90年代悄然形成的文化语境中,国民性思想又渐渐成为"热点"。在"国学热""东方热""中华性""东方主义""后殖

---

① 鲁迅:《坟·文化偏至论》,《鲁迅全集》第1卷,第69页。
② 同上书,第100页。
③ 同上书,第65页。

民主义"等90年代知识语境中,鲁迅的国民性批判显得那样不合时宜,面临新的尴尬处境,并受到新的指责。应该说,80年代在天津召开的鲁迅国民性思想学术讨论会对有关问题的讨论与研究相当广泛与深入,但此后十多年的研究,与"国民性"思想在鲁迅思想中的重要性是不相配的。今天,重新讨论这一问题,并应答目前的挑战,应该有其必要性和重要性。

我认为,国民性批判是作为思想家的鲁迅奉献给我们民族的最宝贵思想财富,也是解开鲁迅复杂世界的一把重要"钥匙",因而对此颇有兴趣。《鲁迅国民性批判的内在逻辑系统》(《鲁迅研究月刊》1999年第7期)一文,是我基于以上认识,尝试把鲁迅国民性思想当作真正思想形态的对象来把握。其思路是,在鲁迅国民性批判的文学性描述中,抽绎出一些范畴,整合其内在逻辑,并试图发现其逻辑原点——鲁迅对中国国民性的根本性认识。这一思路是否可行,当然学界可以讨论,在此不论。我在此反思自己的是"私欲中心"的推演和归纳是否准确。记得钱理群先生在看到文稿后,就曾提出质疑:对"私欲"的否定是否会重新导致"毫不利己,专门利人"的极端?虽然当时自认为拙作第四节可解释这一问题,但后来想,不能说鲁迅是完全否定人的欲望的,那么鲁迅对"私欲"的强烈批判究竟所指为何呢?现在看来,更确切地说,应是那些其实只有"私欲"却以种种高尚面目出现的人。人的正常欲望,只要是真实的,鲁迅并不反感。换言之,在鲁迅那里,有两个问题层次,首先是真实和虚伪的问题,其次才是高尚和卑鄙的问题。鲁迅在日本时期就认为中国国民性最缺乏的是"诚"和"爱"①,我觉得,在鲁迅那里,"爱"必须以"诚"为前提,这是中国"国情"之特殊所在,鲁迅的洞见常常来自这一经验智慧。因此,与其说鲁迅国民性批判的基点是"私欲中心",不如说是"虚伪"——"自欺欺人"。在反思自己的同时,有幸看到竹潜民先生的新著《鲁迅晚年思想的当代解读》(当代中国出版社2001年7月版),其中第六章②对拙作提出商榷,此后竹先生又撰写了《鲁迅国民性"密码"和"原点"探密:兼与汪卫东先生商榷》一文,发表于《鲁迅研究月刊》2002年第2期。竹先生在充分肯定我的基本研究意向及研究框架的前

---

① 许寿裳:《我所认识的鲁迅》,人民文学出版社1978年版,第59页。
② 竹潜民:《鲁迅晚年思想的当代解读》,当代中国出版社2001年版,第115—140页。

提下,对"私欲中心"说提出商榷,认为这一概括"缺少中国民族的特点"①,并且"容易同中国历史上的'存天理、灭人欲'封建意识、现代的'狠批私心一闪念'和极'左'观念相混淆"②。通过论证,他最后认为"鲁迅国民性批判的'密码'和'原点'应该是'自欺欺人'四个字"③,"鲁迅用'从外国药房里贩来的一帖泻药'——'改造国民性'思想为武器,将属于'东方文明'中最丑恶的东西——'自欺欺人'的国民性原点揭示出来,成为鲁迅思想宝库中最有价值的东西"④。应该说,竹先生对我的质疑是有理有据的,也正符合我当初的反思,他的思考进一步把问题推向深入。

二

再思鲁迅国民性思想,我认为首先要面对两个问题:一、国民性是一个舶来词,而且是一个历史性范畴,梳理它的理论渊源、语义史和分辨它的历史作用,都是必要的。同时,还需审慎处理它与民族性、民族精神、国民精神、国粹等相关概念之间的纠缠;二、鲁迅作为思想家的个性是,任何语词在他那里都首先不是一个抽象、静止和自明的概念,而是被他的复杂经验所整合、经过他个人独到理解、并运用于自己所面临的要解决的问题的,因而,在研究鲁迅国民性思想时,需结合鲁迅的"生活世界"并深入鲁迅思想的内在逻辑,注意到"国民性"是如何被鲁迅"拿来"、整合并使用的。对于这两点,限于篇幅关系,笔者不能展开,只能略说一二。

"国民性"一词并非中国原有,而是近代西学东渐过程中从日本引进的源自西方的外来词,属于高名凯所谓"先由日本人以汉字的配合去'意译'或部分的'音译'欧美语言的词,再由汉族人民搬进现代汉语里面来,加以改造而成的现代汉语外来词"⑤,与此相关的词还有"民族性"、"民族精

---

① 竹潜民:《鲁迅晚年思想的当代解读》,第126页。
② 同上书,第127页。
③ 同上书,第133页。
④ 同上书,第139页。
⑤ 高名凯、刘正琰:《现代汉语外来词研究》,文字改革出版社1958年版,第88页。

神"、"国民精神"等,日语中,其对应的英语词汇是 nationality。① 在英语中,nationality 和 national character、national characteristic、nationalism 可以互释,② 有趣的是,"国粹"一词也是日语对英语 nationality 的翻译。③ "国民性"等有关词汇在日语中的大量出现是明治维新时期,面对异质的西方文明,日本知识人自然对两种文明以至两种人进行比较,论题集中在对于"国民性""民族性""国民精神""民族精神""国粹"等问题的探讨上,并经过了明治维新初期的"日本人种劣等"论,中期的"国粹主义"文化论和后期的"国家主义"阶段。④ 西方世界中 nationality 概念来自于西方近代民族国家理论。15 至 17 世纪东罗马帝国的覆灭开始了西欧近代民族国家的时代,17 世纪初西欧"三十年战争"签订的威斯特斐利亚和约成为西方民族国家建立的里程碑,18 世纪英、法之间的长期战争推进了两国作为现代民族国家制度建构和民族意识形成的进程,18、19 世纪,各民族起源、历史、现状、发展、民族关系和民族主义等论题,成为西方社会科学和人文科学研究的主要内容,形成了为民族国家合法性提供理论基础的西方近代民族国家理论,nationality 在这一历史潮流中成为关键词。⑤ 从理论资源看,nationality 的意识形态前提是中世纪神义论的解体和近代自然理念(自然神论、世俗化自然法和自然人性论)的形成,有关人的界定的统一的神性基础被与神性无关的近代自然理念所偷换,为属于"自然"范畴的血缘种族、地域、语言、风俗以及

---

① 《广辞苑》(株式会社岩波书店 1998 年 11 月第 5 版),《日本语大辞典》(株式会社讲谈社 1996 年第 2 版),《哲学事典》(株式会社平凡社 1990 年初版)对"国民性"词条的英语释词都是 nationality(P.489、P.762、P.489);《新英和大辞典》(株式会社研究社 1980 年第 5 版)对 Nationality 一词的日语译义是"国民性"(P.1407)。

② The Oxford English Dictionary(Second Edition Volume X)[《牛津英语词典》第二版第 X 卷]对 Nationality 词条的解释是:1. a. National quality or character, b. With pl. A national trait, characteristic or peculiarity; 2. Nationalism, attachment to one's country or nation; national feeling. (P.234)。

③ 参见松本三之介:《明治维新の构造》,1981 年日文版,第 126 页,转引自郑师渠:《晚清国粹派——文化思想研究》,北京师范大学出版社 1993 年版,第 2 页。另据《明治用语辞典》(株式会社东京堂,1989 年 2 月版,第 163—164 页)介绍,明治三十七年《和法大辞典》和大正四年《罗马字及国语辞典》对"国粹"词条的解释分别是 Nationalite—ron 和 Nationality。

④ 参见卞崇道等:《跳跃与沉重:二十世纪日本文化》,东方出版社 1999 年版,第 2—10 页。

⑤ 参见徐迅:《民族主义》,中国社会科学出版社 1998 年版,第 12—22 页。

区域性宗教信仰对人的规划提供了基础;nationality 另一个应该强调的理论资源是 18 世纪末 19 世纪初与德国浪漫主义相伴而行的德国民族主义思潮。在西欧,德国民族国家的形成晚于西班牙、葡萄牙、荷兰、英国和法国,当英、法两强作为统一民族国家主宰欧洲的时候,德国尚未统一,且被视为落后和未开化。法国多次发动对德战争,1807 年普鲁士败于拿破仑,最终刺激了德意志民族意识的觉醒,德国作为后进国以弱抗强、要求摆脱控制而独立和统一的历史动因,形成了德国民族主义不同于西欧民族主义发轫期英、法民族主义——其历史动因主要是资本主义生产关系发展而带来的对封建专制的反叛和对民族共同市场的诉求——的新特征,并在 19 世纪初德国浪漫主义思潮中得以充分展现:1. 强调一个民族、一个国家、一种精神的民族原则,强调德意志民族血统、语言、风俗尤其是精神传统的独特性,表现出对民族国家中央霸权的整合性要求;2. 强调民族精神在动员和整合民族力量过程中的作用,强调民族精神(民族个性)是组成民族的每个个体的个性(精神)的有机融合。这一思想在 18 世纪的弗里德里希·卡尔·冯·莫泽尔、赫尔德和 19 世纪初期费希特、谢林、施莱尔马赫以至黑格尔等德国思想家那里都有体现,莫泽尔在《论德意志民族精神》中第一次提出 Nationalgeist(民族精神)的概念;① 赫尔德的民族有机体论强调民族精神是民族演变发展的动力之源。② 费希特发表《对德意志人的演讲》,号召德国精神的复兴,认为相信人类的自发创造力和自由的人才是德意志人的标志;③ 弗里德里希·路德维希·雅恩出版著名的《德意志民族性》,鼓吹爱国主义,成为德语 Volkstum(民族性)——"一个民族共同的内在生命的特性"——的

---

① 李宏图:《西欧近代民族主义思潮研究——从启蒙主义到拿破仑时代》,上海社科院出版社 1997 年版,第 119、205、79 页。
② 赫尔德曾用一系列名词表示"民族精神"和"民族魂"的概念,如 National Geist, Genius des Volks, Geist des Volks, Geist der Nation, Seele des Volks。参见李宏图:《西欧近代民族主义思潮研究——从启蒙主义到拿破仑时代》,上海社会科学院出版社 1997 年版,第 125 页。
③ 〔美〕科佩尔·S. 平森著:《德国近现代史:它的历史和文化(上册)》,范德一译,商务印书馆 1987 年版,第 57 页。

发明人;①在黑格尔那里,Volktsgeist 即各民族集团固有的独特精神的概念。② 通过德国民族主义,Nationality 获得了作为民族整合动力的民族精神的内涵,并成为继德国之后处于奴役地位的非西方民族为摆脱异族统治,争取民族解放、独立和统一,而进行民族动员、实现民族认同的民族国家意识形态,深刻影响了 19 至 20 世纪的世界民族主义。

日本民族主义的兴起早于中国,作为后进国,其民族主义自然承续了德国民族主义传统。作为中国近代民族主义重要部分的鲁迅国民性思想正是形成于日本,其经由日本对德国传统的承续,当在情理之中。鲁迅的国民性思想首先表现为对国民精神现状及其未来的强烈关注。日本时期,鲁迅、周作人和许寿裳组成以"立人"为中心的三人团体,他们那时期发表的长篇系列论文,表达了一个共同思路:中国问题的症结在于国民精神,立国的根本不在物质而在精神,精神的确立需从发扬个性开始。③ 从鲁迅这时期的文言论文看,他把以生命存在为根基的创造性"精神"——"意力"看成是人的存在及国的存在的根本,④痛心于国民精神的沉沦,他大声疾呼"尊个性""张精神",呼吁中国人发出"心声",显出"内曜",以达到"精神"——"意力"的重建,以民族创新精神与创造力的振拔,为中华民族文明创新与超越之道。他还继承发扬了德国民族主义的"个性"概念,把"张精神"与"尊个性"统一起来,民族精神的重建建立在国民个体"个性"的发扬的基础之上。作为个体之"精神"——"意力"的确立即个体主体的确立,亦是民族国家新

---

① 李宏图:《西欧近代民族主义思潮研究——从启蒙主义到拿破仑时代》,上海社科院出版社 1997 年版,第 119、205、79 页。
② 李宏图:《西欧近代民族主义思潮研究——从启蒙主义到拿破仑时代》,第 119、205、79 页。
③ 参见当时发表于《河南》杂志的鲁迅早期五篇论文和周作人《文章之意义暨使命因及中国近时论文之失》《哀弦》,及许寿裳《兴国精神之史曜》中对"国民精神"、"国魂"的强调。
④ 《人之历史》在人类进化律之"遗传"与"适应"之间,倾向于强调主动因素的"适应",因人类"自卑而高"、"自进无既"之因不能归于被动之"遗传",只能归于主动之"适应",正是在"适应"律上,"斯亦见人类之能";《科学史教篇》对"科学"背后"神思"、"理想"、"圣觉"的强调,亦是对人的创造力背后的非智力精神因素的置重;《文化偏至论》中,"众数"——"个人"和"物质"——"精神"的双举,精神—个人是所倡导张大者,精神性意力之个人正是"立人"之本;《摩罗诗力说》诉诸"诗力",通过"诗人"之"诗"感动民众之"诗",以达到《破恶声论》所言之"心声"和"内曜"——"精神"和"意力"的重建、振拔和洋溢。

主体的确立。这是真正"拿来"的主体,因而既非东方中心,亦非西方中心。从这里可以看出,"国民性"在鲁迅这里,指的是精神委顿、沦亡与缺失的精神状态及其在国民身上的人格化体现,①精神的缺失在现实中的最大表现即是国民沉溺于卑下之私利与物欲,唯一身之活是图,而面子上却又以"道德"自居,以获取人群中存在的合法性并窃取更多私利,因而造成"虚伪"这一国民劣根性。可以说,在鲁迅的批判性眼光中,如此"国民性"与所谓"国民劣根性"是相通的。

　　由此,鲁迅的国民性思想显出与晚清国粹派的差异。如前所述,"国粹"和"国民性"同样都可以从日本语中找到 nationality 的词源,因此,这一差异是耐人寻味的。明治二十一年日本政教社创办《日本人》杂志,提倡"国粹"(nationality),以对抗明治维新初期"明六社"的全盘欧化论,一般来说,他们认为国粹是:1. 一种无形的民族精神;2. 一个国家特有的遗产;3. 一种无法为其他国家模仿的特性。② 晚清国粹派承日本政教社的余绪,把"国粹"寄于中国传统的文化、学术,把"保学"看成"保种"的前提,这样,传统文化、学术成为民族命脉所寄和民族存亡的根本。应该说,强调一个民族固有的精神上的特长,以本民族的文化精髓而自耀,也是德国民族主义的应有之义(德国民族主义甚至走向日耳曼人优越论和国家主义),但鲁迅并没有延续这一思路,而是"拿来"并放大了德国民族主义中对民族精神活力和组成民族的个人之个性的强调。同样强调"精神",前者面向过去,后者面向现在和未来。在鲁迅看来,文明是人类精神的创造物,"国粹"正是"古民""神思"的产物。对于"国粹"本身的价值,鲁迅是并不否定的,这可参见早期文言论文对传统文化的评价,他认为"古民之心声手泽,非不庄严,非不崇大,然呼吸不通于今,则取以供览古之人,使摩挲咏叹而外,更何物及其

---

① 有关精神沉沦的表述在鲁迅的文言论文中随处可见:"众庶率纤弱颓靡"(《文化偏至论》)、"萧条"、"颓唐侘傺"、"苓落颓唐之邦"、"终至堕落而之实利"、"为时既久,精神沦亡"(《摩罗诗力说》)、"本根剥丧,神气旁皇"、"寂漠为政,天地闭矣"、"沦没"、"黄神啸吟,种性放失"、"心夺于人,信不繇己"、"元气黯浊,性如沉垽,或灵明已亏,沦溺嗜欲"(《破恶声论》)等。

② 〔美〕Hartin Bernal:《刘师培与国粹运动》,见《近代中国思想人物论——保守主义》,台湾《时报》文化出版有限公司1980年版,第95页。

子孙?"①鲁迅"五四"时期对"国粹派"的批评,指向的就是他们把作为精神成果的"国粹"看成是现代人和未来人"命脉"的保守心理,他指出:"要我们保存国粹,也须国粹能保存我们","保存我们,的确是第一义"②。和国粹派相反,鲁迅把"保存我们"放到"保存国粹"前面,正是看到了以人的生命存在为根基的创造性"精神"——"意力"是人的存在本质和一切文明成就的创造性源泉。

  德国浪漫主义的民族主义是一把双刃剑,在谋求民族独立、自主的同时,它又带来了民族的自大意识,在近代产生了种族优越论和民族扩张主义,如德国的日耳曼人优越论和纳粹主义、日本军国主义、埃及纳赛尔的大阿拉伯主义、庇隆的大阿根廷主义及尼赫鲁的扩张思想等。这在德国民族主义中可以找到思想资源。基于一种来自法国的挫折感,德国民族主义在国家起源问题的解释上有别于法国,在他们看来,国家不是在自然状态下的人出于自我利益契约性设计的结果,而是在一个民族的血缘、语言、习俗、历史和文化中约定俗成的,国家存在的命脉是一种民族精神,而这一民族精神的根基就在该民族的文化传统及其特性中,由此,国家成为一种世俗性的精神宗教——国民情感、精神的寄托对象。这一文化民族主义倾向成为许多有着自己深厚传统的被压迫民族寻求民族独立的意识形态,在日本和中国的国粹主义中,正可以找到它的影响。不过,同样是对民族精神的强调,在鲁迅这里,民族精神的根基不再像德国民族主义那样被理解为存在于民族固有的文化和精神传统中;从尼采那里,鲁迅"拿来"了新的思想因素,尼采向古希腊悲剧精神(生命意志)中寻求救治现代道德和精神堕落的要素,其实是超越了德国民族主义囿于本民族传统的狭隘眼光。鲁迅正是把对民族精神的诉求诉诸从尼采那里"拿来"的"生命意志",在鲁迅这里,"生命意志",不再属于民族范畴,而是具有人类学意义的生命形而上学。这一思想嫁接使鲁迅既继承了德国民族主义的"民族精神"概念,又超越了其民族局限性,同时与形形色色的国粹主义区别开来。通过对民族文化自大和排外意识的摒弃,鲁迅确立了一种内含世界主义和人道主义的开放、平等的民族

---

① 鲁迅:《坟·摩罗诗力说》,《鲁迅全集》第1卷,第65页。
② 鲁迅:《热风·随感录三十五》,《鲁迅全集》第1卷,第306页。

意识,因而他极力主张民族、国家间的平等,尤其关心那些弱小民族的命运。在日本时期,他对那些颂美"暴俄强德"而冷嘲"受厄无告如印度波兰之民"的人给以指责,称之为"兽性的爱国"。鲁迅的国民性思想所蕴含的,与民族自大意识及扩张主义不同的民族主义内涵,应该引起我们足够的重视。

这一思想也影响了他对国民性形成原因的看法。鲁迅的国民性批判虽然形成了文化批判的视点,但如果说,鲁迅把国民性的根源仅仅归之于思想形态的民族文化传统,似乎缺少足够材料的支持(早期论文中有对道家"不撄人心"和儒家诗学"思无邪"的指责)。民族思想文化传统是精神的产物,因而是人(精神)决定文化,而不是文化决定人(精神)。实际上,在谈到国民劣根性的根源时,鲁迅强调的往往是历史中的现实力量:一是民族思想文化传统与封建专制体制合谋而造成的对个性的扼杀,这正是国民精神委顿、沦亡的深刻原因;二是民族两次奴于异族的历史。据许寿裳回忆,鲁迅在与他讨论有关国民性的三个问题时,对于"它的病根何在"这一问题,认为"两次奴于异族",是"最大最深的病根"①,1936年,在谈到中、日民族性的不同时,还是把中国国民劣根性归于"历受游牧民族之害,历史上满是血痕"②;三是文化地理原因,早期论文多有表述:"(古代中国)屹然出中央而无校雠,则其益自尊大,宝自有而傲睨万物,固人情所宜然,亦非甚背于理极者矣。虽然,惟无校雠故,则宴安日久,苓落以胎,迫拶不来,上征亦辍,使人荼,使人屯,其极为见善而不思式"③,"发展既央,隳败随起,况久席古宗祖之光荣,尝首出周围之下国,暮气之作,每不自知,自用而愚,污如死海。其煌煌居历史之首,而终匿形于卷末者,殆以此欤?"④鲁迅对作为现实力量的历史原因的强调,说明国民性在他这里是一个历史性范畴,它的形成有历史中的具体原因,也必将在未来被改变,不过这取决于民族中每个个体精神的重新振拔与洋溢。国民性的可改变性基于鲁迅对人性的乐观,成为毕其一生为此奋斗的最基本信念和精神支柱。但国民性改造的艰难常使鲁迅陷入

---

① 许寿裳:《我所认识的鲁迅》,人民文学出版社1978年版,第59—60页。
② 鲁迅:《书信·附录·致尤炳圻》,《鲁迅全集》第15卷,第683页。
③ 鲁迅:《坟·文化偏至论》,《鲁迅全集》第1卷,第44页。
④ 鲁迅:《坟·摩罗诗力说》,《鲁迅全集》第1卷,第64页。

痛苦的矛盾之中,不由产生对国民性是否精神遗传的恐惧,"难道所谓国民性者,真是这样地难于改变的么?倘如此,将来的命运便大略可想了,也还是一句烂熟的话:古已有之"①。同时又自我解脱:"幸而谁也不敢十分决定说:国民性是决不会改变的。在这'不可知'中,虽可有破例——即其情形为从来所未有——的灭亡的恐怖,也可以有破例的复生的希望,这或者可作改革者的一点慰藉罢。"②这一哈姆雷特式的矛盾,纠缠了鲁迅的一生,并在穿透绝望中内化为其深刻的生命体验,"彷徨"—"野草"时期的生命哲学,正是在这一艰难过程中孕育形成。

三

　　90年代的文化语境中,鲁迅的国民性思想受到质疑,其主要代表是冯骥才先生和刘禾女士的两篇文章。冯文《鲁迅的功与过》发表于《收获》2000年第2期;刘文有两个版本,一是最早载于《文学史》第一辑(陈平原、陈国球主编,北京大学出版社1993年4月出版)的《一个现代性神话的由来:国民性话语质疑》,一是收入作者著《语际书写》(上海三联书店1999年10月出版)一书作为第3章的"国民性理论质疑",后者是以前者为基础(删掉了一些语气较为激烈的言论),与另一篇文章合并而成的。③两位作者来自不同领域,前者是著名作家,80年代文化热中,以其"文化小说"颇受读者欢迎,后者是留美新锐学者,但两者对鲁迅的质疑基本相同:鲁迅的国民性思想来自西方传教士话语——西方中心主义立场对中国的歪曲。冯文指出这一点,但并无怎样的理论发挥,刘文则有较为显赫的理论背景——西方后殖民主义理论和爱德华·萨义德(Edward Said)的"东方学"理论,以及在此基础上刘禾自己提出的"跨语实践"理论,在具体论述中还运用了叙事学、巴赫金对话理论等。应该说,90年代对鲁迅的质疑热中,刘文是比较具有理论素养,挑战较为有力的一个,发表后引起学界的关注。鉴于鲁研界对冯文已有不少应答文章,而对刘文尚未有真正的回应,故在此以刘文为对象,

---

① 鲁迅:《华盖集·忽然想到(一至四)》,《鲁迅全集》第3卷,第17页。
② 同上书,第18页。
③ 另一篇文章是刘禾用英语写作的 Translating National Character: Lu Xun and Arthur Smith,参见刘禾:《语际书写》"注释",上海三联书店1999年版,第98页。

提出对它的"质疑"的质疑,目的是通过商榷把这一对话进一步引向深入。

虽然收入《语际书写》的文章删去了载于《文学史》中的一些过激言论,但由于它另外结合了其他文章,为全面起见,我还是以此文为对象。从刘禾《语际书写》一书来看,其"跨语实践"论的提出,有接着萨义德(Edward Said)东方学理论往下讲的意思,其挑战西方学术权威的勇气令人敬佩,其理论设计对思想史研究也颇有启发性。《国民性理论质疑》一文,可以看出是她试验其"跨语实践"论的一个精心选择的案例,也似乎是《语际书写》中她自认为比较成功的一个案例,但可惜的是,深入刘文的内在理路,却发现她为了自身理论的有效性而简化或曲解了作为历史性观念和个人性观念的鲁迅"国民性"思想的复杂性和具体性,因而其质疑并不符合鲁迅的思想实际。

刘禾首先质疑的是:"'国民性'是一个什么样的知识范畴?它的神话在中国的'现代性'理论中负载了怎样的历史意义?"①接着刘文就给出了一个回答:

"国民性"一词(译为民族性或国民的品格等),最早来自日本明治维新时期的现代民族国家理论,是英语 national character 或 national characteristic 的日译,正如现代汉语中的其它许多复合词来自明治维新之后的日语一样。19 世纪的欧洲种族主义国家理论中,国民性的概念一度极为盛行。这个理论的特点是,它把种族和民族国家的范畴作为理解人类差异的首要准则(其影响一直持续到冷战后的今天),以帮助欧洲建立其种族和文化优势,为西方征服东方提供了进化论的理论依据,这种做法在一定条件下剥夺了那些被征服者的发言权,使其它的与之不同的世界观丧失存在的合法性,或根本得不到阐说的机会。(P.68)

这一看似精彩的论断在提出之前,显然没有经过刘文的足够论证,不知道这是作为基于事实的一种归纳呢?还是作为论证出发点的基础命题呢?但不管怎样,都需给出它得以成立的证据。可是,刘禾的这一"先验知识"并不恰切,她看到的只是国民性话语背后西方中心论的话语霸权,却并未顾

---

① 刘禾:《语际书写》,第 67—68 页。

及国民性话语作为历史范畴,曾是19、20世纪弱小民族反抗压迫、争取独立和自由的民族国家理论的重要内涵及其历史作用。也许刘禾把这一论断当作论点提出,有待后文论证,但从后文看,她确实是把这一论断作为论证的出发点——基本命题——而提出的。从此命题出发,她非常果断地把从梁启超到孙中山等人用来建构中国现代民族国家理论的国民性话语归结为"不得不屈从于欧洲人本来用来维系自己种族优势的话语——国民性理论"①,而鲁迅的国民性理论来源即是亚瑟·史密斯的《中国人的气质》(Arthur H. Smith, *Chinese Characteristic*)——传教士话语,"在他(鲁迅,笔者注)的影响下。将近一世纪的中国知识分子都对国民性问题有一种集体情结"②。刘禾显然觉得在鲁迅身上找到了一个有力的证据,所以着重考察了鲁迅与史密斯的关系,强调二人的思想联系,然后只要能证明后者的片面性,前者也就不攻自破了。刘禾认为《中国人的气质》一书是站在西方中心主义立场对中国的歪曲,为证明这一点,她特以书中关于中国人睡眠习俗的一段为例,认为史氏对中国人睡眠习惯的描述,"在话语上使用现在的时态和'中国人'这个全称来表达'真理',描述中国人与西方人之间的本质差异。睡眠,一个人们共同的生理状态,在这儿被用来描述文化差异,而其意义早已被西方人优越的前提决定,这儿要紧的,不是描写错误的问题,而是语言所包含的权力问题"③。我想,文化的差异总是表现在具体的行为习惯等细节上的,西方人对中国的认识确实往往从细节开始,除非我们绝对怀疑任何抽象和概括的可能性,否则,具体的细节愈多,我们认识的普遍性就愈具有可靠性。但刘禾紧紧抓住她所发现的"语言所包含的权力"——"种族歧视"和"阶级差异",索性把传教士和侵略中国的列强混为一谈:"事实上,他的动词可以轻易翻译成帝国主义行动:伸入即侵入,净化即征服,登上宝座即夺取主权。"④

刘文的过激言论不仅仅是发向史密斯本人,其实指向的是整个西方人的中国观及其 Sinology(中国学),其背后是萨义德的理论背景。这里就涉

---

① 刘禾:《语际书写》,第69页。
② 同上书,第72页。
③ 同上书,第76—77页。
④ 同上书,第78页。

及西方人的中国观的客观性及其价值问题。自马可·波罗以来,西方的中国观伴其 Sinology 的发展经历了几个世纪,17、18 世纪,以利玛窦为代表的欧洲耶稣会传教士为寻找基督教文化和中国传统文化的契合点,对中国传统与现实进行了详细而深入的观察和研究,加深了对中国文化理性精神的了解,这一理性精神受到 17、18 世纪欧洲思想家笛卡儿、莱布尼茨、沃尔夫、伏尔泰等的大力推崇并成为他们反神学的武器,使中国文化成为当时欧洲的时尚;随着来自中国材料的增多,孟德斯鸠、卢梭、亚当·斯密等近代思想家开始以批评的眼光审视中国,揭示其停滞不前的原因,黑格尔则站在世界精神的高度批评中国。纵观西方人的中国观及其 Sinology 的演进,我们应看到:1. 不同文化的相互认识总是难以摆脱自身固有文化眼光的限制,因而认识的不准确是难免的,但如果说西方人是有意歪曲、丑化中国形象,则不尽符合事实,难道他们早期对中国文化的赞赏和推崇也是丑化吗?欧洲中国观在 19 世纪虽有西方中心主义倾向,这源于他们对西方近代化成功的优越感和德国"日耳曼精神"优越论。但是,总的来说,西方对中国的认识和评价经历了一个逐渐深入的过程,他们对中国的批评有许多相当准确的地方,值得我们反省;2. 平心而论,西方的中国观对中国观察的范围之广、层次之多、内容之细、态度之客观,非同时期中国人对西方的认识可比,看看当时中国人的西方观,就知道我们恰恰显露出自我中心、藐视一切的自大毛病;3. 西方人认识中国的动机,不能一概归之于殖民扩张的需要,历史本身是复杂的,中国文化的魅力及西方人对中国文化的憧憬和求知热情也是他们走近中国的不必遮蔽的因素。欧洲人中国观出自殖民扩张需要说,始自苏联东方学者对十月革命前中国学的本质界定,现在又在西方后殖民主义理论中得到强化,我们在认识这一论说的合理性同时,也要切忌走向极端,把东、西方文明的交流史看成你死我活的斗争史。其实,任何文明都是在与不同文明的交流中成熟的,民族和个人一样,如果没有他者的存在,就不可能形成真正的自我认识。中国以前是在周边弱小国家环绕中形成自己的"天下"意识的,近代西方的逼近,引起自我认同的危机,新的自我认识在冲突、交融中孕育,在这一过程中,西方的中国观——尤其是对中国的批评——恰恰启发了我们的反思并帮助我们调校形成新的自我,因为每个人都是首先通过他人的眼睛看到自己的。西方人的中国观好比一面镜子,照一照这镜子,可以了解自我意识之外的人对自己的看法,这会有利于我们在比较中反省和完善自己的民族性,在"争存天下"的新格局中进行新的自我定位。鲁迅对西方人赞赏中国的言论并不表示好感,反而推崇西方人批评中国的言论,正是出于这一动机。所以,在这一问题上,理应采取审慎态度,如一位学者所说:"认识一个民族及其文化是一件复杂而长期的事情。无论是认识者还是被认识的对象,都会受到历史和现实因素种种制约,且自身也并非一成不变。"①但如果一听到别人的指责就还以指责,只会走向自我封闭的老路。

  刘禾不否认史密斯笔下的中国,就是萨义德所批评的东方主义所构筑的神话,但她还要进一步质问:"但是这样的分析是不够的,特别是当我们考虑到中国国民性的理论被翻译而流传在中国境内的情形。传教士话语被翻译成当地文字且被利用,这种翻译创造了什么样的现实?"②这一问题即是其"跨语实践"理论的运用,驾驭着这一理论快车,刘禾遂顺利进入自己的论述轨道:"在跨语实践的过程中,斯密思传递的意义被他意想不到的读者(先是日文读者,然后是中文读者)中途拦截,在译体语言中被重新诠释和利用。鲁迅即属于第一代这样的读者,而且是一个不平常的读者。他根据斯密思著作的日译本,将传教士的中国国民性理论'翻译'成自己的文学创作,成为现代中国文学最重要的设计师。"③

  应该说,刘禾的"跨语实践"理论把关注点放在理论的译体语言使用者的实践需要上,充分估计到了思想史上理论旅行过程的复杂性,但是,在鲁迅这一个案中,由于她过于注意自己理论设计的有效性和理论运用结果的颠覆效应,而无意于鲁迅国民性思想的实际。比如,为了自己的理论需要,她勾画了这样一个鲁迅形象:

    从一开始,鲁迅就对国民性理论充满复杂矛盾的情绪。一方面,国民性理论吸引他,因为它似乎帮助他解释中国自鸦片战争(1839—

---

① 黄兴涛、杨念群:《"西方视野里的中国形象"主编前言》,见〔英〕约·罗伯茨编著:《十九世纪西方人眼中的中国》,时事出版社1999年版,第6—7页。
② 刘禾:《语际书写》,第81页。
③ 同上书,第81—82页。

1842)以来的惨痛经验。但另一方面,西方传教士观点对中国人的轻蔑又使作为中国人的鲁迅无法认同。①

这里勾画出一个尴尬的主体:鲁迅在国民性问题上存在理论与立场的分裂。分裂的鲁迅对于刘文具有一石二鸟的功能:一是避开了对鲁迅全盘否定之嫌,二是为自己对国民性的预设提供了一个强有力的证据。但是,这一鲁迅形象是否她的想象呢?且看她是如何勾画的。

刘禾主要通过对《呐喊·自序》中的"幻灯片事件"和《阿Q正传》的叙事学分析,有意提炼出一个分裂的叙事人形象。在她看来,"幻灯片事件"的叙事人"既与看客又和被观看者重合(因为都是中国人),但又拒绝与他们任何一者认同",处于"两难处境"。《阿Q正传》是刘文的分析重点,为了塑造鲁迅的分裂主体,她有意把阿Q的重体面与《中国人的气质》对中国人重体面的描写区分开,她的理由有二:"首先,鲁迅构思阿Q的故事是在他熟稔史密斯的理论之后,因此他的写作有可能不单单在证实史密斯所言,而是有它意的。第二,史密斯笔下的县官身着官服,而阿Q穿的是一件'洋布的白背心。'"②这里的第一个理由逻辑上不是必然的,为什么鲁迅写作阿Q故事是在知悉史密斯理论之后,就必然要避开后者另立它意呢?这一点似乎有待证明。第二个理由借偶然发现的"洋布"立论,刘文似乎颇得意此一"翻天妙手",故而接连发问:"这两者之间(指"官服"与"洋布",笔者注)有何关联?穿着洋布白背心的阿Q代表的是中国国民性,还是别的什么?中国国民性的理论是否也如白背心一样,是洋布编织出来的?"③但我要问的是,如果"洋布"不代表什么怎么办呢?把主要论点建立在一个偶然发现的"文眼"之上,虽然显示了论者的机灵,却使其论证看起来过于惊险。刘禾又引鲁迅《马上支日记》中的一段话:"他们(指外国人,笔者注)实在是已经早有心得,而且应用了,倘若更加精深圆熟起来,则不但外交上一定胜利,还要取得上等'支那人'的好感情。"④以此作为论据,她认为:"鲁迅此处的

---

① 同上书,第82页。
② 刘禾:《语际书写》,第88页。
③ 同上。
④ 同上。

讽刺有更深的含义,他准确地指出,上层中国人和帝国主义之间存在某种利益交易,他们对'体面'的研究出于其共同利益者多,为合理解释中国种族者少。"①我不知这是否是刘禾自己的发挥,因为无论从鲁迅国民性思想看,还是从该文的语境看,鲁迅在这里表达的意思似乎并不如刘文所言。为了创造鲁迅的分裂,刘禾有意强调鲁迅与史密斯的距离,而不顾鲁迅终其一生对史氏《中国人的气质》一书的关注与推崇。②

再看看刘禾对《阿Q正传》的叙事分析。她要处理的是"叙事人和阿Q,以及和未庄居民之间的关系是怎样的"③。通过对叙事人的详细分析,刘禾尽力把叙事人限制在未庄之内——即叙事人并不是未庄的局外人,于是,她就可以质问:"(叙事人)也列身于未庄社会中。要是他完全属于那个社会,又为何能够同时置身事外,嘲讽阿Q的愚蠢以及村民的残忍呢?"④刘禾自己的回答是非常巧妙的:"写作使叙事人获得权势,不识字使阿Q丧失地位。"这里的逻辑是,既然同在未庄,叙事人就应和阿Q相同,而之所以不同,即在于一个识字,一个不识字。围绕阿Q临终画押的典型场景,她作了进一步的发挥:

> 假如阿Q把圈画圆了,看起来会像英文字母O,离Q不远。但既然书写的权力掌握在叙事者手里,阿Q画不圆并不奇怪。他只能跪伏在文字面前,在书写符号所代表的中国文化巨大象征权威面前颤抖。相对而言,叙事人的文化地位则使他避免作出阿Q的某些劣行,并且占有阿Q

---

① 同上。
② 鲁迅在《华盖集续编·马上支日记》中曾介绍了安冈秀夫的《从小说看来的支那民族性》和史密斯的《中国人的气质》两书,虽指出了前者的缺点,但对史氏是基本肯定的,称其书中关于中国国民性的话"并不过于刻毒",感叹中国人对此"却不大有人留心"。此后,鲁迅对这两本书念念不忘。《二心集·宣传与做戏》一文中说:日本人"做文章论及中国的国民性的时候,内中往往有一条叫作'善于宣传'。"鲁迅对此作了肯定并加以发挥。在1933年,鲁迅在一封信中又提到这两本书,特别是专门"攻击中国弱点"的史氏著作,认为"值得译给中国人一看"(《书信·331027致陶亢德》)。以后,在1936年《且介亭杂文末编"立此存照"(三)》中,又一次提起"我至今还在希望有人翻出史密斯的《支那人气质》来。看了这些,而自省,分析,明白那几点说的对,变革,挣扎,自做功夫,却不求别人的原谅和称赞,来证明究竟怎样的是中国人"。这说明虽然时隔十年,但鲁迅对史密斯《中国人的气质》一书的评价是前后一贯的。
③ 刘禾:《语际书写》,第95页。
④ 同上书,第95—96页。

所不能触及的某些主体位置。叙事人处于与阿Q相反,使我们省悟到横亘在他们各自代表的"上等人"和"下等人"之间的鸿沟。叙事人无论批评、宽容或同情阿Q,前提都是他自己高高在上的作者和知识地位。①

刘禾这一"翻天妙手"确实精彩。我们知道,在叙事学中,叙事人虽不同于作者,但直接与"隐含作者"相通,而"隐含作者"即是作者在该小说中的现身侧面,因为叙事人在价值立场上最终是来自作者的。在刘禾的策略中,叙事人即是鲁迅。在她的揭示下,鲁迅的分裂就在于他拥有了知识(当然是指来自西方的)及其知识者身份。不是阿Q,而是鲁迅成为尴尬的角色。刘禾由对知识的合法性怀疑,走向对鲁迅式知识者存在本身的怀疑,然而,没有鲁迅式知识者存在的中国近代社会将会是怎样的呢?

有趣的是刘禾最终还是把颠覆国民性理论的发明权授予鲁迅:"《阿Q正传》呈现的叙述人主体位置出人意料地颠覆了有关中国国民性的理论,那个尤其是史密斯的一网打尽的理论。""鲁迅的小说不仅创造了阿Q,也创造了一个有能力分析批评阿Q的中国叙事人。由于他在叙述中注入这样的主体意识,作品深刻地超越了史密斯的支那人气质理论,在中国现代文学中大幅改写了传教士话语。"②刘禾这样做似乎是捍卫了鲁迅,但她让鲁迅最重要的思想财富在他自己的手里变成空头支票,是不是让鲁迅自己打了自己的耳光?

笔者进入刘文的文脉,其目的是把握其论证的内在逻辑,以免惑于理论障碍。现在可以看到,刘文的写作有两个相互联系的动机,一是对西方中心主义的强烈反叛,一是为自己的"跨语实践"理论寻求精彩的个案,因而该文写作的价值前提首先是确定的,即刘文首先就有国民性是西方中心主义话语的价值预设,其"跨语实践"理论实际上受到这一价值预设的潜在制约,因而看似客观的理论就变成一个历史叙事,鲁迅的国民性思想在这一历史叙事中,被虚构成完全不同的一个"故事"。其实刘文对鲁迅的潜在指责无非两个:一是其国民性概念有本质主义倾向,二是其国民性理论来自西方传教士话语——西方中心主义对中国的歪曲,总之,是一个内含知识权力的

---

① 同上书,第96—97页。
② 刘禾:《语际书写》,第97页。

话语。这恰恰有悖于鲁迅国民性思想的两个特征:一是鲁迅国民性概念是一个历史性范畴,二是鲁迅所"拿来"的国民性话语本来是19、20世纪被压迫民族争取解放和独立的民族国家理论的重要部分。刘禾的理论渊源是福柯的知识权力理论,她在运用这一理论指责鲁迅国民性的本质主义倾向时,是否也陷入了"知识即权力"的另一本质主义呢?作为一篇精彩的翻案文章,它固然显示了作者的机智,也颇能发泄国人的民族感情,但由于离开了鲁迅的思想实际,就只能说是制造了一个"国民性神话"的神话,离真正的质疑还有距离。

毋庸讳言,鲁迅的国民性批判是现代中国人的一个沉重包袱,但它曾鞭策了中国人的深刻反省和发愤图强。在鲁迅的信念中,"国民性可改造于将来",因而他希望自己的思想速朽。然而,抛弃其国民性思想的那一天至少现在还未到来,在仍将谋求现代生存的21世纪中国,鲁迅的国民性思想仍然具有不可忽视的价值和意义。

第四章 心路与反思

第一节 叩问始基
——鲁迅"个人"观念研究的反思

一、作为资源的鲁迅

20世纪,是一个人文的世纪,人文思潮在这个世纪的地位和作用,似乎还没有得到我们充分的认识和估定。鲁迅,因其文学、思想及其个人命运与中国现代性的复杂纠缠,已成为这个人文世纪的标尺性存在,一方面,他以挣扎的方式,深度参与和介入了古老中国的现代转型,他的存在,已成为中国现代精神史的重要部分;另一方面,中国现代性的复杂性及其达到的深度,在他个人身上得到最充分的显现,他身上,隐含了太多的20世纪中国现代性的深度密码。因此,无论是有意还是无意、正解还是曲解,鲁迅文学及其思想,作为20世纪中国的重要现代性资源,长期被解读、阐释、挖掘和继承,形成了颇为复杂的"鲁迅传统",在大陆,鲁迅既是人文知识分子确立主体性的精神资源,同时又被权力意识形态当作或一资源,这两个"传统",既有体制内的同构关系,又存在内在的冲突和紧张。80年代,随着政治意识形态在鲁迅话语领域的淡出,现代思想启蒙者的鲁迅,作为一种还原性的认知,被人文知识分子推到了前台,在思想解放是中断的五四传统的承续的想象中,鲁迅,成为80年代新启蒙的深度精神资源。因此,在80年代前期的人文学科领域,鲁迅研究的影响力无与伦比,它已然超越了学科的范围,成了影响和带动整个人文科学研究和社会思想文化语境的重要力量。90年代,斗转星移,80年新启蒙语境中形成的人文知识分子的同一性立场开始分化,在思想界的纷争中,鲁迅又成为重要的资源背景,面对鲁迅的价值分歧,在一定程度上显示了90年代以来中国思想界的分野。鲁迅不仅属于中国,也已成为东亚反思和寻找现代主体性的重要资源,在意图与内蕴上,异域的阐释与中国本土之间,既有来自同一研究对象和东亚同一知识场域的共同立场,更存在被掩盖的源自不同问题意识的不容忽视的差异。这些都说明,鲁迅以其存在,已经并继续创造着历史,在现代性问题视野里,鲁迅,将不断成为释放意义的源头。

二、鲁迅"个人"观念研究的回顾与反思

如果不说是已达成共识,至少可以说,越来越多的人开始认识到,作为古老中国现代转型的现代性资源,鲁迅思想资源中的深度原点,是"个人"的发现与确立。日本时期的早期文言论文,是鲁迅的思想起点,在此揭橥的"立人"思路中,"个人"处在逻辑和价值的核心,在鲁迅此后的自我认同和文明批评中,这核心并未变更,一直是其思想和人格的支撑。但"个人"的发现,在80年代的思想语境中,并不是很快就达到的,时代话语、民族国家想象及现实成就感遮蔽了个人主义的深度拓进,随着文化反思的深入,历史灾难和自我迷失的惨痛记忆,使一部分知识分子的反思开始向个人主义向度延伸,人们在鲁迅"立人"思想中寻找到个体自由与人格独立的启蒙原点,在这一反思逻辑中,"个人",自然成了鲁迅思想的深度视点和逻辑原点,与"个人"相关的命题,成为鲁迅思想研究的核心问题。对鲁迅"个人"思想的发现和研究,始于80年代中后期,90年代走向深入,2000年后,出现了专门的研究著作。作为鲁迅思想的始基和原点,"个人"观念关乎鲁迅思想的本质与内核,是尚待深入挖掘和阐发的价值资源,对于深入勘查和反思鲁迅思想及其对20世纪中国现代转型的影响,对于回顾和重审影响20世纪中国的一些重要思想命题,都至关重要,有必要作一番总结性回顾和反思。

"个人"的发现与对鲁迅日本时期五篇文言论文的研究相关联,在80年代围绕人性、人道主义与主体性等问题的反思语境中,鲁迅早期文言论文中的"立人"思想引起了学界的关注,"立人"思想的研究,与对鲁迅"个人"思想的探讨直接相关,人们在"立人"思想中寻找到人作为主体存在的价值内涵。80年代中期,钱理群先生提出把鲁迅作为独立的精神个体进行研究

的命题,即对"作为'个人'的鲁迅","鲁迅的'自我'——他的独特的思维方式、心理素质、性格、情感……"展开研究(《心灵的探寻·引言》),并通过对鲁迅独特心灵世界的探寻,彰显了鲁迅作为一个独立精神个体在20世纪中国的思想价值和意义,虽然其研究是在个人—民族—世界的辩证语境中展开的,但"作为'个人'的鲁迅"的提出,对于后来的鲁迅"个人"的研究,是一个起点。以此为基础,伴随着不断的自我反思,他后来的鲁迅研究,实质上是试图向鲁迅的思想原点靠拢,并把它归结为"个体精神自由",认为"在终极价值层面上,在现代化的目标上,'个体精神自由'是绝对不能让步的。这是'作人'还是'为奴'的最后一条线。"[1]在2001年的《与鲁迅相遇》中,又进一步把"个体的精神的自由"阐释为三个方面:"一是强调个体的、具体的人,二是强调人的自由状态,三是强调人的精神。"并认为这是"鲁迅最基本的观念",是他"衡量一切问题的基本标准、基本尺度"[2]。可以看到,钱理群对鲁迅"个人"思想价值的挖掘和肯认,是与他的个人体验及对知识分子的存在意义的反思结合在一起的,试图由此寻找并确立现代知识分子的存在意义和价值支点。

国内把鲁迅"个人"观念的研究引向深入的是汪晖,以其硕士论文有关鲁迅早期思想与个人无政府主义的研究为基础,汪晖在他的博士论文[3]中,对鲁迅早期的"个人"观念的历史复杂性及其思想悖论作了深入的揭示,并剔出"中间物"概念,整体把握鲁迅精神世界和文学世界的内在特征。在后来的中国现代思想史研究中,他又把中国近现代个人和自我观念的研究延伸至章太炎,进一步揭示其历史渊源和复杂性。汪晖的研究,充分关注了中国个人观念与自我认同的历史性特征,及其所裹挟的道德的和政治的复杂内涵,其试图突显的,是在中、西复杂语境中形成的中国近现代个人观念和自我认同的复杂性和独特性,这是其中国现代性研究的必要组成部分,个人观念和自我认同既处于现代性的深处,中国现代性的历史复杂性及独特性将由此得到最充分的说明。

---

[1] 钱理群:《拒绝遗忘·绝对不能让步》,汕头大学出版社1999年版,第326页。
[2] 钱理群:《与鲁迅相遇·以"立人"为中心》,三联书店2003年版,第81页。
[3] 修订后以《反抗绝望》书名先后由台湾久大文化股份有限公司(1990年)、上海人民出版社(1991年)、河北教育出版社(2000年)出版。

在思想史和观念史研究中,还有一个重要维度,就是探讨思想和观念背后的思想传统及其支援意识,因为任何新观念的产生,都摆脱不了自身思想传统和思维习惯的支配,这一点,无疑也是汪晖的关注所在,独特思想传统对于中国现代思想转型的作用,在他的现代思想史研究中得到了充分显现。在对章太炎的研究中,汪晖就深刻关注了章氏深厚驳杂的国学背景对于其独特"个人"观念形成的影响①。但是,后来显现的这一问题意识,还没有进入他前此完成的鲁迅"个人"观念的研究中。汪晖对于中国现代性之独特性的展示,主要是通过两个路径,一是现实历史层面,即近现代中国独特的"社会政治、经济和文化语境",二是思想观念层面,即中国独特的思想传统和解释世界的方式。在鲁迅研究中,汪晖关注的是前者,以及鲁迅个体(精神气质及个人体验)独特性的层面,后者还没有进入他当时的问题视野。如此处理的原因,也许是因为,与章氏始终是基于"旧学"来阐发"新知"不同,鲁迅直接"拿来"的是西方19世纪末的"新神思宗",并已卓然成为现代中国反传统的代表,但是,任何拿来和接受,都基于自己的传统,值得一问的是,鲁迅以西方思想为资源的反传统的"个人"观念,是否也有传统资源的支援?是怎样的"支援意识"制约了他对西方资源的接受?在中国现代反传统思想的代表者身上探寻传统的遗存,也许更能帮助我们发现:潜伏在我们身上的更深厚的传统究竟是什么?

郜元宝的《鲁迅六讲》(上海三联书店2000年版),也是较为集中涉及鲁迅早期"个人"观念的专著。作为该著主体的前四讲,从鲁迅早期文言论文中剔出"心"的观念,依此建立鲁迅文学和思想的根基和原点,并把它放到鲁迅一生的文学和思想实践中进行整合梳理,在心——言——文的阐释框架中初步建构出一个鲁迅的"心学"谱系。在某种程度上,"心"也是对鲁迅早期论文中"个人"内在性的另一种表述,与"精神"不同,它在字面上就显示了与中国源远流长的心学传统的某种联系,郜著的努力也正在此,它不仅通过鲁迅带有心学色彩的语词,而且试图通过对与章太炎的影响关系的揭示,打通鲁迅"心学"与儒家心学传统的内在联系。对鲁迅之"心"的提取

---

① 参见汪晖:《汪晖自选集:个人观念的起源与中国的现代认同》中有关章太炎的论述,广西师范大学出版社1997年版,第43—117页。

及对"心文学"的揭示,显示了"直指其心"的努力,对于重新认识鲁迅文学价值,提供了一个深度视点,初步建构了一个自成系统的阐释体系。但问题也可能由此发生,"心"文学建构的诉求使著者不断受到阐释中心的牵制,形成了某种封闭性,限制了其问题意识进一步发散和深化的可能,表现在:一、著者主要关注鲁迅"心学"谱系的建构,但没有涉及"心"之另一种表述"精神"与庄子哲学之间的渊源关系这一富含价值的命题。二、著者注意到鲁迅"心"学中西杂糅的特点,但鲁迅"个人"观念面临的西方资源的复杂性,以及鲁迅如何通过传统资源接受西方资源,没有进入其研究视野。三、在鲁迅"心"学与儒家心学传统打通后,在逻辑上指向了对儒家心学传统的肯定,虽然著者强调了鲁迅"心"学的现代改造,但传统"心学"思维模式的局限,没能成为著者反思的对象。

梁展的《颠覆与生存:德国思想与鲁迅前期的自我观念(1906—1927)》(上海锦绣文章出版社 2007 年 11 月版),是在其博士论文的基础上修订扩充而成的。该著以前期鲁迅"自我认同"为研究对象,"自我"问题与"个人"观念密切相关。梁展的关心体现在对鲁迅面临西方资源而形成"自我认同"的复杂性及其内在困境,因而着重处理形成鲁迅自我认同的关键思想概念与他所面临的西方思想资源之间的概念关系。在研究方法上,主要诉诸概念分析,著者的哲学专业背景,在相关哲学资源的展示和概念的分析上显示了优势,其绵密的概念分析,也显示了可贵的纯思风格。该著以日本时期论文为依托,围绕鲁迅自我观念与施蒂纳、叔本华和尼采哲学相关的几个主要概念展开,探讨相关思想观念对于鲁迅内在自我形成的影响,详细描述了它们在鲁迅的自我认同中不断滑动、变异与重组的过程,揭示鲁迅自我认同对个人意志的偏重导致的虚无主义危机,及其在道德批判与自我反思中得以超越的机制。梁展的分析所依托的是鲁迅日本时期论文,但鲁迅日本时期论文对西方资源的言述,既含有言述者的主观表达,又夹杂着对外来材料的直接转述,鉴于此,纯粹概念分析的有效性可能会出现问题;同时,对于探讨自我认同这一问题,在纯粹概念分析的同时,不可忽略鲁迅择取与"拿来"的现实动机及其实践结果,自我认同与现实取向究竟难以分离,对鲁迅尤其如此。另一个问题是,由于着眼于鲁迅与相关西方思想观念的纯观念分析,鲁迅接受德国个人主义的传统思想支援及其自我认同的传统资源等问题,没有进入他的研究视野,这对于自我认同及个人内在性问题的研究目标,是一个缺失,由于这个视野的缺失,对鲁迅自我认同与个人观念的内在危机,也就难以形成更深入的反思意识。

无独有偶,鲁迅思想中"个"的价值,在日本现代学术界也引起深切的共鸣,伊藤虎丸出版于80年代的《鲁迅与日本人——亚洲的近代与"个"的思想》①一书,从鲁迅思想中剔出"个"作为所要阐发的核心观念,把作为资源的鲁迅归结为"'个'的思想方式",认为"人是被自觉为个的存在"是"西方近代文化根底",鲁迅,正是首先抓住了西方近代文化的这一根本问题。②伊藤的鲁迅研究,处在从竹内好开端的研究路向上,竹内以《鲁迅》③的写作,确立了"竹内鲁迅"的产生,并奠定了日本鲁迅的基本问题视野:在异邦鲁迅那里寻找批判日本近代及确立真正东亚现代性的资源。伊藤的这一研究,批判性地接着竹内的思路,进一步把竹内的关心引向亚洲近代中"个"的问题,并把它纳入更为绵密、理性的阐释系统中。伊藤和竹内,都试图在异邦的鲁迅那里,寻找反思日本近代的恰切资源以及亚洲近代的根底。

日本人特有的细腻感性加上竹内本人的丰富体验,使"竹内鲁迅"在幽玄中闪烁着真切的魅力,他的由文学者鲁迅不断生成启蒙者鲁迅的阐述,确乎彰显了鲁迅存在的或一真实,通过鲁迅的视角,竹内确实发现了日本近代模式及其知识体系的问题所在。竹内鲁迅传入中国后,其独特魅力吸引了许多国内学者,感佩于竹内鲁迅的深刻魅力,并伴随着作为鲁迅同乡的自豪感,很多学者轻易认同了竹内由《鲁迅》出发对中日"回心"型与"转向"型近代模式的划分,并把它轻易转入对中国现代化问题的分析。这一认同,没有意识到我们与竹内问题意识的深刻差异。竹内是一个有着鲜明问题意识的思想者,竹内鲁迅有其独特的话语场域和问题背景,它产生的动机,是对

---

① 伊藤虎丸:《鲁迅与日本人——亚洲的近代与"个"的思想》,朝日新闻社1983年初版,部分章节翻译成中文收入《鲁迅、创造社与日本文学》,孙猛等译,北京大学出版社1995年版。中文同名全译本2000年由河北教育出版社,译者李冬木。
② 伊藤虎丸:《鲁迅与日本人》,李冬木译,河北教育出版社2000年版,第12页。
③ 竹内好的《鲁迅》目前国内有两个版本,一是李心峰译《鲁迅》,浙江文艺出版社1986年版,二是由李冬木译收在竹内好文集《近代的超克》(孙歌编,李冬木、赵京华、孙歌译,北京三联书店2005年版)之第一部分的《鲁迅》。

日本被给予的近代模式的不满与寻找日本近代历史主体性的焦虑,在作为方法的鲁迅那里,他发现了追寻日本近代主体的可能性,并把它推到建立新的东亚近代模式的可能性的思考;在这背后,还结合着他个人的独特生命体验、日本西田哲学"绝对矛盾自我统一"的阐释框架等的潜在影响。鲁迅当时甚至现在的中国所面临的问题,与竹内面对的问题有很大的不同,我们面对的,不是现代主体丧失的问题,而是作为传统的主体性太强而拖延现代进程的问题,摆在我们眼前的事实是,我们的现代性进程还没有真正深入。因此,如果我们也基于"回心"型的立场觊觎"转向",就会把落后当作"独特性"或"创新",甚至为不合理的存在提供合法性借口。对应于鲁迅研究本身,竹内的阐释与鲁迅自身立场之间,也多有不符之处,比如,鲁迅经常以日本学习西方的认真与彻底为鉴,批判中国固有的保守性,这就和竹内的判断形成了矛盾,成了竹内羡慕中国的"回心",而鲁迅赞赏日本的"转化"了。问题在于,鲁迅与竹内,各有自己的问题意识,鲁迅对中国近代的批判,一直是以对国民劣根性的洞察为深度视野的,在他那里,国民性改造,是中国现代转型面临的首要问题,文化主体性,对于鲁迅,不是当下有无的问题,而是作为历史负担需要克服的问题。虽然竹内在《何为近代》中强调,他之所谓"抵抗",并非仅仅是向外的,而主要是朝向内部的文化否定力量,但他同时强调,他之"抵抗",既是拒绝成为自己,也是拒绝成为任何他者,在绝对否定而形成的"无"的场所,他的"抵抗"的肉身性终于呈现出来。竹内的描述固然切中了鲁迅式"挣扎"的生命原质,但误解在于,竹内感兴趣的鲁迅式挣扎,是第二次绝望时期所呈现的,针对的是自身行为的困境,竹内误读式地把鲁迅指向自身行动前提的彻底否定,指向了作为价值的启蒙理性本身。

竹内的问题意识在伊藤那里得到了延伸,他抓住了竹内隐在的问题意识,把前者力图寻找的日本近代主体性,落实到近代的"个"——他称之为西方的真正的近代——的确立上。这一普世价值取向的确立,比照竹内的立场,其实已发生微妙的转换。曾经的基督徒身份使伊藤对西方文化也许有更为亲近的理解,他把西方的近代作为亚洲近代的价值目标,从寻找西方近代文化根底的意图出发,发现鲁迅从西方接受的,是"构成西方近代文化根底的'个'的思想方式"①,而这正是日本接受西方近代过程中所缺乏的。伊藤的阐释框架也有批判性的发展,他不是立足于文学与政治的对立,而是从政治、科学与文学统一的视角来观照鲁迅的文学,从中探寻鲁迅文学现实主义的奥秘。伊藤剔出"个"的思想来延续竹内的思路,彰显了竹内隐藏在复杂而幽玄的论述背后寻找历史主体性的动机,并通过把"个"归属于欧洲近代思想的根底,使亚洲近代的价值指向又明确指向西方,这都是他超越竹内鲁迅的可贵之处。在伊藤的理解中,"个"既是西方近代的产物,但同时又是普适性的价值,从"个"获得的,是自己作为主体的觉醒,换言之,由本来产生于西方近代的"个",产生了抵抗并拒绝成为西方的可能。但是,新的问题也就在此产生,为什么普适性的"个"能够在西方传统中产生?产生这一近代根底的"个"的西方精神传统是什么?如果顺着伊藤寻找欧洲异质精神根底的方向来提问,需要追问的是,我们要向西方借鉴的真正资源到底是什么?这些,在伊藤的问题意识中没有进一步延伸下去。

三、我对鲁迅"个人"观念的思考

2000年,钱理群先生向我提出"鲁迅文本中的关键词"研究这一博士论文方向后,我选择了"个人"、"国民性"和"革命"三个关键观念,这三个内在关联的关键观念,代表着鲁迅思想的几个重要方面,通过对它们的集中研究,可以从一个新的角度整体上把握鲁迅思想。但由选题到真正写作,却经历了一个节节败退的过程,先是不得不放弃"国民性"和"革命",接着,"个人"的重要性和复杂性渐渐呈现,受时间、篇幅和能力的限制,最终的成品只能限定在"鲁迅前期(1906—1927)文本中的'个人'观念梳理和通释"了,放置几年后,论文交由人民文学出版社于2006年出版(《鲁迅前期文本中的"个人"观念》,2006年4月出版)。

回顾起来,我当时的研究,大概基于以下问题意识:

1. "个人"的重要性既有共识,但鲁迅"个人"观念究竟是什么,还缺少一个确定性研究作为客观的基础和平台,需要以鲁迅文本为基础,通过文本梳理与逻辑整合的方法,探寻其确切内涵和整体形态;2. 对鲁迅"个人"价

---

① 伊藤虎丸:《鲁迅与日本人》,第12页。

值的研究,在视其为终极性价值并进行价值阐发前,往往没有深入"个人"观念作为思想史问题的复杂性。这体现在两个方面,从西方资源角度讲,没有顾及"个人主义"是一个"用法历来就非常缺乏精确性"的语词①,其在西方的形成和发展有着极其复杂的语义史,既有不同国家和民族的地域性差异,又交织着来自诸多知识域的复杂观念,因而并非本质性的固定观念;从鲁迅的接受这方面说,鲁迅对西方个人主义话语的理解、选择和接受,基于他对个人主义思想和价值的认同,而这一跨文化、跨语际认同的前提和根基,只能内在于本土的思想和价值传统中,那么,需要追问的是,中国思想传统如何促成了鲁迅对西方个人主义的认同?这一认同是如何制约了鲁迅对个人主义的选择和接受?这形成了鲁迅"个人"思想的哪些特征?其中蕴涵着哪些思想问题?3. 以前研究在发现和确立"个人"作为鲁迅的思想原点和中国现代性的深度资源后,就在西方资源和中国现代性两方面,把它作为当然的价值终点,习惯于从先在的价值立场出发,去阐发鲁迅的价值与意义。由于站在一种先在的捍卫立场,处于鲁迅思想研究的完成态,就渐渐疏于研究状态,不能在更广阔的思想背景和更深入的问题意识中进一步进行反思性研究。

鉴于此,我试图解决以下问题:

1. 以鲁迅文本为范围,对"个人"观念进行文本梳理。即把"个人"观念放回鲁迅原始文本中去,通过梳理,探寻其文本表达的原始形态——说了什么、在哪个地方说的(上下文语境)、怎么说的(鲁迅话语所特有的表达方式,如语词、概念、范畴、比喻或意象等),以及不同语境(文本)中说法及内涵的变化,及其演变过程等。这基于这样一个预设:鲁迅思想研究的客观性依托于鲁迅的话语文本,从文本出发,才能防止思想研究中的主观化倾向,保证起码的客观性基础。

2. 以文本梳理为基础,在相关观念的关系中,以及观念背后的逻辑的和历史的动机中,进一步把握、整合鲁迅"个人"观念的确定性和整体性。

3. 把获得基本确定性的"个人"观念,放在中、西思想史背景上,探讨不同渊源的现代性观念,是如何被鲁迅"拿来",并被整合成其统一的思想图

---

① 〔英〕史蒂文·卢克斯:《个人主义》,阎克文译,江苏人民出版社2001年版,第1页。

景的。首先处理的是鲁迅"个人"观念的思想资源的问题。鲁迅日本时期文言论文对"个人"的集中阐述,有两点可以基本肯定,一是鲁迅的"个人"是从西方"拿来"的"异域新宗",从鲁迅对"个人"的介绍和描述看,他的"个人"资源主要来自德国思想家或德国文化圈内的思想家,如施蒂纳、叔本华、尼采、克尔凯郭尔和易卜生。二是,鲁迅对"个人"的转述,除了为数不多的"个人"及"个人主义"用词外,更多的是运用了本土传统符号资源,有周易语、孔孟语、老庄语、佛教语、陆王心学语、《文心雕龙》语等。这两个事实提醒我们,鲁迅对"个人"话语的接受,涉及跨文化、跨语际传播的复杂关系,不是简化而是深入这一关系的复杂性,应是考察鲁迅"个人"观念的应有态度。通过对作为"个人"内涵的"精神"观念的思想史考察,我试图揭示:作为鲁迅"个人"内涵的"精神",其遥远源头是庄子精神哲学和儒家心学,庄子精神哲学和儒家心学的历史融合,构成了他现代自我认同的文化基础;通过对中、德传统思想结构的文化比较,我试图说明,中、德思想或一方面的同构性,在某种意义上决定了鲁迅对德国"个人主义"的择取,换句话说,中国古代的"精神"和"心"与德国"个人主义"相遇,使鲁迅通过中国的"自我",接受了西方的"个人"。

4. 把鲁迅的"个人"放回到中国近代"个人"言说的具体语境中,与同时期的梁启超、严复、王国维及章太炎的"个人"观念进行比较,以探讨其间的异同、传承及鲁迅"个人"观念在近代"个人"话语中的位置。从这一梳理、分析中可以发现,鲁迅与章太炎之间,存在着非影响层面的深层意识上的联系,这些与"个人"观念相关的深层意识,在某种程度上成为近、现代以来思想史分野的意识源头。

5. 以鲁迅"个人"的观念能否有效解决他面临的所要解决的问题为追问线索,在中、西自我意识及个人观念的比较语境中,试图揭示、分析鲁迅"个人"观念存在的问题及其内在危机。

6. 采取文本分析和生存论描述相结合的方法,探讨鲁迅归国后至《野草》写作期间,中间经过对两次绝望的冲决,鲁迅"个人"观念的自我践履、自我怀疑、自我挣扎、自我调整与自我超越的心路历程。

通过研究,我的基本结论是:

鲁迅在日本时期的"立人"思路中,形成并确立了"个人"观念的思想起点,其"个人"是以"精神"—"意力"为内涵的"个人"。在儒家心学和"新神思宗"的融合中,确立了深度自我认同的"主观"取向,来自庄子精神哲学和尼采精神进化论的超越性"精神",维系了其"个人"观念不断超越自身的"上征"意向,从叔本华、尼采那里拿来的经过自然主义改造的"意力",则给所"立"的"个人"提供了刚健动进的动力因素。"精神"和"意力"相互制约而形成的内在张力,使鲁迅的"个人"达到了初步的平衡。这一"个人"设计,不仅是针对中国的现实危机尤其是国民性危机的"第二维新"方案的核心所在,同时,也是对自我作为先驱者和启蒙者的自我期许和自我要求,这在"天才"、"健者"、"绝大意力之士"、"不和众嚣,独具我见之士"中可以看到。但还要看到,虚灵化的"精神"以生命化的"意力"为根基的理论设计,使鲁迅的"个人"在本质上是自足的,这一设计方式固然有19世纪末个人主义的影响,但更为内在的来自本土思想传统尤其是庄子精神哲学与儒家心学的影响,则不容忽视,因为在某种程度上说,正是后者的"文化自我",决定了鲁迅对西方个人主义的择取,他之对于德国个人主义的情有独钟,原因或也在此。简言之,鲁迅正是通过中国的"自我",接受了德国的"个人"。鲁迅"个人"的自足性问题,不在于它对待本土传统资源是批判还是继承的态度,而是在于,自足的"个人"遮蔽了对它所要参照的西方"自我"的理性本质的认识,通过研究可以发现,正是以超越性、普遍性和确定性为特征的理性对"自我"的本质界定,构成了对"个人"有限性的认识,西方文化的基点当在此处寻找。撇开中西优劣问题不谈,我们可以发现,鲁迅提出"个人"是要解决他所洞察的国民性堕落和虚伪的问题,但是,"个人"的自足性却不能使他有效地解决这些问题;同时,"个人"的自足性也遇到了来自生物进化论的"幼者本位"的道德观的挑战,当鲁迅"呐喊"时期把"个人"价值放在自然"生命"的整体进化中来估量的时候,个人意志被作为整体的自然意志所压制,伴随着鲁迅生存中强烈的自我厌弃,使他施行了背叛自己的过度的自我牺牲——对自我意志的彻底放弃。个人意志的绝对性和自我意志的彻底放弃,这两种极端的对个人意志的处理方式,构成了鲁迅无法解决的内在矛盾,虽然他曾对许广平以"自愿"说来自我消解,但是,由于这是来自他"个人"设计的根本矛盾——这正说明了他的"个人"设计的内在危机,矛盾不可能轻易得到解决。反而,以这一难以排解的矛盾为中心,淤积形成种种复杂的矛盾体验,使鲁迅进入矛盾缠身、积重难返的痛苦状态,并最终归结到生与死的现实难题,这在同时期的《彷徨》和《野草》中充分表现出来。无论是生是死,都需要他以生死对决的极端方式,给以彻底解决,《野草》,就是这样一个生命追问的过程。在《野草》中,鲁迅以近乎自虐的方式展开了严酷的自我拷问和自我解剖,把自身的所有矛盾展示出来,并推向极端,试图在无可逃避的绝地,逼问出自我的真谛,凝视生命的真相。直抵死亡的追问,却最终发现,死亡也不能解答自我的难题,一直想把捉的生存背后的自我并不存在,于是像噩梦惊醒般的,重新回到生存的现实。《野草》的绝地转换,使鲁迅摆脱了自我危机,获得了新生,以坚实从容的步伐重新跨入现实。因而可以说,鲁迅虽没能在理论上意识到其"个人"设计的危机所在,但这一时期的自我矛盾,却使他在自我生存中得以体验和亲证。他之能自我摆托自我的危机,其"个人"设计中所固有的精神超越能力应起了关键作用。鲁迅终于以自我超越的方式走出了其"个人"观念的自足性,并在其后期的现实生存中践履了真正的"个人"。

四、由此引发的问题意识

1. 鲁迅的"个人"能否解决它所面临的问题?

无疑,鲁迅提出"个人",是要解决他所面临的问题的,要勘察鲁迅"个人"观念所存在的问题,最好把它放在鲁迅自己的问题视野中去。

在与异质文明的真正碰撞中,通过"他者",中国才真正意识到近代危机并发现自我的存在。在"天人合一"——只有一个秩序——的意识结构中,古老中国缺少自我更新和发展的内在资源,其现代转型,不得不从异质的他者那里去寻找,换言之,中国现代转型的资源取向只能是外向的,而且首先是学习战胜自己的西方。在鲁迅那里,近代危机已不仅仅是物质层面的"黄金黑铁",也不仅仅是"革命"、"保皇"、"国会立宪"等制度问题,而是系统性的文明危机,其根基在人性层面的国民性,如不根基于国民性的改造,前此都成为沙上建塔。基于这样的深层动机,青年鲁迅在纷纭的救亡语境中,提出超前而寂寞的"立人"方案。在异质的他者中,鲁迅发现了深刻的人性存在,终其一生,他都把向他者学习作为中国变革的唯一途径,他之"不看中国书"的主张、提倡"硬译"及革命文学论战中投身理论翻译的行为,都能说明这一点。基于以上分析,从鲁迅的"个人"能否解决它所面临的问题这一问题意识出发,就出现了两个问题:一是鲁迅的"个人"能否有效改造他所欲改造的国民劣根性?二是我们所欲借鉴的西方真正的资源是什么?

我们已经知道,鲁迅所立之"人",是自觉为"己"的"个人",在鲁迅的阐释中,"个人"的内在性,是主观性的"精神"和基于生命力的"意力",其现实表现为精神界的强者——"天才"。作为鲁迅"个人"的两个基本支撑,庄子精神哲学和儒家心学融合而成的"精神",表现为不断否定、不断超越的上征意向,经过自然主义改造的叔本华、尼采的"意力",则提供了刚健动进的生命力。以生命、精神和个人意志为内在性的"个人",是具有内在深度并本然具足的,同时他又没有明确的规定性,在意向上,只是表现为以生命力为基础的不断超越,问题是,基于自然性生命的超越意向,以什么保证它"上征"的必然性?

鲁迅对国民劣根性的批判,贯穿于他的一生,其对国民劣根性的诸种表现的描述,也贯穿于其一生的文章中,如果透过现象看本质,可以发现他所批判的国民劣根性的本质,即"私欲中心"的自我意识,在日本时期的论文中,鲁迅对近代转型理念的批判,一直有一个深度视点,就是对国人"假是空名,遂其私欲"的洞察,对国人"私欲"的揭示,贯穿其一生的文明批判中,对此我曾在《鲁迅国民性批判的内在逻辑系统》[①]一文中作过专门研究,此处不赘。现在的问题是,鲁迅倡导的本然具足的内在性"个人",能否有效改造"私欲中心"的国民劣根性?我以为,国民性根植于民族文化传统中,这既被决定于文化自我的意识结构和思维方式,也受制于和巩固于伦理、制度等实践层面,从前者看,中国传统思维中天人合一的世界图式、本然自足的自我意识、只有一个现世秩序的自我认同,都有可能是"私欲中心"的意识根源,因为如果没有具有规定性的超越性价值的引导和维系,以及对自身有限性的自觉,谁也不能保证,源于自身的"上征"诉求最终不会重新堕入自我的泥淖。我以为,中国几千年的专制传统,在深层意识上也不能不从这种"以人为本"的一个秩序的世界图式与自我认同的传统中来寻找。在此

---

① 参见《鲁迅研究月刊》1999 年第 7 期。

意义上,鲁迅的"个人"观念,虽以其强烈的"上征"意向对于"私欲中心"的国民劣根性具有很强的针对性,其对个人独立价值的彰显传达了空前的现代信息,但其内在的意识结构,尚未动摇中国传统的意识根基,因而也就很难有效地解决他所要解决的国民性改造的问题。

2. 与此相关的问题是,什么是我们所要借鉴的真正资源?

中国开始面向西方择取资源的19世纪末,正值西方思想空前转型的时期,理性主义传统正在遭到质疑与清算,面对一个理性主义与非理性主义并置交织的复杂语境,后进现代国家,极易产生语境的错位和问题意识的混乱。当鲁迅绝望于人性的沉沦而寻求新的变革资源的时候,在某种程度上,他是无援的,一方面他已绝望于本土的传统,并把它视为危机的根源,另一方面,其所欲寻求的西方,正处于价值空前颠覆的危机之中。于无声处听惊雷,在"争天抗俗"的"新神思宗"那里,青年鲁迅感受到了拒绝与反抗的力量,并进一步惊艳于其所蕴藏的精神与人性的深度,引为同调,势所必然。传统思维的内在制约,同时也使鲁迅自动认同了"新神思宗"的反理性主义立场,制约了他早期的"个人"观念的设计的资源取向。西方的理性批判,建立在其几千年源远流长的理性主义传统之上,是理性主义传统内部的自我否定和调整,从整体看,举凡思想、知识、制度与技术诸层面,西方传统和主流依然是理性主义的。反理性主义的反叛,仍然难以摆脱理性主义的逻辑方式,如果没有深厚的理性主义传统为依托,反理性主义也难以具备自身的深度,鲁迅在"异域心宗"那里感受到的精神深度,正根于理性主义传统之中。理性资源的缺失,关键还不在于什么是西方真正的传统,而在于什么样的资源才构成我们真正的"他者",来反照我们自身问题的所在。

3. 启蒙的困境与自然人性论问题

解构启蒙,已成为当下中国的普遍思潮,这个西方时尚学术话语与中国式世俗聪明的混血儿,正在百年启蒙的沉重身躯前轻佻地舞蹈。其实,启蒙,对于21世纪的中国,远不是已经过时的话题,而是尚未完成的工程,面对世纪启蒙的困境,吾人有必要作一番彻底的反思。我以为,对于启蒙,当下需要追问的有两个方面:一是我们拿什么启蒙?与此相关的是,我们用什么方式启蒙?

第一个问题涉及启蒙的资源问题,应是反思的原点。在英文中,"启蒙"即"enlightenment",是直接从"light"(光)这一词派生出来,可见,启蒙乃是光对黑暗的穿透和驱逐,是实事的揭蔽和显示;从词源上看,启蒙和启示,不像我们想象的那样截然对立,其实有内在的相通,就如《圣经》中所说:"要有光"一样,它们都需要"光"——资源,所以,需要问的是:enlightenment,但"光源"何在?

康德的《答复这个问题:"什么是启蒙运动?"》(参阅康德:《历史理性批判文集》,何兆武译,商务印书馆1990年版)是对启蒙的经典阐释,在他的阐释中,"理智"、"勇气"、"自由"是三个关键词,而"勇气"和"自由",是运用"理智"的条件,所谓"不成熟状态",不在于人缺乏"理智",而在于缺乏"勇气"——"不经别人的引导就缺乏勇气与决心"去运用自己的"理智";另一个条件"自由",是指社会有没有"公开运用自己理性的自由"。由此可见,"勇气"和"自由",是启蒙的内在和外在条件,而"理智"或"理性",则是康德启蒙的真正内核所在,它被预设为人的先验本性,换言之,康德所谓启蒙,即是要人们回到自己,而这自己,则是具有自主理性的人。作为启蒙时代的集大成者,康德18世纪末对启蒙的阐释,代表了17、18世纪理性主义时代启蒙者的共识。启蒙者普遍相信,理性是人的本性,依靠人所共有的普遍理性,就可以摆脱此前的愚昧状态。理性,成为启蒙的根本资源和绝对依据,是启蒙主义的自明的前提。

作为启蒙依据的理性,并非17、18世纪的发明,它的背后,有着源远流长的西方理性主义传统。这是从古希腊开始,经过希伯来与中世纪思想的融合,在近代科学发现与创造的基础上重新整合,通过17、18世纪知识论和精神哲学而形成的一个思想传统,并在实践方面形成了现代知识、法律和政治制度等一系列的文明成果。理性的本质是普遍的、超越性的原则和秩序,被认为是人的先验本性,其实,如其说理性是与生俱来的先验本性,不如说理性来源于人们对理性的信仰——对宇宙秩序和自身思维秩序存在的相信,有什么样的信仰,就有什么样的本性,没有信仰,难以启蒙。

17、18世纪理性主义在西方获得全面胜利并暴露存在的问题后,19世纪以来,西方思想史进入对理性进行质疑、设限和解构的时期,可以说,19世纪以来西方思想的问题意识,都是针对理性的限度和问题展开的,同时,经典启蒙也遭遇解构。康德的这篇名文问世两百周年,福柯发表了同名文章,他以其惯有的魅力言述,成功地摆出了康德启蒙真义的发掘者的姿态。通过巧妙的转换,福柯把康德依凭普遍理性的理性—批判性反思,转向他力图申说的"历史—批判性反思",在福柯心中,后者才是启蒙真义所在,不过其源头来自康德。福柯的再阐释已偏离康德的重心,康德的核心是理性,确切地说,这一理性是普遍和抽象的,他对理性的批判,是通过对理性限度的追问,寻找更确凿的理性的普遍性,最终还是落实在批判理性的建立,但福柯有意凸显启蒙的否定性,而遮蔽启蒙的肯定性之维,在他这里,批判的理性已转换为历史性批判——即他欲宣扬的知识考古学和谱系学的反思态度和方法。有趣的是,霍克海姆和阿多尔诺公开质疑启蒙,不过他们依然把启蒙的本质界定为理性,福柯则通过对启蒙的再阐释——把它界定为否定性的历史批判,对启蒙的经典内涵进行了内在的颠覆。福柯言述背后的西方语境,就是西方19世纪开始的对普遍理性的质疑,其人正是普遍理性的激越批判者,是西方思想由理性维度转入历史维度的代表人物。

国内人文知识者言必称福柯者多矣,福氏启蒙论,似已成为指向启蒙的暗器,但吾人须知,福柯面对的是西方世界,针对的是西方思想史,其对启蒙的误读,自有其问题意识所在。在重审20世纪中国启蒙的当下时刻,我们不能一味趋新骛时,以最新为真理,必须从自己的问题意识出发,重审启蒙的内涵。不论福柯是否误读了康德,即使从启蒙资源的正当性和我们当下的问题意识出发,我们也不得不回到康德,追问康德所强调、而在福柯的解释中被边缘化的"理性"的真义所在。

20世纪初开始的以西方资源为取向的中国现代启蒙,不能不陷入对理性主义的复杂态度中,我称之为时间差所带来的语境错位和问题意识的混乱,这体现在启蒙资源和话语的混乱,以及真正问题意识的丧失。理性的盲点和缺失,使我们的启蒙解构多而建构少,感性多而理性少。问题是,启蒙主义如果只是解构性的让人成为自己,而没有建构性的对人性的信仰,启蒙者最终会发现,启蒙的最后结果不是别的,正是自己最后的敌人——人的功利性私欲,在功利性私欲面前,启蒙如卵击石,前者永远坚不可摧。在西方思想史理路中,非理性主义思潮尚有其纠偏的意义,但在中国的现代启蒙中,理性传统的缺失和中西语境的错位,使我们拿来的,只能是与传统相近的资源,而看不到真正的资源所在,启蒙主义的原初问题意识——改革国民性,也无法得到真正的解决。

自然人性论和个人主义问题,是20世纪中国启蒙的两个重要命题,二者都与人性等根本问题的理解相关。20世纪中国自然人性论思潮,关涉中国个人主义思想的成就和局限,对它们的重新梳理,有助于我们对中国的世纪启蒙作更为具体的反思。80年代对五四自然人性论的阐释,在整体上尚待深入的反思。启蒙,在中国意味着打破禁欲主义的禁锢,获得个性解放,自然人性论,成为中国现代启蒙话语的重要基石。学界甚至把中国的启蒙主义追溯至明中、晚期,因为王学左派已提出个性解放的主张。在思想史上,晚明个性解放思潮的出现,来自对两宋道学的反动,经王阳明的心学转换,逻辑上引起了自然人性和个性的哗变,从晚明到五四到80年代,可以看到,中国启蒙主义都是针对此前的禁欲主义思潮而动的,唤起的是对自然人性和个性的肯定。这一反动,本质上并非"反传统",中国思想传统中,人的自然属性,一直是受到正视的,儒、道言说,皆不离人的自然属性,"食、色"之"大欲",被视为正当人性,儒家礼的设计,亦是从人的自然属性——如血缘、伦理出发的,只是,在礼的设定中(后来还有道学的"理"),没有了个人的位置。在儒家的另一个传统——心学,和老庄的精神自由那里,僵化的礼——理遭到抗衡,心学和老庄,正是中国士人反抗僵化秩序的重要精神资源。相较于俗世取向,这样的精神资源固然维系了一种否定性的超越取向,但是,它的基础仍然是自然人性论的,因此,以超越性精神为背景的启蒙,往往招致的是个人欲望的觉醒。中国所谓启蒙,放在这样的长时段历史中才能看清,在中国语境中,启蒙,是作为个人的自然人性对体制性的自然人性的反动,自然人性,始终是中国文化的应有之义。

我已在本书第一章第一节表达过这样的见解:从大的方面看,中、西自然人性论,都面对着禁欲主义的压制,都意味着人性的苏醒,但这苏醒后的"人性"又是什么?因其背后交织着复杂的文化资源和精神传统,答案自有不同,不可等而视之。在西方,自然人性论是文艺复兴至18世纪启蒙主义反抗神学的一个思想基础。文艺复兴是人的尊严、能力、自由和人的感性欲望的苏醒,以经验主义和怀疑论哲学为基础,在18世纪启蒙运动的自然主义倾向中,人性被理解为自然的一部分,作了系统的自然一元论的阐释,启蒙主义的道德、法律和国家学说,在某种意义上都是建立在自然人性论的基础之上。任何理论都有自己特定的理论场域，都有自己特定的问题意识和应用范围，西方近代转型中的自然人性论，针对着的是中世纪神权对人性的压制，是人性理解上由神义论向人义论转换，它颠覆的是高高在上的教会化的神权，获得主体地位的人性，除了人的个体感性欲望，还有普遍性的权能、自由等价值内涵。可以说，从文艺复兴到18世纪启蒙运动这几百年，西方人性觉醒的关键，是神—人的主体地位的位移，即由神为中心转向以人为中心，因此，觉醒的人，首先要做的，是对普遍的、抽象的、作为类而存在的人的地位、尊严、自由、权利和能力的建构，在这一过程中，自古希腊、罗马开始的西方源远流长的理性传统，成为人性建构的主要资源，伴随着近代科学和知识论的发展，现代法律和国家学说的建立，人终于确立了理性主体的在世地位。具体的、差异性的个人观念，是经过19世纪德国精神哲学的深度推演，在19世纪末的个人主义哲学中推向极致，在现代和后现代物质文化氛围中进入生活世界的。作此梳理后，我想强调的是，中国自晚明经五四一直到现在的人性启蒙，在问题结构上与西方精神传统存在着深刻的差异，我们面临的，并非西方近代转型中神界—俗界对立的二元秩序，而始终是一元的世俗秩序，自轴心时代文化成型以来，天人合一的思维模式，使中国的世界图式中，只存在一元的世俗秩序：以血缘伦理为基础的家—国同构秩序，在这个一元秩序里，人，本来就处于在世价值的中心，或者说是"以人为本"，中国传统对人性的理解，从来都是自然一元论的。因而，中国传统中人性冲突的本质，不是两个世界、两种秩序的冲突，而是一元世俗世界内礼制秩序与个体自由、群体道德与被压制的个性欲望之间的冲突，我们的人性解放，首先要面对的，不是神界解体后必须面对的俗界的普遍性建构的问题（西方是普遍理性建构），而是直接解构压抑个性的体制性力量，在这一解放逻辑中，个体及其感性欲望，首先就成为最直接的诉求。简单地说，西方人性解放的历史理路是：神⟷人⟶个人，中国人性解放的历史理路是：人⟶个人，"人"的普遍性的重构，是我们缺失的重要一环。①

---

① 参见本书第一章第一节"20世纪的人学思潮及其限度"。

在我们的理路中,既已打倒世俗普遍性体制建构的压制,就无需一个新的普遍性建构的压制,只需解构,无需建构,但是,解构后直接袒露出来的,只能是个体感性欲望。问题不在要不要普遍性建构,而在要不要对更加完善的普遍性真理的诉求,缺少了这种终极性诉求,就难免陷入一治一乱的欲望化历史的循环。

80年代,在经过革命禁欲主义的禁锢之后,我们在人文领域似乎也经历了一个短暂的人性建构的时期,如人性及人道主义问题的大讨论、新时期文学对于非人性的批判以及对正常人性和人情的呼唤、文学主体性建构等等;但是,由于精神资源的匮乏,这样的反思往往浅尝辄止,历史反思和正义呼唤被现实成就迅速取代,现代理性诉求让位于更时尚的现代或后现代反理性思潮。例如,80年代初爱情的呼唤渐渐演变成80年代中期原始本能的崇尚,原始本能或生命本能,成为广受推崇的对象,人体美术热、"寻找男子汉"、文学中的性热点、《原野》《红高粱》式的野性宣泄、诗歌的"下半身写作"……,划出了一道愈来愈明显的抛物线,90年的《废都》,是这一热潮的一个有趣的总结。90年代的现实,在逻辑上并非80年代的反动,而是一个结果。个体及其感性欲望的获得,固然是人性解放的逻辑终点,但在中国,它成了最直接的后果。

个体感受性,诚然是人的本性之一,但人依此本性还不能使自己超越出来,西方思想传统相信理性是人的首要本性,如其说理性是与生俱来的先验本性,不如说理性来源于人们对理性的信仰——对宇宙秩序和自身思维秩序存在的相信,有什么样的信仰,就有什么样的本性。18世纪的启蒙,离不开对超越的、普遍理性的信仰,没有信仰,难以启蒙。如果启蒙没有对人的本性的理性的建构,仅仅意味大胆恢复自己的自然属性,则启蒙所呼唤的"回到自己"的"己",很可能就是欲望化的"己",启蒙的结果,会远离启蒙者的初衷。这大概就是中国的现代启蒙总是陷入自我消解困境的深层原因。

4. 东亚现代的三种可能性及其选择

作为后进现代化区域,东亚现代的资源取向,在逻辑上有三种可能性:一是外来(主要是西方)资源,二是本土资源,三是"肉身"化的当下践履。本土资源取向,表达了民族主义情怀和保守主义温情,也具有被权力策略运用的可能,但在现代化进程中,在主导意义上,它已然失去历史有效性;现代人文知识分子在这个问题上的争夺,主要体现在外来资源取向与"肉身化"践履这两种趋向上,我觉得,竹内鲁迅就是后者的代表。鲁迅的文化选择,在我看来二者兼具,他主观意图上是外来取向的,但其选择行为,因两次绝望的纠缠,在客观上又表现为"肉身化"的挣扎,我们在面对鲁迅资源的时候,尚需体察这种复杂性,不可顾此失彼,更为关键的是不能忘掉我们和鲁迅仍然相同的问题意识本身。

五、鲁迅"个人"观念研究需要补充的视域

日本时期的五篇文言论文,作为鲁迅最早思想材料和唯一论理式思想阐述,长期成为学界阐发鲁迅思想起点的基本资料,论者试图通过解读和整理,发现"原鲁迅"的出发点。通过文本梳理,在文本世界中来捕捉"个人"观念的确定性与整体性,在固有的研究思路中,当然是有效而且也是自足的,但是,探讨鲁迅"个人"观念的复杂渊源及其内蕴,不容忽视的还有一个问题:青年鲁迅思想的形成,基于留日时期对"异域新宗"的接受,明治30年代日本的思想和文化语境,是其最初接触和"拿来"的中介和平台,然则,在这东、西交汇的纷繁语境中,诸多思想和文化资源,是如何通过明治日本这一媒介,影响并参与构成了青年鲁迅的思想图景的?五篇文言论文,也许正好提供了勘查此一问题的第一手资料。因此,从文本入手,以明治30年代日本为考察范围,爬梳、考证五篇论文的可能资料来源,是鲁迅研究的一个不容回避的基础工作。

有关五篇论文材源的考证,首先是由日本学者展开的,70年代,日本学者北冈正子在日本《野草》9号(1972年10月)起连载《摩罗诗力说材源考笔记》,以翔实细密的研究,考证了《摩罗诗力说》写作的材料来源,被丸山升称为"划时期的工作"[①],该系列论文中文版《摩罗诗力说材源考》1983年出版(何乃英译,北京师范大学出版社版。);中国学者对此一问题的研究,往往是曾经长期留日工作的学者,李冬木和潘世圣致力于留日时期鲁迅之实证研究,发表了相关论文。但是,鉴于语言及资料条件,目前国内学界对

---

① 伊藤虎丸、祖父江昭二、丸山升编:《近代文学中的中国和日本》,汲古书院1986年10月20日出版。

这一研究,还不能真正深入下去,除《摩罗诗力说》外,其它几篇论文的材源源问题,尚待进一步挖掘,以此为基础,鲁迅早期论文中的相关观念与明治30年代日本文化语境的关系,还有待深入揭示。

第二节 我与《野草》的研究之缘①

一、《野草》研究:成就与问题

《野草》问世,已90年②,这本薄薄的小册子,不仅在鲁迅的写作中是一个另类的存在,在迄今为止的中国文学中,也堪称另类而幽深的文本,蕴藏着最尖端的文学体验和书写。也许正因为此,《野草》虽于寂寞中写作,问世后却并不是一个寂寞的文本,90年来,一直受到关注,形成了颇为厚重的《野草》研究史。

1924年9月,鲁迅开始写《野草》,是年底在《语丝》陆续发表。最早的反响来自许广平,许、鲁通信,始于1925年3月,在15日的第三封信中,围绕鲁迅提及的"将来"话题,许广平就引刚发表的《过客》,谈了自己的见解。③ 1925年3月底,章衣萍发表《古庙杂谈(五)》,提到鲁迅自己说,"他的哲学都包括在他的《野草》里面"④,这篇最早公开发表的有关《野草》的文章,就透露了《野草》的重要信息。

鲁迅生前的《野草》研究,大多属于即时性评论,具有零散化、感性化、印象式的特点,因与研究对象处于同时代,多采取平视的视角,虽不免有来自意识形态眼光的审视,但基本还能各抒己见。鲁迅逝世后,在盖棺定论意

---

① 本节为拙著:《探寻"诗心":〈野草〉整体研究》(北京大学出版社2014年版)"代前言"。
② 《野草》1924年底开始在《语丝》周刊随写随发,1927年7月编入"乌合丛书"由北京北新书局初版。
③ 许广平:贤哲之所谓"将来",固然无异于牧师所说的"死后",但"过客"说过:"老丈,你大约是久住在这里的,你可知道前面是怎么一个所在么?"虽然老人告诉他是"坟",女孩告诉他是"许多野百合,野蔷薇",两者并不一样,而"过客"到了那里,也许并不见所谓坟和花,所见的倒是另一种事物,——但"过客"也还是不妨一问,而且似乎值得一问的。(鲁迅:《两地书·三》,《鲁迅全集》第11卷,人民文学出版社1981年版,第18页)
④ 章衣萍:《古庙杂谈(五)》,《京报副刊》1925年3月31日。

识的支配下,《野草》评述出现概括性、总结性的倾向,并渐渐纳入历史分析之中,在论述分量明显加重的同时,意识形态的争夺也开始隐现其中。新中国成立后,随着鲁迅历史地位的确定,《野草》虽然是一个另类的存在,但也自然获得更多关注,50年代的代表作是卫俊秀先生的专著《鲁迅〈野草〉探索》(泥土社出版1954年版)和冯雪峰先生的论文《论〈野草〉》(《文艺报》1955年第19、20期),前者是对《野草》的逐篇解析,后者是对《野草》的思想与艺术的综合研究,在内容上对作品进行了分类;60年代有王瑶先生的文章《论鲁迅的〈野草〉》(《北京大学学报》1961年第5期)和李何林先生的专著《鲁迅〈野草〉注解》(陕西人民出版社1973、1975年版),或是思想与艺术的综合研究,或是具体篇章的解析,研究格局基本延续上个十年的状态。50、60年代的研究虽潜伏有研究者个人的阅读感受,但在政治一体化的语境下,基于意识形态的阐释自然是题中应有之义。70年代末,许杰先生发表《野草》研究系列论文,试图对《野草》思想、艺术和具体篇章进行新的解读,虽然整体格局未见突破,但体现了"文革"结束后思想解放语境下新的研究意向的出现。

80年代,《野草》研究的广度与深度都出现大幅度的拓展。孙玉石先生的《〈野草〉研究》(中国社会科学出版社1982年版)是此前研究的集大成之作,第一次对《野草》进行了全方位的研究,对每一专题的讨论,都本着严肃的治学态度爬梳相关资料,在严谨的历史视野中将相关论题的研究推到新的高度,为以后的研究提供了一个扎实的基础。80年代的《野草》研究专著还有许杰先生70年代末系列论文结集出版的《〈野草〉诠释》(百花文艺出版社1981年版)、闵抗生先生的《地狱边沿的小花:鲁迅散文诗初探》(陕西人民出版社1981年版)、王吉鹏先生的《〈野草〉论稿》(春风文艺出版社1986年版)肖新如先生的《〈野草〉论析》(辽宁教育出版社1987年版)等,都显示了拓展研究空间的努力。钱理群先生的《心灵的探寻》(上海文艺出版社1988年版)虽不是《野草》的专题研究,但以《野草》为切入点,以之作为把握鲁迅独特精神世界的线索和框架,实际上是将《野草》作为鲁迅最具独创性的精神创造物,来印证其主体精神结构,反过来加深了对《野草》精神内涵的理解。在80年代文化热的语境中,《野草》的文化意义开始受到关注,《野草》的象征主义手法、《野草》与异域文化的联系等等开始成为研究对象,从心理学角度进入《野草》也渐成风尚。90年代,《野草》研究在80

年代的论题下进一步深入,研究格局也有所拓展,汪晖先生在《反抗绝望——鲁迅的精神结构与〈呐喊〉〈彷徨〉研究》(上海人民出版社1991年版)一书中,将《野草》作为鲁迅"反抗绝望"的人生哲学去把握,在存在的焦虑、死亡、荒谬、选择、反抗、罪感、超越等议题中全面把握鲁迅人生哲学的内在脉络,并探讨了《野草》与西方非理性主义思潮之间的联系。徐麟先生在《鲁迅中期思想研究》(湖南师范大学出版社1997年版)中,将《野草》放在对鲁迅中期思想的整体考察中,深入揭示鲁迅由启蒙主义危机到《野草》"虚妄主义"的内在精神线索。解志熙先生的《生的执着——存在主义与中国文学》(人民文学出版社1999年版)则在存在主义与中国现代文学的比较关系的大背景中来解读《野草》,围绕存在主义哲学命题对《野草》的精神内涵进行了细致的辨析。(徐、解二著出书较迟,实际写作时间要早)王乾坤先生《鲁迅的生命哲学》(人民文学出版社1999年版)的最后一章"盛满黑暗的光明——读《野草》",则进一步在"生命哲学"的高度来解读《野草》,避开以前经验主义的阐释模式,由哲学形而上学直接切入,对《野草》的精神内涵进行了精彩的哲学提升。随着文化研究视野的展开,《野草》与异域文化及本土传统文化的关系也成为90年代《野草》研究的关注点,闵抗生先生的《鲁迅的创作与尼采的箴言》(陕西人民教育出版社1996年版)是《野草》与异域文本比较研究的代表性成果,作者沉潜于文本之间的跨文化比较,提供了许多有意义的细节。《野草》与基督教、佛教的关系,也开始有论文涉及。

　　随着90年代以来文学环境的变化,鲁迅研究的社会影响力及其在人文研究中的比重在降低,但新世纪初年,《野草》研究却形成一个热点,论文发表和著作的出版,都呈现上升趋势。新世纪初年,对《野草》的"形而下"解读——以《野草》为鲁迅"难于直说"的潜在性心理的文本表现——曾在媚俗化和媒体化的人文学术语境中不胫而走,引起广泛关注,或者怀着真相大白的心态加入唱和,或者将之当作严肃的学术现象与之"商榷",都有意无意推动了这一《野草》"研究热",形成了不大不小的一个研究热点。《野草》研究成果数量的增多,也与高校学术体制化后科研量化要求有关,《野草》与各种西方理论话语如现代主义、后现代主义、结构主义、解构主义、存在主义、神话原型批评、无意识理论、死亡意识、原罪意识,甚至叙事学、现象学、现代伦理、后殖民主义的关系等等,都成为论文的选题,看到如此天花乱坠的研究局面，不禁让人一唱三叹，既叹服研究者的苦心孤诣，又感叹学术大军的无孔不入。新世纪《野草》研究中不乏严肃之作，孙玉石先生的《现实的与哲学的——鲁迅〈野草〉重释》（上海书店 2011 年版）是其早期著作《〈野草〉研究》在新的研究语境下的修订性延续，加入对"哲学"方面的思考。钱理群先生在《与鲁迅相遇：北大演讲录之二》（三联书店 2003 年版）的第八讲中，结合鲁迅的个性特质与思维方式，对《野草》中的"哲学"进行了富有心得的阐释。张闳先生的专著《黑暗中的声音》（上海文艺出版社 2007 年版）试图避开实证的研究方式，将《野草》作为诗学文本，通过对主题、技巧和语言的文化阐释揭示其诗性内涵。吴康先生在专著《书写沉默：鲁迅存在的意义》（人民文学出版社 2010 年版）中，列专章通过对"绝望"生存情境的现象学分析，将鲁迅个人的存在之思与民族的整体生存联系起来；李玉明先生的《"人之子"的绝叫：〈野草〉与鲁迅意识特征研究》（北京大学出版社 2012 年版）通过文本解读展现《野草》的精神—心理结构，揭示其有关原罪、死亡、历史、现实性、怀疑等意识特征。在写这篇文章时，我刚了解到，英年早逝的诗人张枣对《野草》情有独钟，曾在中央民族大学讲授《野草》，讲稿收入遗著《张枣随笔选》（人民文学出版社 2012 年版）中，虽未及拜读，但听闻诗人有言"《野草》而非《尝试集》才是现代汉语诗歌的真正源头"，此一判断已经令人神往，据说他准备专门写一本《〈野草〉考义》，然天不惜才，《野草》失一知音。

80 年代以来，海外《野草》研究的成果也纷纷译介到国内，（日）竹内好在《鲁迅》（李心峰译，浙江文艺出版社 1986 年版）中，对《野草》中的矛盾运动作过富有感性的描述，（美）李欧梵的《铁屋子的呐喊》（尹慧珉译，岳麓书社 1999 年版）中，细致分析了《野草》情思与形式的构成。（日）木山英雄《〈野草〉解读》（赵京华译，连载于《鲁迅研究月刊》2004 年第 2、3 期，后又收进《文学复古与文学革命》作为第一章"《野草》主体构建的逻辑及其方法——鲁迅的诗与哲学的时代"，北京大学出版社 2004 年版）则试图在《野草》中探寻感性的诗与哲学的逻辑相结合的主体构建的努力。（日）片山智行的《鲁迅〈野草〉全释》（李冬木译，吉林大学出版社 1993 年版）和（日）丸尾常喜的《耻辱与恢复》（秦弓、孙丽华编译，北京大学出版社 2009 年版）对《野草》诸篇进行了独到的阐释。海外的研究游离于中国学者的问题意识之外,给我们提供了新的研究视野。

综观堪称悠久的《野草》研究史,一方面,研究成果数量巨大,积累深厚,另一方面,也存在值得反思的问题。这些问题主要表现在新中国成立后的《野草》研究上,一是作为研究基本要求的客观性不够,二是与此相关,对《野草》作为研究对象的本体性关注不够。国内《野草》研究,大致显现客观实证式研究和主观阐释性研究两个研究路向,当然这只是研究态度的区分,更多情况下是二者混合不分。如50、60年代冯雪峰和王瑶的主观阐释性研究,试图在不违反意识形态的要求下对其主题意蕴进行"科学"界定和评价,不免在个人感悟与意识形态要求中间勉为其难地寻求所谓"客观"。卫俊秀和李何林的"探索"和"注解",则是希望通过注解式实证解读,为《野草》的阅读消除障碍,80年代孙玉石先生的《〈野草〉研究》是实证研究的代表作,在充分掌握资料的基础上,采取时代背景分析、文本互证、思想互证的方法寻找研究的客观性。实证式研究虽提供了起码的材料的客观性,但最后仍然需要落实在政治社会学的意识形态阐释体系中。80年代以来,主观阐释性研究在《野草》研究中占主导地位。文本比较在选题上决定了要以实证为基础,但文化比较、思想分析、哲学阐释、诗学解读等等,皆是主观研究的用武之地,《野草》的诗意特性,更助长了在"诗无达诂"意念下阐释的自由。不必说在"实证"外衣下媚俗的形而下索隐,也不必说"某某视野下的……"的《野草》加时尚理论的功利学术操作,很多本着严肃态度的研究,广泛存在对研究的客观性尊重不够。80年代以来的存在主义阐释,往往先验地从存在主义的基本命题出发,在《野草》中寻找相似的主题观念,再以这些基本命题为框架,比附性地建构《野草》的"哲学",在这样的处理下,《野草》成了存在主义哲学,或者鲁迅成为与西方哲人比肩的哲学大师,但《野草》本身却无形丢失了。更多的思想阐释、诗学解读和文化比较的研究,常常随意将《野草》拆散开来,随机地撒入漫无涯际的中西文化、思想及鲁迅思想与文学世界,以相互参证、相互说明的方式来言说对《野草》的想象,而无视《野草》作为研究对象的整体存在,在这样宏观而自由的阐释中,我们看到的是研究者的块垒与才情,却看不到《野草》。

或谓人文研究即为阐释,本无客观,而笔者认为,虽人文科学的客观性不及自然科学有明确标准,但既为"科学",即使"诗无达诂",研究者也不可首先放弃对"客观性"的追求（或者叫"真理意欲"），不然，一个本来就不相信任何客观标准的人文研究，与魔方游戏何异？或谓"一千个读者有一千个莎士比亚"，然"一千个"解读中，肯定有更适于"莎士比亚"的解读。对于鲁迅作品的解读，不好动不动就以接受美学来说事，一个劣质手机可以不问设计者，但苹果手机会让你想到乔布斯，鲁迅作品的解读，因其后有鲁迅研究，其客观性是一个不能忽视的存在。客观性问题，与本体性关注相关，之所以说"本体性关注"，而不说"本体"，因为，在后现代语境中，一说"本体"，即成笑话，何况面对的是《野草》。但是，我们慎言"本体"，并非在研究中主动放弃对研究对象的"本体性关注"，研究者的态度，决定着研究的结果，如果持有起码的"本体性关注"，我们在研究《野草》时，就会尊重作为研究对象的《野草》的最起码的客观性，倘若首先放弃这一客观性追求与本体性意向，《野草》就会成为研究者随手拈来的言说材料。因此，与《野草》研究中大量主观的阐释性研究相比，以孙玉石先生《〈野草〉研究》为代表的以实证为基础的本体性研究，是弥足珍贵并值得发扬的。

然而，实证研究的本体性指向，还是存在一些问题，需要进一步追问。实证研究的《野草》文本阐释，往往采取思想互证与文本互证法，结合写作背景与鲁迅当时的思想状况，并与鲁迅其他文本进行比照，这一研究方法在扎实的资料铺陈后，却无法顺利抵达对《野草》内涵的客观阐释。一是如前所述，严谨的资料整理最后还是落实在政治社会学的阐释体系中，当然这是时代的局限；二是实证研究的文本互证与思想互证法，在呈现《野草》中的鲁迅（思想）时——往往从鲁迅思想研究出发来反观《野草》，却不能呈现作为本体性研究对象的《野草》整体。尤其是，由于只是将《野草》理解为单篇文章的结集，对《野草》内容的研究，往往局限于将作品进行分类化处理，①

---

① 自冯雪峰的《论〈野草〉》始，对《野草》内容的把握，就是采取分类法。冯雪峰把《野草》分成三类：一、积极、健康、战斗的抒情作品；二、尖锐讽刺的作品；三、明显地反映空虚和失望情绪及思想上的深刻矛盾的作品。（冯雪峰：《论〈野草〉》，《文艺报》1955 年第 19、20 期）思基从战斗精神上分为四类组诗：一、抒写彷徨、悲观、绝望而又坚持要挣扎前进的情绪；二、对反抗战斗精神的歌颂；三、对黑暗统治的暴露和市侩主义的批判；四、抒写对新生活的向往和渴望自由的情绪。（思基：《谈鲁迅的散文诗〈野草〉》，1956 年 10 月《文学月刊》）孙玉石先生延续了分类法，将其分为三类：一、韧性战斗精神的颂歌；二、心灵自我解剖的记录；三、针砭社会固弊的投枪。（孙玉石：《〈野草〉研究》，中国社会科学出版社 1982 年版）

经过内容的分类化处理,《野草》的整体就被分解了。诗学意义上的象征阐释,也是将《野草》意象与外在思想材料直接对应,《野草》意象纷纭的艺术世界的整体没有得到充分的呵护。

既然以实证为基础的本体性研究是我们应该坚持的研究方向,那么,问题到底出在哪里呢?我以为,问题在于我们该怎样理解本体性研究所指向的客观性。这一客观性,不仅仅停留于思想互证与文本互证的实证研究层面,而应进一步指向作为本体性研究对象的具有自成系统的精神世界与艺术世界的《野草》整体,因而,《野草》研究的客观性,不仅仅在于背景材料与文本材料的搜集与整理,而更在于对《野草》自成系统的精神世界与文本世界的整体把握,而其基础,则是对走进《野草》前的鲁迅生存状态与精神状态的深入了解。

二、从"个人"研究到《野草》研究

我与《野草》研究的结缘源于十多年前的博士论文写作。当时钱理群先生希望我对鲁迅文本中的思想关键词进行梳理研究,于是选择了鲁迅的三个关键观念:"个人"、"国民性"和"革命",但在写作过程中,却经历了一个节节败退的过程,先是放弃后两个,只剩下"个人",而最后剩下的,只能是"鲁迅前期文本中的'个人'观念"。只做"个人",除了原来的计划远远超过博士论文的分量外,更主要的原因在于意识到,"个人"观念处于鲁迅现代意识的核心,也一直被认为是鲁迅思想之现代性的标志,对它的专门考察有利于厘清鲁迅及中国现代思想的一些核心问题。人们都在说个性主义是鲁迅思想及以鲁迅为代表的中国现代启蒙思想的内核,但是,"个人"在鲁迅那里到底是怎样的一个观念?他究竟是如何言说、表达"个人"的?这需要首先以其文本为基础,进入到具体言说环境及上、下文语境中,进行最基本的梳理工作,还原其"个人"言说的演变过程及其确定内涵,形成一个基本的界定。这其实是鲁迅思想研究绕不开的一个基础工作,也正是钱先生让我做思想关键词梳理的初衷所在。钟情于"个人",还有一个自己更内在的问题意识,鲁迅思想意识的形成,面对的是共同的中国近代危机,如果说鲁迅的现代意识以"个人"为核心,那么,其所"拿来"的"个人"能否解决其所面对的需要解决的问题?鲁迅将近代危机的本质,归结为国人的精神状态,在他看来,如果没有中国现代转型的精神基础——人的精神的现代转型,则无论"兴业振兵"、"黄金黑铁",还是"国会立宪",都只是"现象之末",难及现代文明的本质,况且连倡导者也往往"假是空名,遂其私欲"。在鲁迅眼中,国人的精神危机在于,曾有的价值体系已经崩溃,人们沉溺于一己生存的挣扎中,呈现普遍的精神委顿状态:"元气黭浊,性如沉汗,或灵明已亏,沉溺嗜欲"①"营营于治生,活身是图,不恤污下"②、"劳劳独躯壳是图,而精神日就于荒落"③、"人人之心,无不沕二大字曰实利,不获则劳,既获便睡"④。这样的精神状态,是无法构成一个现代国家的精神基础的。因而,鲁迅终其一生的文学事业,就是以文学激活国人的精神。但是,其早期"拿来"并提炼的现代"个人",能解决这一精神委顿的问题吗?

带着这些问题,我首先进入对鲁迅日本时期五篇文言论文的梳理,这些青年鲁迅最早的思想材料,也是其"个人"观念最集中的表述。五篇论文从对"人类进化"之"超越群动"的"人类之能"的发现,到对西方科学发展史背后"神思"与"理想"精神源头的强调,到对作为19世纪物质文明之反动的"新神思宗"的大力引介,再到对摩罗"诗力"的疾呼,直至对喧嚣"恶声"的批判和对"白心"的冀盼,通过详细梳理,鲁迅早期论文中的"个人"观念的内涵有了一个以文本为基础的基本界定。

梳理告一段落后,接着要进行的是三个路向的考察:一是考察鲁迅"个人"观念的思想资源。鲁迅的"个人"言述有两个特点,一、其"个人"是从西方"拿来"的"异域新宗",从对"个人"的介绍和描述看,其"个人"资源主要来自德国思想家或德国文化圈内的思想家,如施蒂纳、叔本华、尼采、克尔凯郭尔和易卜生。二、鲁迅对"个人"的转述,更多的是运用了本土传统符号资源,这两个事实提醒我们,鲁迅对"个人"话语的接受,涉及跨文化、跨语际传播的复杂关系,不是简化而是深入这一关系的复杂性,应是考察鲁迅"个人"观念的应有态度。通过对作为"个人"内涵的"精神"观念的思想史考察,我试图揭示,庄子精神哲学和儒家心学的历史融合,构成了鲁迅现代

---

① 鲁迅:《集外集拾遗补编·破恶声论》,《鲁迅全集》第8卷,第30页。
② 鲁迅:《坟·摩罗诗力说》,《鲁迅全集》第1卷,第69页。
③ 同上书,第100页。
④ 同上书,第69页。

自我认同的思想基础;通过对中、德传统思想结构的文化比较,试图进一步揭示,中、德思想传统的同构性,在某种意义上决定了对德国"个人主义"的择取,鲁迅是通过中国的"自我",接受了西方的"个人"。二是把鲁迅的"个人"放回到中国近代"个人"言说的具体语境中,与同时期的梁启超、严复、王国维及章太炎的"个人"观念进行比较,以探讨其间的异同、传承及鲁迅"个人"观念在近代"个人"话语中的位置。鲁迅与章太炎之间,存在着非影响层面的深层意识上的联系,这些与"个人"观念相关的深层意识,在某种程度上成为近、现代以来思想史分野的意识源头。三是以鲁迅"个人"的观念能否有效解决他面临的所要解决的问题为追问线索,将"个人"观念放入中、西自我意识及个人观念的比较语境中,揭示其"个人"观念可能存在的问题。

在穷尽早期论文中"个人"观念的问题后,接着要做的,是探讨回国后至1927年为界的"个人"观念的内在调校及演变的心路历程。由于缺少言说"个人"观念的集中文本,故采取文本分析和生存论描述相结合的方法。正是这一研究,成为我后来《野草》研究的一个过渡。

首先要提到的,是在梳理鲁迅20年代中期的精神状况时,对以1923年的沉默为标志的鲁迅第二次绝望的发现,这成为我的《野草》研究的起点。在对从五四退潮到《野草》写作的这一过程的考察中,我发现1923年对于鲁迅是一个尚未被发现的特殊一年,首先,这一年他几乎陷入沉默,而且,这一年潜藏于前后两个写作高峰之间——之前是"一发而不可收"的《呐喊》的写作及杂感写作,之后是《彷徨》、《野草》及终其一生的杂文写作,像一个小小的黑洞一样,不易为人发现。也正是在这一年的7月,发生了对于鲁迅人生至关重要的两件事,一是7月19日周氏兄弟突然失和,一是四天后鲁迅接到北京女子师范高等学校的聘书,两件事看似近乎家常琐事,但对于鲁迅不可等闲视之,周氏兄弟失和,在家道中落、婚姻不幸、《新青年》解体——鲁迅启蒙人生的第二次挫折——后,雪上加霜,几乎让此前人生的意义寄托全部落空,也正是失和后的搬家,让鲁迅这一年卷入看房、买房、装修的繁琐事务中,并大病一场;后者则意味着许广平的到来。如果说前者让鲁迅上半段人生告一段落,那么,许广平的到来,则开启了鲁迅后半段人生的大门,若接受许的爱情挑战,鲁迅势必要重燃生命,开辟新的人生意义。这些当然是后话。

关键的问题是，这一年的沉默意味着什么。我们知道，鲁迅遭遇弃医从文后的一系列文学计划的挫折，回国后陷入十年的"隐默"，S会馆的沉默六年，达到顶点。经过《〈呐喊〉自序》对这一时期神秘而恐怖的记叙，又通过日本思想家竹内好充满幽玄魅力的描述，这一时期的沉默与绝望，已被充分放大。受竹氏阐释的影响，中、日学者大多认同将这六年的沉默，视为鲁迅文学的起点，文学家鲁迅由此诞生。然而问题是，如果说打破S会馆的沉默后鲁迅已经走了出来，该怎样理解"呐喊"后写作中的欲言又止？该怎样理解1923年的第二次沉默？通过对1923年及其前后的详细考察，我几乎直感地意识到，S会馆的绝望，并没有完全终止，1923年的沉默，正是鲁迅之绝望第二次爆发的标志。在1923年的前夜（1922年12月3日深夜），鲁迅写《〈呐喊〉自序》，这篇名文第一次自我透露人生的轨迹，在第二次绝望时期回顾第一次绝望，成为糅合叠印两次绝望的奇妙文本，对第一次绝望的言述，正是第二次绝望的佐证。

如果鲁迅存在以1923年为标志的第二次绝望，那么，我们以前对鲁迅生平、思想与文学的评价就要重新考虑。正是以1923年为界，鲁迅在前段人生的意义寄托几乎虚空后，开始了此后的人生，在个人生活上做出了抉择，并开始公开以个人身份展开文坛的论战，杂文写作愈来愈多；南下厦门、广州和上海，在现实政治上也做出了选择。可以说，鲁迅人生与文学的真正成型，是在第二次绝望之后。

记得钱先生在写导师评语时，充分肯定了1923年的发现的意义，认为不仅对于理解鲁迅生平，而且对于重新理解鲁迅思想与文学都有重要参考价值。这一鼓励是莫大的鞭策。在论文写作中，我也已经将1923年的发现，与对《野草》阶段"个人"观念的分析结合起来，有了进一步的发现。

与第一次绝望拖了六年甚至十年不同，这一次沉默只有一年，1924年2月，鲁迅开始写《彷徨》，一下就写了三篇，同年9月，又开始《野草》的写作。《彷徨》是"为自己"的作品，是作者"梦魇意识"的表达，通过小说叙事，鲁迅写出了自我人生最坏的可能性，同时开始与悲剧人生告别。而《野草》，则进入内心的最深层，将绝望中积重难返的内在矛盾展示出来，层层打开，并将之推向无可退避的绝境，终于在悖论的漩涡中超越而出，重新发现自我与生存的意义。《野草》对于鲁迅,不是单篇文章的结集,而是一个不可逆的时间过程,一次冲决第二次绝望的生命行动。

在对1923年的沉默与《野草》写作之间的关系有了基本的判断之后,对20年代中期鲁迅"个人"观念的梳理,自然要进入对《野草》文本的具体分析。在这一部分,通过对《野草》具体文本的梳理,我探讨了鲁迅日本时期"个人"观念,经过两次绝望,在《野草》中通过自我怀疑、自我挣扎、自我调整与自我超越的复杂心路历程,而得到新的见证与确认。最后说明,《野草》的绝地转换,使鲁迅摆脱了自我危机,获得了新生,以坚实从容的步伐重新跨入现实。鲁迅终于以自我超越的方式走出了其"个人"观念的自足性,并在其后期的现实生存中践履了真正的"个人"。这是博士论文的最后一部分,也成为我的《野草》研究的一个开始。

毕业后来苏州大学任教,离开学术中心北京,虽不免有些难舍,但心想远离潮流中心也未必是坏事,既然以前的研究基本上是来自个人的"苦心孤诣"与"头脑风暴",在安逸的江南,大概也可将未竟的后期"个人"、"国民性"和"革命"潜心继续下去。也曾在科研量化要求的驱使下,拿"鲁迅文本中的'个人'、'国民性'与'革命'"课题去申报国家课题,四次入围但无果而终。同时在这一方向上的研究激情,也正在冷却,原有的问题意识,因无同道,也渐渐消散于繁华风景与生活的汪洋大海中。虽在本科生与研究生中,都开了鲁迅研究课,但自知如果在课堂上与学生们讨论艰涩繁琐的观念性问题,无异"自绝于人民"。2006年,未能免俗,为应对职称评审将博士论文付梓出版,同时内心也不无希望自己的问题意识和发现能得到一点非人为的反响。出版以后,学术界的反响也近乎无有。这样,那本书中的主要问题意识也就基本中止了它的使命,没能有效参与到近十年来中国人文思想的反思,束之高阁成了它的命运。

不知不觉,我的鲁迅研究与教学转向了偏于文学性的小说与《野草》,被迫离开以前沉潜的理性思考,感性的潜能却得到发挥,在鲁迅课上,讲的大多是鲁迅的文学作品,注重文本细读,于老师和学生两利,没想到效果还好。近年发表的文章,也渐渐集中于小说与《野草》研究。这也有现实的考虑,偏离学术中心,既无言论环境,资料也不占优势,只有调动自身的积累——体验与感性,而且是决不会重复的。

虽然没有开《野草》专题课，但在本科生与研究生的鲁迅研究课上，都会讲到《野草》，本来担心这20世纪中国文学中最晦涩的文本会难倒学生，也担心这充满灵魂挣扎与裂变的文本会让善于逃避痛苦的新世纪学生望而却步，因而每每放在最后才谨慎出之，但学生们对《野草》的讲述反应颇好，我也由此更加意识到《野草》作为生命文本的魅力所在。于是一个星期有那么一两个时辰，在关上门的教室里，还能面对众多年轻的生命，暂时忘情出入于那颗丰富与痛苦的灵魂。我讲《野草》，首先要求学生"悬置"以前有关鲁迅的惯性认知，以自己的生命感知与这个具有生命内涵的文本去对话，同时，又适时地将自己对《野草》的整体把握传授给学生。课堂给了我难得的专心思考的时间，有些观点就是在课堂上慢慢积累形成的。

三、研究过程与问题意识

2004年，开始《野草》研究的第一篇论文《〈野草〉的"诗心"》的写作，这篇概论性的文章将整体判断表达出来，但迟至2010年才得以发表。2006年到日本福井大学任教一年，课程不多，闲暇寂寞。福井濒临日本海，人口不多，街道窄小，在海风中安静整洁，每天降临的一阵微风细雨，将街道洗刷得很干净，街上偶尔见到的，是身着校服匆匆上学、放学的中小学生，也都玲珑可爱。从住所往返学校的路上，每个路口总是传来提醒盲人过路的警报声，设计成两个音色交替鸣出，让人想起"鸟鸣山更幽"的意境。在这样的寂寞与寂静中，开始写《〈野草〉与佛教》。在暑期假的旷日长闲中，突然感到要充分利用这难得的闲暇时光，于是有了写一本专书的计划，开始对《野草》具体篇章进行细读，这样每天都有一两个小时沉浸于《野草》文本的赏玩之中，竟然也其乐无穷。这样"不假外求"、"中得心源"的写作，进行得颇为顺利，不觉已成规模。回国后就将已成稿件申请了国家后期项目。2010年有缘赴台湾东吴大学客座，学校坐落在山麓，外双溪的河水顺山而下，宿舍在山腰，每天拾级而上，潺潺溪水声，夹带四月的花香缓缓而来。东吴大学有全台湾设备最好的学校音乐厅，每周都有义务举办的音乐会，听音乐会也就成为一大享受。不知是否与这音乐氛围有关，在此期间完成了《〈野草〉与交响乐曲式》的写作。去年下半年，感到应该将后期项目做一个了结，同时开始《意象的线条与色彩：〈野草〉视觉意识与艺术现代性》与《在东、西"虚无"之间——〈野草〉与〈查拉图斯特拉如是说〉和〈梦十夜〉的深度比较》的写作。

如前所述,《一九二三年的鲁迅》本来是《鲁迅前期文本中的"个人"观念》的一节,在这里成为本书的第一章,成为我走进《野草》世界的起点与必由之路,本书对《野草》整体世界的判断,就是基于以 1923 年为标志的"第二次绝望"的发现。《〈野草〉的"诗心"》作为《野草》研究正式写作的第一篇,提出"《野草》整体研究"的思路。鉴于对以往《野草》研究的主观化、空泛化和内容分类化,提出《野草》研究的客观化和整体化,并将这一客观化,建立在对《野草》整体性的认知的基础上,故在文章中强调:

> 《野草》,与其说是一个写作的文本,或者说是心灵的记录,不如说是二十年代中期陷入第二次绝望的鲁迅生命追问的一个过程,是穿越致命绝望的一次生命的行动,它伴随着思想、心理、情感和人格的惊心动魄的挣扎和转换的过程。这是一个由哀伤、绝望、挣扎、解脱、欢欣等等组成的悲欣交集的复杂的情思世界,又是一个由矛盾、终极悖论、反思、怀疑、解剖、追问、顿悟等等组成的极为沉潜的情思世界,还有它独特的语言与形式的世界,它不是抒情诗,也不是哲学(或者生命哲学),而是由思、情、言、行、形等结合在一起的精神的和艺术的总体。
>
> 作为生命追问的一个过程,一次穿越绝望的生命行为,《野草》并非一般意义上的单篇的合集,而是一个整体,《野草》中,存在一个自成系统的精神世界和艺术世界。

因此,《野草》研究的客观性,就不能仅仅局限于文本思想材料的搜集和互证,而应建立在更高的实证的基础上:

> 作为研究对象,《野草》自有它的客观性,这个客观性,不仅是来自本事或文本的实证、索引或意象阐释,也不仅是来自文本与外在社会环境的联系,以及《野草》文本与作者其它文本的联系,而且更是存在于鲁迅走进《野草》时的生命状态,以及《野草》自身的精神系统和文本系统中,因此,只有充分了解、同情鲁迅当时的生命状态,并把握了作为整体的《野草》的精神系统和文本系统,具体的阐释才具备客观的背景和坐标。

这个更高的实证,看似主观,其实客观,它基于:一、对鲁迅走进《野草》前的生命状态与精神状态的准确把握;二、对《野草》自成系统的文本世界的准确把握。一是生平,一是文本,都是客观对象,但又不停留于纯粹经验性的实证,而是经过整体的把握,上升到更高的客观性,在这个意义上,甚至主观性的"诗",也成了客观的必要组成部分和客观的对象。

所以,我将看似极为主观的"诗心",作为《野草》研究客观性追问的对象和终点,这一"诗心",是作为"诗"的《野草》的内核,它起于实证,但最后必须进入作为自成系统的精神世界与艺术世界的《野草》整体,在这一整体中精确把握其"诗"与"思"的内核。与《野草》"诗心"对话,严谨的考证、精密的推理、丰富的体验、深厚的知识积累、敏锐的文字感悟、宽博的艺术修养,都缺一不可。

本着这个思路,我从 1923 年出发,首先分析、揭示鲁迅走进《野草》前的一个主要精神状态——"自厌与自虐",并将其印证于《野草》及其同时期的作品中,"自厌与自虐"正来自于自我的矛盾与分裂;接着,以"矛盾的漩涡"作为由文本呈现的主要精神现象,将矛盾的积重难返作为"第二次绝望"的症结,对《野草》的矛盾世界及其内核进行分析;再以解决"矛盾"、冲决绝望作为动机,将《野草》写作作为冲决绝望的生命行动,展示其"向死——生与死——新生"的"生命的追问"的整体过程;在呈现整体的《野草》后,再集中提炼《野草》"哲学"的形成及其内核——就在《希望》一文的"绝望之为虚妄,正与希望相同"中:

> 最后的"虚妄",绝不是又一次对绝望的否定,而应视作对前面整个的"希望——虚妄——绝望"循环逻辑的全盘否定。否定之后,什么最终留了下来?不是希望,也不是绝望,而是行动本身!是反抗本身!……这样的反抗,不再需要任何前提,它以自身为目的,以自身为意义,是一种为反抗而反抗的反抗。

最后将《野草》放在中国艰难现代转型的大背景下,试图揭示:《野草》作为以文学主动参与历史的"鲁迅文学"的最深刻代表作,其在艰难现代转型中所承担与获得的,也只能是丰富的痛苦,如果在某种程度上说,中国 20 世纪文学是中国现代转型之痛苦的"肉身性"显现者与承担者,那么,《野草》，通过鲁迅，成为中国艰难现代转型最痛苦的"肉身"。

在《〈野草〉的"诗心"》后，以此为总体构图，本书第三章"叩询'诗心'的踪迹"进入对具体篇章的解读，编排方式，自然不再采取先入为主的内容分类法，而是通过文本细读，具体展现《野草》生命追问的历时性过程；对具体篇章的解读，不是单纯的文本细读，而是始终将它们作为这一整体过程的具体环节，详细展示作为行动的《野草》的具体过程，并揭示内蕴的艺术匠心。我不是将《秋夜》当作《野草》的第一篇，而是将其解读为作者无意间为《野草》作的"序"，因为《秋夜》在文本结构、氛围构成与转换、主题显现、甚至结尾处理上，都与整个《野草》有着异曲同工之妙，《秋夜》浓缩了整个《野草》的精神与艺术的构成。《影的告别》到《过客》是第一部分——走向死亡，值得注意的是，匆忙向"坟"奔去的"过客"，突然给出一个谁也想不到的问题："老丈，走过那坟地之后呢？"这一突兀的提问，顿时否定、超越了第一部分求死的意向。从《死火》到《死后》的七篇，是第二部分。七篇都是以"我梦见"开头，执着的追问，沉入梦境之中，开始了更深沉的求索。"死火"已死，被"朋友"的"温热"唤醒，又面临两个选择：冻灭和烧完，但它选择了"烧完"——一种生存的死亡方式；值得注意的是，《过客》中向"坟"奔去的"过客"，已来到《墓碣文》中，面临自己的墓碑和尸体，直抵死亡的追问却最终发现，所谓真正的"自我"并不存在——"本味"永无由知！这无异是对从《野草》开始的本质追问的全盘否决。像噩梦惊醒般的，《颓败线的颤动》中，老女人已经"颓败"的身躯，在绝望后，第一次出现了生的"颤动"，在天人共振中，此前所有的矛盾，在此汇集并得到重新整合，并形成《野草》矛盾漩涡中的一个最深最大的漩涡，像被反作用力突然抛上一样，《野草》主体就此超越了此前矛盾的纠缠。此后，《野草》转入从《这样的战士》到《一觉》的第三部分，超脱生死难题的生存，开始渐渐成为《野草》的最强音，并最终凝定为《一觉》中的"野蓟"和《题辞》中的"野草"。

《野草》终于完成了自我超越与自我解脱的过程，其超越与解脱智慧的精神资源究竟源于何处呢？时人谈《野草》"哲学"，多喜将其与西方存在主义哲学命题相比附，不仅不能呈现《野草》"哲学"自身，于《野草》的精神资源问题似更有隔。鲁迅与本土文化的渊源关系，已引起学界关注，鲁迅与佛教的联系，亦不时有专门研究出现，但如仅限于观念层面的比较，于此一大题目,究竟语焉不详。鲁迅与佛教的关系分明存在,但除了片言只字,又近乎无迹可求,其实,《野草》是最能见出鲁迅与佛教联系的文本。本书第四章"《野草》与佛教",就从寻找《野草》解脱智慧之精神资源的角度,切入了这一问题。通过对鲁迅与佛教之因缘关系、《野草》文本中所见佛教影响的"雪泥鸿爪"、《野草》精神危机、解脱之道与佛教的联系等的深入梳理,试图说明,《野草》的解脱智慧与佛教具有深层的精神联系,S会馆苦心孤诣佛经的体验,融入了十年后《野草》的写作,二者之神会处,根源于东方人共同的文化蕴藏,在苦难与解脱的人生要害处,智者的慧根终于不谋而合。《野草》与佛教的关系,最深层处当在思维方式与表达方式层面,故本章最后一节"《野草》否定性语法与佛教论理逻辑之关系"进入一个几乎无迹可求的问题:《野草》无穷否定的另类表达方式,来自怎样的精神状态? 背后又有何种无意识层面的思维习惯? 有何传统渊源? 这是讨论鲁迅与传统联系的深层问题。佛教浩大无边,面对它"唯余茫茫",为了进入这一问题,首先要做的,是对佛教否定性的论理逻辑作一专门的研究,并至少能总结出佛教论理逻辑的特点及其主要表现方式,因此,我对佛教惯用的否定性遮诠法的论理逻辑及其表达模式进行分析,归纳出双边否定、空空逻辑、即非逻辑和著名的中观派"四句论式"的否定论式,然后对应《野草》的否定性"语法",若合符节。最后说明:《野草》与佛教,在论理逻辑和思维方式上,杳然相通。无迹可求的所谓《野草》的艺术魅力,亦当在此处寻找。

《野草》是生存的历险,也就是语言的历险。第五章"《野草》的晦涩与节奏",进入《野草》超越常规的语言表达层面,探讨其"晦涩"的成因。"晦涩"见于语言表达层面,根源则在于表达的动机,《野草》的"晦涩",不仅是"言不尽意",而且也是"有意为之",说还是不说? 说那不可说的,都成为"晦涩"的或一动机。节奏感是《野草》语言的另一个明显特征,本章讨论了《野草》语言节奏的表现方式,并进一步穿过语言层面,进入其复杂的主题意蕴,分析了《野草》节奏感的更深层的来源——"意蕴节奏",及其丰富的表现方式。第六章"《野草》与交响乐曲式",则是进一步将《野草》复杂主题的构成与运动,与富有空间感的时间艺术——西方交响乐曲式进行比照,在主题结构及其运动方式上,《野草》与西方交响乐曲式异曲同工,可见《野草》的精神深度与艺术匠心,这看似"牛头"对"马嘴"的比照,却试图从一个别样的视角,展现《野草》空前复杂的精神世界的构成,及其叹为观止的精神运动方式。如果没有对《野草》整体的发现与把握,我们就难以发现其与交响乐曲式比照的可能性。第七章"意象的线条与色彩:《野草》视角艺术与艺术现代性",当然是在《野草》"诗心"之视角艺术层面的探讨,鲁迅与美术,已是老生常谈的话题,我的关心除了展示《野草》中所呈现的由线条与色彩构成的非凡视角艺术外,还试图探讨这一问题:鲁迅超前、脱俗的视角艺术感悟力与表现力的根源何在?鲁迅视角艺术的现代性,时人多有高评,或聚焦于现实,或聚焦于有力,或聚焦于颓废,或聚焦于唯美,我想表达的是,鲁迅视角艺术的现代性,来自主体精神的分裂,及其对精神分裂的敏锐感悟,他所欣赏的珂勒惠支、蒙克、梅斐尔德、麦绥莱勒、比亚兹莱、蕗谷虹儿等等,无一不是因精神的丰富而展现了内在的分裂与张力,传达了一种直逼人心的精神强力。在现代只有一个世界的语境中,没有精神的分裂,就不足以显示精神,《野草》的精神空间及其流动,就来自于精神的分裂,没有精神的分裂,就没有《野草》。以这样的视角来看《野草》的视角艺术,不仅可以揭示《野草》非凡视角艺术才华的精神来源,而且有助于理解鲁迅整个艺术世界的精神奥秘。

如果以"散文诗"为核心,讨论《野草》的生成与异域的养料之间的联系,可以发现,《野草》的周围,有波德莱尔的《巴黎的忧郁》、屠格涅夫的《散文诗》、尼采的《查拉图斯特拉如是说》和夏目漱石的《梦十夜》,从"散文诗"角度探讨《野草》与这些异域文本之间的影响与生成关系,自然是《野草》研究的必要组成部分,研究界前辈与同仁也已经做出诸多杰出的研究。第八章"在东、西'虚无'之间:《野草》与《查拉图斯特拉如是说》和《梦十夜》的深度比较",选取《梦十夜》和《查拉图斯特拉如是说》作为比较对象,试图在前人研究的基础上,进入文本背后的文化意识,在揭示其可能性影响关系的基础上,进一步探讨两个文本之间内在文化意识的求同与存异之处。尼采,是20世纪西方虚无主义的揭幕者,夏目漱石,是明治维新后最先体察新文明之虚无的日本人,而鲁迅,堪称中国现代最能直面虚无并抗击虚无的人。《野草》《梦十夜》和《查拉图斯特拉如是说》,都是面对"虚无"的写作。"虚无",处于文明的最深层,面对"虚无"的写作,是最具有文化底色的文本。本章围绕"虚无"这个核心问题,在揭示三个文本之间可能性影响关系的基础上,进入深层文化比较层面,探讨三个文本面对"虚无"这一终极问题时,它们不同的应对方式、体验方式和超越方式,在此基础上凸显《野草》在东、西"虚无"之间深厚的本土色彩及其卓越的跨文化努力。在本论题结束后,笔者加上了一个比较长的"续论:鲁迅与尼采",试图进一步探讨一个更深层的问题:作为东、西方转型的标志性人物,鲁迅与尼采相遇的背后,有着东、西文明碰撞及各自转型的复杂背景。发生于 19 世纪末 20 世纪初的中、西两大文明的碰撞,又是在相向而行的各自转型中进行的,这样一个空前复杂的文化背景,给我们对许多问题的判断,带来了复杂性,也带来了尚待发掘的问题空间。那么,鲁迅与尼采的相遇有什么必然性?二人相契的思想前提是什么?这其中有何值得发掘的问题?尼采作为对西方二元对立形而上学世界观的最彻底的批判者,公开宣告传统"最高价值"的虚无,从而确认只有一个基于每个生命的现实世界;而鲁迅不可能超越中国传统的一元世界观——只有一个现实世界。因此,只有一个世界,是鲁迅与尼采相契的最基本的世界观层面的共识。尼采发现只有一个世界,又不满于这个世界的现状,试图给这个世界确立新价值;鲁迅发现与生俱来的一元世界的"黑暗与虚无",试图给这个世界输入新价值——正是在这里,鲁迅与尼采相遇了,成为其大力引介的"新神思宗"的代表。这样的考察势必会引出一个新的问题,鲁迅之所以在发现此世虚无后,没有像传统中的虚无者彻底堕入绝望,是因为东、西文明的碰撞在他的面前展现了新的价值,由此发现了改变的可能。在中、西比较与价值借鉴的视野中,中国的现代转型,理应在中、西精神的差异性中去寻找取长补短的可能性,那么,鲁迅对尼采的垂青,甚至中国现代思想对 20 世纪西方现代思想的垂青,是否有来自文化宿命的误读? 20 世纪中国对西方的发现与借鉴,是否存在着自我复制的遮蔽?这些问题,涉及更大的追问空间,但至少也是鲁迅与尼采研究能够带给我们的启示。

我以为,《野草》的重要性,不仅在于其文学价值与体验深度,更在于其是处在鲁迅思想与文学的最后转折点的位置上。最后一章《〈野草〉之后:〈野草〉的生成与"杂文"的产生》将《野草》放在鲁迅一生思想与文学的探索与转换的途中,试图说明,正是经过《野草》,鲁迅终于完成对"时代"与"自我"的双重发现,确证了在"大时代"中"自我"的价值,将后期的人生,牢牢拴定在与现实顽强搏击的生存中,在这生死未明的时代,为民族未来的生存贡献更多的可能性。1924年后,随着现实的出击,鲁迅的杂文创作愈来愈多,并开始焠发出属于自己的光彩,其实,在突破绝望之后,《野草·题辞》开始宣告杂文式生存的开始,而《华盖集·题记》标志着鲁迅杂文意识的真正形成。经过第二次绝望与《野草》的冲决,鲁迅在日本时期的"文学自觉"和五四时期的"小说的自觉"后,终于形成了"杂文的自觉",找到了真正适合自己的文学行动——杂文。于是,作为一种文学行动,杂文成为鲁迅文学的最后抉择,也是鲁迅人生的最后抉择,在这个意义上,"杂文",就是鲁迅所确认的"野草"。不仅鲁迅"杂文"的奥秘,甚至其后期生存与文学的奥秘,也都可在其中寻找。

以前"个人"观念研究中纯思性写作的抽象与晦涩,也许是遭遇后来学界尤其是读者冷遇的主要原因,有鉴于此,在本书的研究中,笔者在写作时有意追求一种较为随意的、口语化的、"滋润"的文风,主要体现在第三章文本细读的写作上,当时一个人在福井,似乎是每天例行的与自己的对话,因而独语而不乏亲切。《一九二三年的鲁迅》虽来自"个人"观念研究,但因为已由观念梳理进入生平考察,写来不再抽象,记得当时也在有意追求"摇曳多姿"的效果。《〈野草〉的"诗心"》已经有意追求通俗,但因为属于概论性的东西,难免纠缠于逻辑。《〈野草〉与佛教》写作时,因论题影响,悬想了写成时的效果,有意追求偏向古雅同时又能深入浅出的风格,也许差强人意,但写到《野草》否定语法与佛教论理逻辑时,因为更深地卷入"逻辑"与纯思,晦涩在所难免。《〈野草〉与交响乐曲式》与《意象的线条与色彩:〈野草〉视角艺术与艺术现代性》属于艺术话题,本来可以轻松,因钻了一点牛角尖,也未能幸免。最后的《在东、西"虚无"之间:〈野草〉与〈查拉图斯特拉如是说〉和〈梦十夜〉的深度比较》在"赶"的心情下却写得冗长拉沓,写作之前也曾悬想为一幽深然而有趣的文本,但最后终于无法兑现,尤其是后来试图进入深层探讨时,就有点顾不上那么多了,几乎重蹈覆辙。少年鲁迅曾不无豪情引诗自励:"文章得失不由天",然天命不言,得失寸心,惟愿个人之辛苦挣扎,识者知之谅之。

第五章 师生对话

第一节 一个人的思想史

——与钱理群先生《我的精神自传》对话（上编第六章、第九章）

小引：2007年，钱老师的《我的精神自传》（广西师范大学出版社2007年12月版）出版，这不是一般的自传，而是以自己的精神历程为线索，对亲身参与的80年代以来的文化史与思想史进行回顾与反思的"精神自传"。知识分子拥有的，就是自己的思考，因而这真正属于一个知识分子的自传。作为弟子，我们觉得对于这样一本坦诚而又别致的书，可以发起师生间的思想对话，在代际之间的思想交锋中，形成一个坦诚而深入的对话空间，让书中的思索延续下去并拓展开来，如有可能，再出一版对话版。钱老师欢迎这样的尝试，说书中的思考是开放的，更乐意与年轻朋友再展开平等对话。于是开始分配章节，我承担的是上编第六章与第九章。钱老师的自我反思是十分坦诚的，我们的对话也毫无顾忌。但对话版最后未出。在征得钱老师的同意后，兹将我的对话部分在此刊出。

作为当代思想文化史的深度参与者和80年代人文鲁迅建构的代表人物，钱老师的精神自传，无疑是一部独特而珍贵的"一个人的思想史"，但我更愿意把它看成一部"独语"性的精神反思录（惟其如此，这才是一部散发着生命热气的思想史），近似于他自己的别一种形式的《野草》，因为这里记录了钱老师自我怀疑、自我挣扎、自我反思和自我调整的精神历程。层层剥笋式的自我解剖和追问，展现了不断拓进的深度精神空间，特有的率真和坦诚，提供了一个中国当代知识分子的独特精神样本，现在，我们以对话的方式来读这本书，又使它成为两代人展开精神对话的平台。但愿这种对话，能让渐已退隐在世纪深处的思想话题，再次呈现于人们的视野。

在简述了个人的人生和治学之路后,从第四章始,作者对于80年代以来围绕知识分子的诸多核心思想命题,展开了环环相扣的反思,因皆诉诸严峻的自我解剖,就显得尤为真切和深刻。中国当代知识分子,始终是钱老师自觉的身份认同,其反思离不开强烈的身份和使命意识。"知识分子自我独立性与主体性问题"是关于"我是谁"的重新发问,"知识分子和民众的关系问题"则关乎"我与他"的反思,作为启蒙主义者对"关于启蒙主义的反思",是对20世纪中国知识分子存在价值和意义的追问;在对启蒙主义的反思中,钱老师指出理想主义的陷阱,和启蒙者面对行动的局限,这些,在接着的"关于理想主义的反思"和"关于思想与行动的关系问题"中得到进一步的延伸,而"自然人性论与个人主义问题",则直接进入到20世纪中国启蒙主义的核心理念,进行彻底的勘察。可以说,一个当代中国启蒙知识分子所能遭遇的困惑和反思,在对这些核心命题的追问中,都得到了充分的展现。

(第六章:关于启蒙主义的反思)

钱文:大家知道,20世纪80年代在中国思想文化的发展中是一个启蒙主义的时代。中国启蒙主义有两个高潮:一个是"五四"启蒙主义;一个是80年代的启蒙主义。而后者是前者的一个呼应,80年代启蒙主义的核心口号就是"回到'五四'那里去"。我们上次讲课时讲到"文革"后期已经孕育着或者说呼唤着这样一个启蒙主义时代的到来。这是可以理解的。因为在任何一个蒙昧时代结束以后,都会有一个启蒙的时代,这个我不想多说。问题是在80年代末以后,就有对启蒙主义的反思。我自己应该说是80年代启蒙主义的一个代表人物,到了80年代末90年代初,我也对启蒙主义有一个反省。这主要是从两个方面进行的:启蒙主义可能包含了什么危险或陷阱?启蒙主义到底有多大的作用?(钱理群:《我的精神自传》,广西师范大学出版社2007年版,第115页)

对话:说起20世纪中国的关键词,首先想到的有救亡、启蒙、革命、改革等等,启蒙,确是20世纪中国的重要事件。钱老师所说的两个高潮——五四启蒙与80年代启蒙,前后呼应,构成了20世纪中国启蒙的中心情节,他自己身上,正好体现了贯穿两次启蒙的精神传承,其对个体自由的坚守与对他者的关切、世界主义情怀与民族主义情感、理想主义与怀疑主义、信念式的乐观与内在的悲观,都带着宿命般的五四精神的遗传,在今天,又似乎成为化石一般的存在了。作为深受鲁迅精神感召的知识分子,在精神信仰层面,钱老师与五四有着剪不断的联系,使他成为当代启蒙的参与者。鲁迅是启蒙者,同时又不断反思启蒙,正是从鲁迅那里,钱老师获得了作为启蒙者反思启蒙的敏锐和高度。

钱文:这样的反思,主要集中在我1992年所写的《丰富的痛苦——"堂吉诃德"和"哈姆莱特"的东移》这本书里面。其中特别是对《罗亭》中的主人公罗亭形象有个再阐释,即在90年代初期对启蒙主义反省的背景下重新来看俄国文学中的罗亭这个人物形象。(第115—116页)

对话:对于渐行渐远的80年代,近些年形成回顾的热潮,很多人流露出怀旧的伤感,但鲜有冷静反思者。80年代诚然是激情燃烧的岁月,但在一个不正常年代之后的"拨乱反正"中,无疑也会藏有不正常的因子,需要我们作更为理性的考察。在"浩歌狂热之际中寒"的90年代初,钱老师就通过《丰富的痛苦——"堂吉诃德"和"哈姆莱特"的东移》一书的写作,在世界人文思想的广阔视野里,对知识分子和启蒙者的悲剧命运及其自身局限,作了冷静的梳理和反思,其内在指向,就是刚刚过去的80年代启蒙知识分子的身份和命运。这十多年前的反思,现在看来弥足珍贵。

钱文:这是一段极其形象的对启蒙者的魅力的描述。这首先是语言的魅力,罗亭的言说竟能产生如此的迷惑力、感化力、煽动力,这确实是惊人的,甚至可以称之为"语言的魔力"。而语言的魅力、魔力,只是一个外观形态,隐藏其后的是信仰的火焰,是思想的丰富,是一切从灵魂深处迸发出来的自然真挚的情感和人格的魅力。可以说,这是思想、信仰的魅力、魔力,与情感、人格的魅力、魔力,和语言自身的魅力、魔力三者的结合。我们知道,内在的思想及相关的信仰、人格、情感与外在的语言,这是知识分子的存在形态,可以说罗亭这样的启蒙主义知识分子,他是把知识分子存在的价值和意义发挥到了淋漓尽致的地步。

……而反过来,罗亭自己也沉浸在语言的雄辩所造成的幻想之中了,他忘记了现实世界。罗亭讲话时对着窗外,滔滔不绝地说着,然后就产生了一种对语言的幻觉,把现实世界幻觉化了。从语言的迷恋到语言的炫耀,再到幻觉。而一旦到了幻觉,语言、说话就变成了一种表演了。这样,启蒙主义者就由"英雄"逐渐地向"戏子"转化。本来堂吉诃德这个形象就有点戏子的味道,他当年就曾对桑丘说过:"我从小就喜欢看戏,对演戏这一行很感兴趣。"堂吉诃德本身的行为就有着表演的成分,而到罗亭这里这种表演的成分就更加突出了。(第116—118页)

对话:以反思启蒙的视角返观罗亭的启蒙言说,就有了新的发现:罗亭作为启蒙者的话语魅力、他对话语的自信与迷恋及其听众对启蒙者话语的迷恋,深刻揭示了罗亭式启蒙的话语特色。只剩下话语及说话者的启蒙,就很容易蜕变为演戏,启蒙者自觉不自觉成为"戏子",而被启蒙者也乐于成为"看客",陷入鲁迅所谓"看"与"被看"的启蒙困境中。钱老师的发现,与鲁迅的相关叙述不无关系,但他自身作为启蒙者的切身感受,一定更为直接吧。钱老师苦口婆心地说着,人们也争相去听他的言说,有时候,似乎是在欣赏一个"珍稀"理想主义者的演出,他自己也常有这样的担心:济济一堂的教室里,有多少是来"看"他言说的?

钱文:人们由此概括出了三个概念:这是"堂吉诃德式的专制",或者叫"专制主义的浪漫主义者",或者叫"独裁政治的堂吉诃德"。这三个概念是非常深刻的。"堂吉诃德式的专制"提醒我们注意:有一种"专制"是以"热情澎湃的理想主义"的形态表现出来的。"专制主义的浪漫主义"则昭示人们:浪漫主义是可能导向专制主义的。而所谓"独裁政治的堂吉诃德"则揭示了这样的历史和现实:如果一个政治领袖是堂吉诃德,但又是独裁者,这就更加可怕。(第118—119页)

对话:这一发现,是90年代初在《丰富的痛苦——"堂吉诃德"与"哈姆雷特"的东移》中就提出的。北大学生们曾经称钱老师为"最后一个理想主义者",他也常说自己是一个不可救药的理想主义者,而钱老师却发现了"专制主义的浪漫主义"现象,并提醒我们"浪漫主义是可能导向专制主义的"、"启蒙主义和浪漫主义这些人们看起来很美好的东西,往往和专制主义之间有着一种内在的精神联系",这一反思是令人豁然汗出的,这里不仅有作为理想主义者和启蒙主义者自身的深刻自醒,而且也是对现代历史的沉重总结,我以为,这一命题里面,蕴含着我们反思20世纪历史的新线索,是重整启蒙思路绕不开的大问题。

钱文:女性美和堂吉诃德精神的结合使屠格涅夫笔下的娜达丽亚具有极大的魅力。而有意思的是到小说结束时,当需要将言辞制造的理想变为行动的时候,被视为领袖、导师的罗亭却退却了。一旦进入现实操作中,为现实生活中的利弊所趋,现实感要比女性强的男性会很快地作出妥协:罗亭露出来他下半身的"哈姆莱特"气。而娜达丽亚却一往无前,不顾一切,愿意迎接任何困难。人们终于发现,女性一旦被唤醒,就决不回头。而女性以她特有的极端性与韧性,把她已经做出的选择坚持到底,她们才是真正的、彻底的堂吉诃德。而罗亭只是半吊子的堂吉诃德。这就是"女性堂吉诃德",她们有两个特点:一是容易生活在幻觉世界中;二是具有行动的极端性和韧性。(第120页)

对话:"女性堂吉诃德"现象,也是钱老师90年代初的一个颇有意思的发现,揭示了一个有趣的启蒙悖论,值得深究。钱老师提出这一现象,主要指向对启蒙者的反思,但我觉得也对被启蒙者提供了反思的视角。女性易被理想性的话语所感染,义无反顾地以整个生命去接纳,并可以马上诉诸行动,这时,作为启蒙者的男性,往往会被启蒙者的女性甩在了后头。这一启蒙的悖论,我以为大概首先源于男女两性的性别差异,启蒙话语在男性启蒙者那里,其本质是一种理性话语,与情感和意志(信仰)相比,理性,从来不是行动最直接的动力,后者的怀疑本性,往往会对行动的实施造成障碍,我们在哈姆莱特、罗亭甚至鲁迅那里,都能发现这一内在的困境;问题在于启蒙话语对于被启蒙者尤其是女性来说,往往是作为一种感性的形态——言说的魅力——被接受的,在被接受者那儿,也很难突破感性状态,它直接冲击的是生命的感性,生命的真诚冲动,唤起百分之百的真情投入,最后诉诸义无反顾的行动。恩格斯在《家庭、私有制和国家的起源》中对女性爱情态度的经典分析,正显示了这一性别差异。《伤逝》中,子君的义无反顾,和涓生的犹疑不决,似乎也暗示了鲁迅对此的察觉。启蒙理性自有他的审慎之处,但诉诸感性的启蒙的尴尬在于,它在感性的必然结果——行动这里,遇到了难以逾越的边界,在这边界处,闪现着"女性堂吉诃德"们矫健的身影,响起了观众们放肆的笑声。"女性堂吉诃德"现象的提出,通过女性性别特征,极端概括了被启蒙者的易见通病:他们大多是青年,多激情而少理性,易于行动而短于反思。在启蒙理性与青春热情之间,存在不容忽视的吊诡,20世纪中国启蒙的难题和命运,在启蒙者和被启蒙者两方面,都有待检讨和反思。这里引起的,还有一个关键问题,就是启蒙与行动的问题,行动,似乎成了中国启蒙者的历史成就甚至是人格的边界,而在20世纪中国,行动的冲动却此起彼伏,对此,在后面的"思想与行动的关系问题"中,钱老师通过对20世纪中国实践主义的深刻反思和"思想的实现即思想自身以及思想者的毁灭"、"还思想于思想者"等命题的提出,专门作了深入的追问。

钱文: 我上课是很受学生欢迎的。同学们听课的热情,以至迷恋,既让我感动,又使我担心,并总是引起我的反省:我的讲课是不是带有"专制主义堂吉诃德"那样的色彩呢?我知道我讲课是有魅力的,但是这魅力又是应该警惕的,也就是说,我这样的启蒙式的讲课有优点也有明显的弱点,它往往形成一个"场",整个的教室就是一个"场",这个"场"里充满了我的声音,对诸位有吸引力,也有压迫。我记得有一次课后一位同学对我说:"钱老师,我太喜欢听您讲课了。听完课,一个星期中我们的寝室里全是您的声音啊。"这位学生当然是出于好意,但我听后心里很不舒服。因为如果全是我的声音,压制了,以至取消了同学们自己的声音,那就完了,这跟我的追求——希望引发同学们的独立思考——有着巨大的矛盾。(第121—122页)

对话: 钱老师的课,曾经是北大校园的一道风景,他那散发着精神热度的硕大前额、中气十足略带沙哑的嗓音、不时出现的儿童般的笑容以及无论冬夏的满身大汗,都和他的热情洋溢的思想一道,留在学生们的记忆里。钱老师是那种很有"气场"的人,无论是在课堂还是客厅、走廊或饭桌,有他在场时,最后他都不自觉成为话语的主角,大家也都会不自觉地被他吸引。而现在他又提出对话语的"征服"性和"专制"性的自警,对自身作为言说者的悖论的揭示近乎残酷,这也许是启蒙者最难自觉的一个悖论吧。

钱文: 1993年我写有一篇对自己来说很重要的文章,题目是《中国知识者想、说、写的困惑》,这是一篇"读鲁迅作品的札记"。文收《压在心上的坟》。一开始就引用了刚才分析罗亭的那段话,强调知识分子的存在形态有两个:一是想,一是说、写。知识分子是干什么的?就是想和说、写。可以说所有的知识分子都追求自由的独立的思想和言说。对此我提出很多的问题。大概是一口气问了十个问题。(第123页)

对话: 90年代初,文化热骤然降温、人文知识分子迅速边缘化、诗人自杀、《废都》畅销。钱老师退回自我的深处,对"知识分子想、说、写的困惑"

的问题,作了深入的追问,这十问,是文化转型中对知识分子的我是谁、我能做什么等基本问题的追问,知识分子的基本存在形态既然只剩下"想、说、写",那么,对这一问题的进一步追问,已退居到最后的底线。这里的追问、无奈和坚守,如同《野草》般的自我挣扎。"十问"层层剥笋、步步紧逼,都关涉言说的根本困境:一是言说与言说的精神资源之间的矛盾,二是言说自由与权力控制的矛盾,三是说真话还是有所保留的矛盾,四是面对苦难,记住还是忘却的矛盾,五是言说与失去听众的矛盾,六是言说与不合时宜的言说场的矛盾,七是言说与游戏语境的矛盾,八是言说与言说之无力的矛盾,九是言说与言说后果的矛盾,十是言说与语言表达限度的矛盾。困境的设置,一个比一个要害。追根究底的反思与追问,对启蒙主义的怀疑,以及对"启蒙主义怀疑"的怀疑,在精神上都与《野草》直接相通,我相信,经过退无可退的追问,启蒙主义,以"对'启蒙主义怀疑'的怀疑"的方式,最终还是成为钱老师信仰般的存在。

钱文:知识分子在社会分工中是作为"传统文化的接受者与传播者"而存在的(当然他还有新文化创造的作用),因此,知识分子的想、说、写从一开始就不是绝对独立自主的,他必须受到作为潜在知识积累的前人的思想、文字的制约。这就形成了一个陷阱,或者说潜在的危险:随时都有可能(当然不是必然)迷恋于前人发展得十分精致、完备的思想文化及语言文字的表达,从而失去了自我,似乎是自己在想、说、写,实际上发出的却是"唐宋时代的声音,韩愈苏轼的声音,而不是我们现代的声音"。(第123页)

对话:这一言说困境,让我想到了言说者精神资源的问题。言说者、启蒙者都不是先知,他们的所思、所说背后,都有诸多思想资源和精神渊源的支撑,所以,勘察言说者所依据的精神资源至关重要,它们在深度和彻底性上有层次之分,在真理和谬误上亦有天壤之别,如果所依据的前提没有经过彻底的反思和拷问,则我们的言论和批判本身是不可靠的,而且会出现或此或彼、前后不一甚至相互矛盾的现象,构成自我消解和批评循环。20世纪中国,轰轰烈烈你方唱罢我登场,我们经历了多少这样批评的循环!因此,对于现在的中国,我们批判的资源是什么,可能比我们批判什么,更为重要。

钱文:知识和强有力之间是冲突的。也就是说,知识分子说话他必然受到权力意志的干预和制约,这是任何人都不可能避免的。在我看来,世界上任何一个地方都没有办法避免权力意志的干预和制约。这样的或显或隐的干预和制约,就形成了知识分子言说的某些特点。(第123—124页)

对话:在《文艺与政治的歧途》中,鲁迅曾对文艺与政治的关系有过深刻的揭示,其要义是,文艺是不满现状的,而政治是维持现状的,因而即使"政治革命家"在获得政权之前曾经和文艺家站在同一立场,但在获取政权后,二者最终还是要走向"歧途"。钱老师对知识者与权力的思考,与鲁迅是一脉相承的。

钱文:无论"说"还是"不说"都要付出良心和道德的沉重代价。"说出真实"与"说谎"的两难选择,是终生折磨着鲁迅和一切知识分子的人生和言说困境。其实,我们每一个人几乎每天都面临这样的选择的困境:说真话,还是说谎?只是我们没有勇气像鲁迅这样正视罢了。(第124页)

对话:真实与说谎,处于鲁迅言说矛盾的更深层,并一直纠缠着他。他说自己的话往往只说到一半,"鲁语"确乎常常吞吐曲折,欲言又止;"铁屋子"理论、《呐喊》中"光明的尾巴"、涓生莫名其妙的真实和说谎的悖论等,皆流露了"说谎"的冲动,到晚年,还写下《我要骗人》。值得追究的是,为什么不能说出真实?为什么要说谎?尼采曾把哲人的言说分为显白的和隐微的,并认为哲人的说谎是无辜的。"道心惟微",也许,真理并不足为常人道,它并非粉红色的美好宣言,往往是黑色的不祥之音。鲁迅曾引古语"察见渊鱼者不祥",他以卓绝的冷眼,在中国看到的是"惟黑暗和虚无乃是实有",因此长期陷于说与不说的困境。其内心肯定也隐伏着极强的发表恐怖言辞的冲动,虽然不时偶露峥嵘,但强烈的言说真理的冲动,在"为他人"的言论中,还是被压抑下去,使他常常感到不自由的痛苦。钱老师对鲁迅"说出真实"与"说谎"两难困境的发现,当然有着更多现实的自我体验,所谓真理问题,也就是现实问题。

钱文:其实,我们也会面临这样的困境:当你经历了让你痛苦万分的事情,或者面对一个个的苦难,你是忘却还是记着它?你竭力忘却它,这就意味着回避,当然有问题,但你时刻记着,让那么沉重的记忆和现实压着你的心,你能承受吗?这就是两难选择。这里所说的记念和忘记的矛盾,和前面说的说真话与说谎的矛盾,都是人言说时所面对的根本性的困境,这样言说就很难进入真正的自由状态。(第125页)

对话：在记住和忘却之间，钱老师一直坚守着前者，但这回忆又会成为生命中不可承受之重，从他的《压在心上的坟》、《生命的沉湖》、《拒绝遗忘》等著作中，可以感受到因拒绝遗忘带来的沉重负担，可贵的是，其所谓"记住"，不仅是历史的负欠，其中也有自身的负欠。

钱文：我们的说与写必须面对一个交流、对话的场域，即语言场。在这个"场"里已经形成一定的规则，如果你讲话、写作不符合这个规则，这个"场"就会对你的话进行反弹，不接受你。就是说，它已经形成了习惯性的思维和倾听的诉求，习惯听某些声音了，如果突然出现了完全不同的另一种声音，它就会认为是异端，是疯子在说疯话。任何一种新的思想和言说，在最初出现时，按照原来的标准来看，都是"胡思乱想"、"胡说八道"。其最有力的就是这样的习惯性的"语言场域"的拒绝。（第125—126页）

对话：失去听众与"语言场"问题，可以看成二而一的问题。回顾起来，20世纪中国，经历了多少次语言场的转换，我想，五四那一代启蒙者，很难想象新世纪初全民娱乐化的国学热和游戏文学热吧，现如今，许多曾被五四重估的价值，又几乎被完全翻了个个。在新世纪大国崛起的殷切心态中，以自我批判为内核的现代启蒙话语，已然不合时宜，解构启蒙，也已成为学界的学术时尚，现在来谈鲁迅的国民性批判，不仅不识时务，无人喝彩，甚至会招来口水和笑声。由此我们不得不体会到，言说的本质，不仅与真理相关，更与言说的对象即"语言场"相关，生不逢时的"语言场"，可以使真理隐而不彰，使假真理风行一时，使追问真理者不得不佯狂和说谎，在《狂人日记》中，鲁迅借"狂人"之口才能吞吐一点隐默十年中洞察的秘密，这就陷入到前面已提到的"说，还是不说"、"真实和说谎"的艰难选择。

钱文：还要面对一个"文字的游戏国"，这也是鲁迅的一大发现。鲁迅说，中国人喜欢说"戏场小天地，天地大戏场"。一切的思想、言说都会成了表演。其最显著的特征，就是内心所"想"和所"说"所"写"的自觉割裂："虽然这么想，却是那么说，在后台这么说，在前台又那么说"，"有明说要做，其实不做的；有明说不做，其实要做的；有明说做这样，其实做那样的；有其实自己要这么做，而非说别人要这么做的；有一声不响，倒做了的"。总之，想、说、写、做，都是分离的，都是游戏，不过"玩玩"而已。更可怕的是，已经形成了游戏规则，明知在说谎，在做游戏，但谁也不点破，"说"者与

"听"者之间达成了默契,游戏就这么维持下来。如有人不懂或不接受这个规则,偏要戳穿"西洋镜",说出真相,就会被觉得可笑,被视为异端。(126—127页)

对话:我们常常感到无往而不在"文字的游戏国"中,究竟有多少人相信写在白纸上的黑字?就知识界状况而言,若知识界都成了名利场,其本质是食物链和潜规则,但又要打着崇高的旗号,则不但斯文扫尽,难以承担社会价值的建构,更重要的是,造成社会价值标准的混乱,彻底败坏价值生态系统,其结果,也许就成为:"高尚是卑鄙者的通行证,卑鄙是高尚者的墓志铭。"鲁迅在20世纪初提出的"伪士当去",值得我们深思。

钱文:这连续不断的十个追问,确实把"知识分子想、说、写的困惑"讲到了极致,把鲁迅对启蒙主义所制造的知识分子的语言(说与写)及知识分子自身的种种神话的怀疑与诘难,作了充分的发挥。但这也是鲁迅思想的特点,到了顶点,就会有"对怀疑的怀疑"。因此,我这篇文章的结尾,又归结为鲁迅的双重怀疑:"对启蒙主义的怀疑,以及对'启蒙主义怀疑'的怀疑,才构成了鲁迅思想的真正特色。"也就是说,鲁迅虽然对启蒙主义提出了许多质疑,但他仍然坚持了启蒙主义。这就是鲁迅式的"反抗绝望"。(第128页)

对话:"对启蒙主义的怀疑,以及对'启蒙主义怀疑'的怀疑",这是经过自我追问后的最后启蒙立场,第一个怀疑是严酷的理性审视,第二个怀疑则已不属于理性范畴,与其说其为理性,不如说是信仰,这不是追问到极致后的逻辑结果,而是理性到极限处的最后超越,经此追问,启蒙,应该成为更为牢靠的信仰。这种有信仰的怀疑态度,在当下难能可贵。

钱文:我知道我这个人,我的理想主义、启蒙主义已经渗透到血液里了,我不可能根本放弃理想主义、启蒙主义。但我不能不面对现实,面对启蒙主义自身所存在的问题,我要彻底地打破"启蒙万能"的梦。"五四"时有这个梦,80年代我们也有这个梦,以为启蒙可以解决中国的一切问题。现在,这个梦必须被打破,启蒙不是万能的,启蒙是极其极其有限的。但是它又不是没有作用的,也就是说要把启蒙放在一个恰当的位置上。打破启蒙万能的梦不等于不要坚持启蒙,只有先打破这个梦,坚持启蒙才有意义,否则所有的坚持都是虚幻的,是一种自欺欺人。我们必须打破它,重新建立一种启蒙的意识。只有首先质疑启蒙,然后才能坚持启蒙。质疑启蒙不仅要看到启蒙的危险性,它可能导致专制主义,而且还要看到启蒙的有限性,甚至是极端的有限性。我们需要的,是看到自己的陷阱和局限的清醒的、理性的、低调的、有着明确的边界意识,因而也是坚定的启蒙主义。后来我又把它概括为"既质疑启蒙主义,又坚持启蒙主义"。这也是我在 90 年代初,经过这一番反思以后,一直坚持至今的一个基本立场。(第 128—129 页)

对话: "质疑启蒙主义,又坚持启蒙主义"立场的获得,如其看成问题梳理和理性反思的逻辑结果,不如看成一次退至绝地后的重新超越,其背后,应是信仰的支撑。启蒙,其实已成为钱老师这样真诚知识分子的内在信仰,不过,在经过 90 年代的转型之后,他对几代人的启蒙主义进行了理性的梳理和冷静的反思,就像鲁迅对"希望"的不断鞭打,最后的结果不是放弃,也不可能放弃,而是把它放置在了更牢靠的基石上。最后,由鲁迅的"立人"而提炼出的"个体精神自由",是钱老师的底线,是"绝对不能让步的"。

钱文: 我经常在想,一个不知道爱、不知道怕的民族太可怕了。一个社会常靠两个东西维系:"爱"之外就是"怕"。小时候,老一辈的人常说,不要做伤天害理的事,做坏事,将来要遭报应,这是粗俗的宗教观念,却无形中维护了社会道德的一个底线。……而我们现在的问题是,这样的底线被突破了。那么多的让人丧命的假药假酒,那么多的让农民颗粒无收的假种子,什么事都敢干,没有任何约束。我们经常用"无所畏惧"这个词来赞扬人,但我想,如果整个民族都无所畏惧,这就病入膏肓了。一个社会的道德底线破了,那么这个社会就难以维持下去了。我想这个道理大家是都知道的。(第 130 页)

对话: 对于 90 年代以来的道德危机,钱老师归结为私欲膨胀后"爱"与"怕"的缺失,并热切呼唤"爱"与"怕"的回归。"一个不知道爱、不知道怕的民族太可怕了。"这一声叹息,发人深省,令人感动!确实,我们还缺少爱的启蒙,我们有的是从家庭伦理和社会角色身份出发的人际情感,如恩、慈、忠、孝、义、情等等,但缺少的是一种基于独立与平等的个人基础上的爱,一种超脱了血缘与利益关系的更博大的爱——我们可以而且应该爱一个与自己无关的人。这种爱,我们还很陌生!没有独立与平等的个人,就不会有这种爱。与爱相关的是怕,人相爱,是因为只有爱才能超越自身的有限性,苦难,根本上来自我们的有限性,爱,才是克服人类苦难的最好方式,因此可以说,是因为怕,我们走到一起,一个不知道怕的民族,也是不懂得爱的民族。除了自己,什么也不相信的人是无畏的,这无畏心的背后,正是私欲膨胀、看破一切的功利之心。

钱文:我们正面临着这样的严重的民族精神危机,民族道德的危机,人心的危机,在我看来,这是当下中国最根本的问题。要纠正,恢复元气,引上正道,是很难很难的,而且需要几十年、上百年的时间。这是从根本上制约着民族政治、经济、社会持续健康发展的。其问题的严重性、危险性、迫切性,其影响的深远,是怎么估计也不过分的。我甚至想,这可能就是我们对后代子孙所负欠的最大的债,如果我们不及早偿还,将永远受到良心的谴责!因此,我经常想起鲁迅的话:"此后最要紧的是改革国民性。"在我看来,鲁迅的这一思想,在今天的中国,是有现实意义的,它昭示了启蒙主义的新的迫切性。很多朋友都热衷于中国制度的变革和建设,这确实是当今中国的迫切任务。但如果仅有单一的制度变革、建设,没有相应的国民性的改造,就会像鲁迅所说的那样,"每一新制度,新学术,新名词,传入中国,便如落在黑色染缸,立刻乌黑一团,化为济私助焰之具"。(第130—131页)

对话:"此后最要紧的是改革国民性",鲁迅的这句话,仍然是中国启蒙主义合法性的最后依据,也应是像钱老师这样的启蒙者始终把启蒙作为自身价值和信仰的动力所在。今天看来,作为"立人"第一环节的国民性批判,是作为思想家的鲁迅奉献给我们民族的最宝贵的精神财富。20世纪中国的现代性方案中,在"理想人性"——"国民性"的框架中展开的"立人"方案,也许是显得迂阔、颇为繁难的一种,也是最易招致国人抵触的一种,给鲁迅带来多次绝望,也终于无法在其有限的一生中将其完成,但是,它来自人性与历史的深处,显示了思考的深刻与彻底。对国民性的洞察,是鲁迅的最深视点,他以终其一生的国民性批判,最为振聋发聩地指出了,中国危机的本质是人的问题,中国的现代变革如果不建立在人的现代变革的基础之上,终将是沙上建塔!今天,仍在进行的现代转型遇到重重阻力的时候,我们不禁油然想起鲁迅的国民性批判,回到鲁迅的起点。然而,在当下"大国崛起"和"中华中心主义"的流行语境中,鲁迅的国民性批判已变得不合时宜,正在遭遇自觉与不自觉的遮蔽和遗忘,对启蒙主义的坚守,显得比任何时候都艰难。"反抗绝望",已成为中国启蒙主义者的宿命,它曾经纠缠了鲁迅的一生,大概还要在像钱老师这样的启蒙主义者身上承担下去。由此,我更加体会到钱老师在信中对一位年轻的中学教师说的一番话:"中国面临的是整个社会生活的全面改造,离开了政治、经济、文化的改革,单向的教育改革是很难奏效的。作为一个有限的生命个体,所能发挥的作用就更是微弱,几乎是不能心存什么希望的。因此,我们认真地教学,首先是为自己,是从自己的职业道德出发,为了对得起自己的良知,是只顾耕耘而无法预计效果的。在这个意义上,这也是反抗绝望,'绝望之为虚妄,正与希望相同'。"(《相濡以沫——和中学教师的通信(十二)》,《语文教育门外谈》,广西师范大学出版社2003年版)

钱文:今天我们要坚守启蒙主义,首先就要警惕把启蒙主义变成专制主义和夸大启蒙的作用。这里的关键是,要恰当地自我定位:我不是真理的代表,我也不是真理的宣示者,我不能霸占真理,我只是真理的探讨者。只有以这样的一个启蒙姿态,才有可能使启蒙者与被启蒙者,老师与学生之间处在一种平等的地位上:大家都是真理的探讨者。而启蒙的目的是要建立自我与对象的双重主体独立性。(第133页)

对话:"我只是真理的探讨者",是通过层层追问对启蒙者身份的最终自我定位,也是对知识分子身份的恰当把握。为官所依者权力,为商所依者资本,知识者,所依据的只能是知识的本质——真理。对真理的理解,在何为真理及真理的存在形态上,自然众说纷纭,分歧难合,如有人相信真理是先验的,有人则认为真理是实践的,在主体间的对话中才能达成共识,但不管怎么说,相不相信有真理,仍然是区分真、假知识分子的真正分界线,无论在自然和人文领域,追求真理,仍然是一个知识分子最可贵也是最基本的品格。自然科学且不说,在当下中国人文知识界,扪心自问,有多少人内心中存有真理的位置?在无所不在的利益之网面前,真理变得那样不切实际,恐怕早已被抛到九霄云外。鲁迅曾指摘的"官的帮闲"和"商的帮忙",现如今不正随处可见?在这两个宿命般的角色中,我们的"知识分子"不是非此即彼、乐此不疲吗?在此语境下,我读到"我只是真理的探讨者"这样的自我定位,觉得特别珍贵,同时又感到,钱老师那稀有的真诚与执着的思想气质,大概就源于,他的精神世界中,真正存在着真理的位置吧,真理面前一切平等,与卑下之私欲无关,对于知识者来说,相信真理者,其所思所言,自然散发着真诚的气息,这不是一些以知识为敲门砖或所谓的"知道分子"能装得出的。

钱文:启蒙总要落实到话语方式上。有三种话语方式:一种是宣讲式的、布道式的,我讲你听,把听众当成一个收容器,把自以为的"真理"拼命地往里灌。或者假设每一个听众都是一个筐子,滔滔不绝地把各式各样的语言货色,也包括语言垃圾,都扔进筐子里,把它塞满塞实。这就是我们所要警惕和反对的带有专制色彩的"布道"式的"启蒙"。另一种是对话式的,如从散文方面讲,属于"闲话风"的散文,就是大家坐在一起聊天、谈话。就好像过去,在夏天,大家搬个小凳,坐在四合院或者胡同里聊天。聊天能产生很多感受,记下来就是"闲话风"散文。这是一种宽松的、亲切的、自然的谈话,每一个人既是说话者,又是听话者,不是我说你听,而是大家都说都听。说话者和听话者是一种平等的关系,与我说你听、我启你蒙的布道式的讲话是大不一样的。这种启蒙亲切、平易近人,不是把结论强加给别人,而只是把自己思考的收获和别人交流,同时把在探讨中的困惑也告诉别人。还有一种是独语,像鲁迅的《野草》,它是内审式的。独语也有对话,但是自己跟自己对话,而不是跟他人对话;不是启蒙主义的,而是对自己内心世界深的开掘和无情的审问,是对自我灵魂的严酷的拷问。他拒绝别人进入他的内心世界,因此有特殊的表达方式。不同的说话者、不同的说话目的、不同的说话姿态,都会有不同的语言和不同的言说方式。如果你把自己设想为是真理的宣示者、捍卫者,你就会以布道式的言说方式说话;如果你是真理的探索者,要与别人讨论问题,就要选择闲话式的言说方式;你如果要自我审视,专门讨论自己的问题,要拒绝别人,那么你就要用独语。重要的是你如何认定自己的角色。(第134页)

对话:一方面相信真理的存在,另一方面又不自居为真理拥有者。放弃真理拥有者的姿态,就放弃了"宣讲式"的启蒙言说方式,把真理理解为不同主体间通过不断对话而不断趋近的对象,他人和自己都作为探索者,在真理面前获得了平等,于是就有了对"对话式"言说的选择。接触过钱老师的人,大多能感受到他为人的宽容气质,我想,这宽容,正来自面对真理问题的真诚和平等的思想态度。钱老师培育研究生的方式,典型地体现了这一点,他喜欢和学生在一起海阔天空地聊,各抒己见,做毕业论文时,他往往提出一个规划性和指导性的意见,但学生怎么做,却是完全自由的,他所看重的,不仅是纯学术训练的一面,而且还有作者自己的问题意识和独立思考,在这一方面,他甚至鼓励与他自己不同见解的出现,独立思考能力,是他最看重的学术品格。我曾在博士论文后记中写道:"论文的选题方向和基本方法是钱老师确定的,但对我的立场与观点,他从未加'干涉',我知道,我的一些不成熟的结论与他自己的观点并不相同甚至冲突,但我感到,他对我的思考给予了充分的尊重。"(拙著《鲁迅前期文本中的"个人"观念》,人民文学出版社 2006 年版,第 296 页)钱老师的精神自传,来自我反思和自我调整的动机,是自我与自我的对话,属于他归纳的"独语式"的言说,但这里散发的真诚而平等的思想气息,吸引我们加入其中,这些声音的进入,使它成了一个难得的思想对话的平台。

总结:

钱老师对于启蒙的反思,是作为一个启蒙者从自身角度作出的,既揭示了启蒙的内在悖论及其当代危机,又提供了启蒙者走出自身困境的可能性,这里的自我挣扎,比那些自视清醒的解构话语,要真实得多。解构启蒙,已成为当下中国的普遍思潮,这个西方时尚学术话语与中国式世俗聪明的混血儿,正在百年启蒙的沉重身躯前轻佻地舞蹈。其实,启蒙,对于 21 世纪的中国,远不是已经过时的话题,而是尚未完成的工程,面对世纪启蒙的困境,吾人有必要作一番彻底的反思。我以为,对于启蒙,当下需要追问的有两个方面:一是我们拿什么启蒙?与此相关的是,我们用什么方式启蒙?

在 90 年代初《丰富的痛苦——"堂吉诃德"与"哈姆雷特"的东移》的"后记"里,钱老师曾感同于一个读者从功能品性上对思想作出"实践理性"和"精神理性"的划分(时代文艺出版社 1993 年版,第 331 页)。在本书中,他又进一步反思:"长期以来,我们重视的实践和实践理性,忽略以至否定精神理性,这背后的'实践的价值绝对高于思想、精神、理论的价值'的价值观念,是应该质疑的。"(第 158 页)他又多次提到中国现代变革的"理论准备不足"(参见《六十劫语·思想寻踪》,福建教育出版社 1999 年版),并由此提出中国思想者理论思维能力不足的问题,这些反思,已经触及中国式启蒙的病根所在。

面对世纪启蒙的困境,需要重整启蒙思路,我觉得,首先要问的是:enlightenment,但"光源"何在?启蒙是需要资源的,我们进行启蒙的资源在哪里呢?20世纪中国启蒙的困境,本质上是启蒙资源的困境,如果没有超越性的价值资源,我们的启蒙就是从自身出发,最后回到自身,陷入自我封闭与不断循环之中,启蒙的结果会让启蒙者自身意想不到。

(第九章:自然人性论与个人主义问题)

钱文:这两个问题实际上都牵涉到人性问题。为什么在80年代会成为主导性的话题呢?这跟人们的"文革"经验直接相关。如前一讲所谈到的,当时主导的人性观的最大的特点,一是强调人的非动物化,二是强调人的非个人化。……在"文革"结束之后,我们所面对的就是这样一种达到了荒诞程度的,近于可怕的所谓革命的禁欲主义。面对这样的现实,我们开始思考,如何将这个现实话题变成一个理论问题,于是就有了"人性论"的讨论:"人到底是个什么东西?"就在这样的背景下,"五四"所提出的"自然人性论"就引起了80年代的学术界,特别是我这样搞现代文学的学者的关注。(第171—172页)

对话:自然人性论,在20世纪形成了两次热潮,一是五四,一是80年代,后者可以看成是对前者的呼应和延续,这两次热潮面对的都是某种禁欲主义倾向,正如钱老师所指出的,五四面对的是"中国传统禁欲主义",80年代面对的是"革命禁欲主义",钱老师80年代对自然人性论的思考,主要是通过"五四自然人性论"的研究展开的,80年代,在研究鲁迅前后,他已经较早地展开了周作人研究,从当时还作为研究禁区的周作人那里,钱老师吸收了周氏五四时期的自然人性论思想,从而延伸至对五四自然人性论的研究。鲁迅和周作人,在个性、思想和人生轨迹上是可以相互参照的研究对象,对周氏兄弟的同时研究,在知识结构和精神资源上都是个恰好的补充。在个人主义与自然人性论问题上,可以说,鲁迅的个人主义,在周作人的人道主义那里,找到了别一种思想支撑。

钱文:这就是80年代我们对自然人性论研究的概况。但是历史发展是无情的。今天再来看那时的研究,就发现了某种尴尬:当年为荡妇辩护,今天荡妇已经成了光荣;当年肯定人的自然本能,今天变成了人欲横流;当年对禁欲主义的批判，今天发展成了纵欲主义；当年对人的非动物性的批判，今天发展成了人的动物化。记得鲁迅曾说过："倘以表现最普通的人性的文学为至高，则表现最普遍的动物性——营养，呼吸，运动，生殖——的文学，或者除去'运动'，表现生物性的文学，必当更在其上。"（《"硬译"与"文学的阶级性"》）现在，真的出现了"表现生物性的文学"，而且也打着"表现最普遍的人性为至高"的旗号：历史真的会嘲弄人。（第 176 页）

对话：当钱老师把 90 年代的遭遇看成 80 年代的自然后果的时候，"发现了某种尴尬"："当年为荡妇辩护，今天荡妇已经成了光荣；当年肯定人的自然本能，今天变成了人欲横流；当年对禁欲主义的批判，今天发展成了纵欲主义；当年对人的非动物性的批判，今天发展成了人的动物化。"这一发现是相当沉重的，启蒙者被启蒙的结果吓了一大跳，这蕴含了对 80 年代启蒙基础话语之一自然人性论作出深刻反思的可能性。

现在看来，80 年代对五四自然人性论的阐释，在整体上尚待深入反思。启蒙，在中国意味着打破禁欲主义的禁锢，获得个性解放，自然人性论，成为中国现代启蒙话语的重要基石。作为对两宋道学的反动，晚明出现人性解放思潮，从晚明到五四到 80 年代，可以看到，中国的人性解放思潮都是针对此前的禁欲主义而动的，唤起的是对自然人性和个性的肯定。其实，在中国思想传统中，人的自然属性，一直是受到正视的，"食、色"之"大欲"，被视为正当人性，儒家礼的设计，亦是从人的自然属性——如血缘、伦理出发的，只是，在原儒之"礼"与后儒的"理"的设定中，没有了独立个人的位置。在儒家心学和道家老、庄那里，僵化的礼——理遭到抗衡，心学和老庄，正是中国士人反抗僵化秩序的重要精神资源。相较于俗世取向，这样的精神资源固然维系了一种否定性的超越取向，但是，它的基础仍然是自然人性论的，因此，以超越性精神为背景的启蒙，往往招致的是个人欲望的觉醒。中国所谓启蒙，放在这样的长时段历史中才能看清，在中国语境中，启蒙，是作为个人的自然人性对体制性的自然人性的反动，自然人性，始终是中国文化的应有之义。

80 年代，在经过革命禁欲主义的禁锢之后，我们在人文领域似乎也经历了一个短暂的人性建构的时期，如人性及人道主义问题的大讨论、新时期文学对于非人性的批判以及对正常人性和人情的呼唤、文学主体性建构等等;但是,由于精神资源的匮乏,这样的反思往往浅尝辄止,历史反思和正义呼唤被现实成就感迅速取代,现代理性诉求让位于更时尚的现代或后现代反理性思潮。90年代的现实,在逻辑上并非80年代的反动,而是一个结果。个体及其感性欲望的获得,固然是人性解放的逻辑终点,但在中国,它成了最直接的后果。

个体感受性,诚然是人的本性之一,但人依此本性还不能使自己超越出来,如果启蒙没有对人的本性的理性的建构,仅仅意味大胆恢复自己的自然属性,则启蒙所呼唤的"回到自己"的"己",很可能就是欲望化的"己",启蒙的结果,会远离启蒙者的初衷。这大概就是中国的现代启蒙总是陷入自我消解困境的深层原因。

钱文:我讲的第二个问题是关于个人主义的思考,这也涉及如何看待"人的个人性、群体性的关系"问题,也是"人性"问题思考的一个部分。

这个问题,早在20世纪初,鲁迅就提出来了。他说,当时知识分子中最流行的观点有二,一说人是"世界人",一说人是"国民"。现在,一百年过去了,到了21世纪初,当下的中国对于人的认识,好像也还是这样两种观点:不是"世界主义"(现在叫"全球主义"),就是"民族主义"。但鲁迅当年却对这两种最时髦的"人论",提出了质疑,他发现,无论"国民",还是"世界人",都是群体概念,缺少个人概念,也就是说,只有"群体的人",而无"个体的人"。鲁迅因此提出要用"个"的概念来对抗"类"的概念:这是鲁迅思想发展起点上的一个基本观点,在80年代,又引起了我们这一代人的强烈共鸣。(第179页)

对话:个人主义,应该说是中国20世纪启蒙思想的深度视点,它的存在与影响,离不开鲁迅。20世纪初,青年鲁迅就提出了"立人"观念,在当时的以民族、国家话语为核心的普遍救亡语境中,超前地把中国的现代启蒙推进到"个"的层面,并抓住了"精神"和"诗"这两个精神契机,为十年后的五四新文化运动打下了思想基础。"个"的发现,是鲁迅思想研究的核心命题。80年代中期,钱老师第一个提出把鲁迅作为独立的精神个体进行研究的命题,即对"作为'个人'的鲁迅","鲁迅的'自我'——他的独特的思维方式、心理素质、性格、情感……"展开研究,(《心灵的探寻·引言》)并通过对鲁迅独特心灵世界的深入探寻,彰显了鲁迅作为一个独立精神个体在20世中国的价值和意义,虽然他的研究还是在个人—民族—世界的辩证语境中展开的,但个人独特性的提出,对于发现鲁迅思想中"个"的价值很重要。以此为基础,伴随着不断的自我反思,他后来的鲁迅研究,实质上是试图向鲁迅的思想原点靠拢,并把它归结为"个体精神自由",认为"在终极价值层面上,在现代化的目标上,'个体精神自由'是绝对不能让步的。这是'作人'还是'为奴'的最后一条线"(《拒绝遗忘·绝对不能让步》,汕头大学出版社1999年版,第326页)。在2001年的《与鲁迅相遇》中,进一步把"个体的精神的自由"阐释为三个方面:"一是强调个体的、具体的人,二是强调人的自由状态,三是强调人的精神",并认为这是"鲁迅最基本的观念",是他"衡量一切问题的基本标准、基本尺度"(《与鲁迅相遇·以"立人"为中心》,三联书店2003年版,第81页)。国内把鲁迅的"个人"观念研究引向深入的是汪晖,以其硕士论文有关鲁迅早期思想与个人无政府主义的研究为基础,汪晖在他的博士论文中,对鲁迅早期的"个人"观念的历史复杂性及其思想悖论作了深入的揭示,并剔出"中间物"概念,以此把握鲁迅精神世界和文学世界的内在特征及其复杂性。无独有偶,鲁迅思想中"个"的价值,在日本现代学术界也引起深切的共鸣,日本学者伊藤虎丸在出版于80年代的《鲁迅与日本人——亚洲的近代与"个"的思想》(朝日新闻社1983年4月出版,该书部分章节于1995年2月翻译成中文收入《鲁迅、创造社与日本文学》由北京大学出版社出版,译者孙猛等。中文同名全译本2000年由河北教育出版社出版,译者李冬木)中,从鲁迅思想中剔出"个"作为所要阐发的核心观念,他认为"人是被自觉为个的存在",西方近代文化的"根柢"和"神髓"就在这里,而鲁迅,正是首先抓住了西方近代文化的这一根本问题。中日学者不约而同的发现,背后都有着自我反思的思想支撑,钱老师的发现,是来自对知识分子自我独立性丧失的历史反思及自我审问,伊藤的发现,背后有着对日本近代化道路及战后民主主义理念的反思,和他的前辈竹内好一样,伊藤在异邦的鲁迅那里发现了反思日本近代的恰切资源,批判性地接着竹内的思路,把作为资源的鲁迅归结为"'个'的思想方式"——并认为这正是"西方近代文化根柢"(《鲁迅与日本人·序言》河北教育出版社2000年版,第12页)。

实际上,鲁迅所揭橥的深度启蒙内涵,在20世纪中国却隐而不彰,民族、国家话语不时遮蔽或压制个人主义的深度掘进。80 年代新启蒙语境中,历史灾难和自我迷失的惨痛记忆,使一部分知识分子的反思开始向个人主义向度延伸,正是在这一反思中,鲁迅的思想和精神遗产又一次成了深度精神资源,人们在鲁迅"立人"思想中寻找到个体自由与人格独立的启蒙原点,因此,这一反思过程,是与 80 年代鲁迅思想研究一道拓进延伸的,也不难理解,80 年代新启蒙运动中的活跃者,都或多或少与鲁迅有过精神或学术的交流,都或多或少经过鲁迅的"洗礼"。

钱文:因此,鲁迅提出"个"的概念,正是对以上两种主流意识形态的反抗:一方面,在"个人与国家"关系问题上,强调个人的独立性与主体性;一方面,在"中国"与"世界"的关系上,强调中国自身的独立性与主体性。而他的"个"的概念的核心,就是强调"个体精神自由",主张"(中国)将生存两间,角逐列国是务,其首在立人,人立而后凡事举;若其道术,乃必尊个性而张精神"(《文化偏至论》)。这样一条"首在立人"而"立国",强调以人的个体精神自由为前提、基础的现代化道路,显然是和前述占主导地位的富国强兵的国家主义现代化道路相对立,而和"五四"新文化运动的精神相一致的:强调个体生命的独立、自主、自由,这就是"五四"时期的"个人主义"的基本含义。(第 180—181 页)

对话:钱老师把鲁迅"个"的思想,归纳为"个体精神自由",无疑是非常准确的,但他又进一步作了两方面的理解:"一方面,在'个人与国家'关系问题上,强调个人的独立性与主体性;一方面,在'中国'与'世界'的关系上,强调中国自身的独立性与主体性。"对此我有一点疑问:鲁迅"首在立人"的提出,背后有一个潜在批判视野,就是对"中国国民性中最缺乏的是什么?"的洞察,因此在那几篇文言论文中,青年鲁迅一再指摘的不是别的,而是世纪转型中随处可见的国人"假是空名,遂其私欲"的现象。国人的堕于私欲,似乎是他洞察的国民劣根性所在,也就是说,鲁迅上世纪初的"立人"建构,是以解构性的国民性批判为首要环节的,他提出的"尊个性而张精神",拿来"新神思宗"作为振拔国人之"精神"与"意力"的良药,皆是以对国民性的洞察为前提的,因此"个体精神自由"的强调,应始终落实在个体上。我的担忧是,如果把它进一步扩大到"中国与世界"的关系上,由此强调"中国自身的独立性与主体性",是否会反过来为国民性问题找到整体主义的独特性的借口,为诸多不正常现象提供了民族主义的合法性,从而遮蔽了真正的问题所在呢?

钱文:我在 1995 年《关于民族主义思潮的访谈录》(文收《压在心上的坟》),1997 年《话说周氏兄弟》里,都反复谈到要警惕有人在民族主义的旗帜下贩卖大中华中心主义。我是这样说的:"我觉得当前中国正弥漫着一种很可怕很糟糕的民族主义情绪。一种是保古主义,一种是兽性爱国主义。"我提到了由著名的知识分子提出,风行一时的"21 世纪是中国的世纪"论,指出:中国经济刚恢复了"元气",开始起飞,就这样"自我扩张",实在是可笑又可怕的,这就是中国的国民性:贫弱的时候装"孙子",强大了就要当"老子"。……而且我实在弄不明白,为什么中国人不能以平等的姿态,作为世界大家庭中的普通一员,取得一份应该取得的自己的独立的发言权,偏要那么独特非凡。(第 182 页)

对话:新世纪以来,文化本位意识与民族主义倾向愈演愈烈,回想上世纪末钱老师的质疑,不能不说是敏锐的。

文化本位意识的兴起,是 90 年代以来文化的显著特色。在大国崛起的语境下,传统文化被纳入爱国主义意识形态,成为核心价值的重要组成部分,缺少反思主体的中国大众通俗文化是主流文化自发的场所,民族主义气候也极易形成。

在 90 年代以来的以文化本位为主导意识的社会文化语境中,被边缘化的人文意识形态不仅不能提供与整个社会文化趋向不同的反思空间,丧失了独立的文化立场,而且主动加入主流文化的合唱。90 年代以来人文意识形态众声喧哗,纷争激烈,然而,在这之后,却存在一个潜在的一致性——文化本位意识。"激、保"之争中出现文化保守主义思潮,携海外新儒家余绪,基于对激进文化与政治的反思,试图将儒家文化作为创造性转化的资源;中国"后学"将西方正在进行的后现代主义批判逻辑纳入中土,循西方学界对现代性与西方中心主义的反思路向,掀起解构现代与西方价值的人文思潮,而其建构指向,则在所谓"中华性";新左派基于西方"新左"取向与后现代主义解构策略,在反思西方现代性中伸张本土现代性实践的创新价值;文化批判是中国自由派的盲区,在反激进文化与政治的立场下,更易对固有传统采取近似文化保守主义的守成态度。可以看到,90 年代中国文化本位思潮的取向,表现为两个向度,一是传统,一是现代,前者指向传统,后者指向转型中国的现实。这两种取向,在本来的意义上都无可厚非,但是,它们大多表现为对西方文化与现代性价值的批判态度,并含有强烈的国家意识与中华中心的潜在指向,构成当代中国民族主义意识形态兴起的可能语境。

国学热是 90 年代以来文化本位思潮最鲜明的标志。国学热不仅是一种单纯的文化思潮,在政治、教育与市场的共同推动下,掺杂了新语境下种种现实利益的纠缠与合谋。

钱文:直到 2001 年我在上"和鲁迅相遇"课,重读鲁迅著作时,才引起注意和思考,并因此对鲁迅"个"、"己"的概念有了新的体认,在指出鲁迅的"个"、"己"是"真实的、具体的人,而不是普遍的、观念的人;是个别的、个体的人,而不是群体的人",是强调"人的自主性",即"摆脱了对'他者'的依赖关系,不依附任何其他力量,彻底走出了被他者奴役的状态,从而进入了生命的自由状态"的同时,又有了这样的补充阐释:"鲁迅'个'的观念的第二个含义是常常被人们忽略的。鲁迅讲的'己'、'我'并不是人们常说的利己主义的'己',不只是看到眼前利益的、目光短浅、心胸狭隘的'己'。"(第 188 页)

对话:钱老师把"个人主义"与"利己主义"划清界线,是对他 80、90 年代阐释的鲁迅"个人"思想的一个重要补充,其间,隔了整个 90 年代,这一思路的调整背后,应该有他对 90 年代以来欲望之门打开后的现实的反思,这一反思,与前面"自然人性论"部分的反思其实是一致的。对于压制个人的东方专制传统,钱老师曾基于周作人的自然人性论大力发掘鲁迅"个人主义"中对人的自我欲望的肯定,针对 90 年代以来私欲膨胀、人欲横流的现实,他又试图在鲁迅的"个"里强调其超越私欲的精神内涵。真是左右补救,用心良苦!

总结:

自然人性论和个人主义问题,是 20 世纪中国启蒙的两个重要命题,二者都与人性等根本问题的理解相关。20 世纪中国自然人性论思潮,关涉中国个人主义思想的成就和局限,对它们的重新梳理,有助于我们对中国的世纪启蒙作更为具体的反思。

自然人性论与个人主义也是 80 年代新的人性觉醒和现代启蒙的两个要义,钱老师对这两个思想命题的反思,进一步进入 80 年代启蒙的内核。可以看到,钱老师的重新反思关注的是两个问题,一是面对 90 年代以来利己主义、物欲横流的社会现实,重新反思 80 年代自然人性论、个性解放的呼吁与 90 年代以来社会现实之间的悖论,在"个人主义"与"利己主义"之间划清了界限;二是面对 90 年代以来在新的国内语境与国际环境中形成的国家意识与民族主义倾向,重温鲁迅早期的"个人"思想,强调其相对于"国民"与"世界人"的"个"的思想价值,将"个体精神自由"视为鲁迅"个"的思想的价值核心,重新维护个人精神独立与价值尊严的重要性。

　　这涉及对鲁迅"个人"观念本身的反思。鲁迅上世纪初提出"立人"新思路,并以"人各有己"、"尊个性而张精神"作为其内涵,可见"个性"(或个体)和"精神"是其阐释的重点,两者相互说明,"精神",是"个体"的"精神","个体",是"精神"性的"个体","个",是以"精神"作为限定的,鲁迅所欲立之"人",是精神性的作为"个"的"己"。总结说来,鲁迅在中、西复杂语境中形成的"个人"观念,是以"精神"—"意力"为内涵的"个人"。在儒家心学和"新神思宗"的融合中,确立了深度自我认同的"主观"取向,来自庄子精神哲学和尼采精神进化论的超越性"精神",维系了其"个人"观念的不断超越自身的"上征"意向,从叔本华、尼采那里拿来的经过自然主义改造的"意力",则给所"立"的"个人"提供了刚健动进的动力因素。

　　从内在动机看,鲁迅对"张精神"的阐述,是从对当时国人趋之若鹜的 19 世纪西方物质文明的批判入手的,但他矛头所指还不是 19 世纪西方物质文明本身,而是中国人所固有的"私欲"性,这是《文化偏至论》诸篇一个共同的潜在批判指向。鲁迅殷切希望国人能摆脱堕于私欲的状态,成为精神振作的"个",在他的表述逻辑中,似乎精神性的获得,就来自对私欲性的超越,反过来,人之所以能超越私欲,是因为人本来就拥有精神。但问题是,凭什么说人先天拥有精神?这精神的内涵是什么?精神性个人的假设,是否人性善一厢情愿的预设,抑或是天才论的假设?

　　由此看来,精神的来源或者说普遍性精神的建构成为问题的关键。鲁迅提出"个人",是要解决他所要解决的堕于私欲的国民性问题,国民性根植于民族文化传统中,既被决定于文化自我的意识结构和思维方式,也受制于和巩固于伦理、制度等实践层面,从前者看,中国传统思维中天人合一的世界图式、本然自足的自我意识,只有一个现世秩序的自我认同,都有可能是"私欲中心"的意识根源,中国几千年的专制传统,在深层意识上也不能不从这种"以人为本"的一个秩序的世界图式与自我认同的传统中来寻找。针对僵化的人间秩序,我们提出"个"的解放,但是,解构之后并不必然释放出健全的个人,脱离了外在规定性,也许只有两样东西是本然存在的:一是个体感性欲望,一是传统和习俗,没有普遍规定性的个人,只是感性和惯性的存在。如果没有超越性、普遍性精神价值的引导和维系,以及对自身有限性的自觉,"个人"的觉醒,最后回到的恐怕还是感性与惯性的个人。健全的"个人",需要一个更趋完善的人的普遍性作为价值前提。

何以"立人"？鲁迅在《破恶声论》中又说:"人心必有所凭依,非信无以立",可见,"信"在鲁迅思想中并非盲点。如果此"信"不是自我的回环,则在这句话里,可能蕴含着"立人"的真义。

第二节　序文两篇

一、全球化背景下的鲁迅研究呼唤新的创造力
——汪卫东著《鲁迅前期文本"个人"观念梳理与通释》序
钱理群

汪卫东君的博士论文经整理、修改,正式出版,我是他的指导老师,为之作序,似乎也顺理成章。那么,我就略说几句。

关于这篇论文与我的关系,汪君在他的另一本书《百年树人》的"后记"里有过一段回忆——

"在正式选题时,他给我提供了一个思路,叫我把鲁迅文本中的关键词作为对象,梳理这些关键词在鲁迅文本中的原始形态、在不同文本中的变化,及其间的相互联系,在此基础上获得一种整体性与客观性。我觉得这是一个非常重要的选题,可能是他十几年前提出的单位观念与单位意象的课题的延续。我有幸在北大赶上了钱老师已有多年没有开的鲁迅研究课,而且是他在北大的绝唱。钱老师从1936年的鲁迅讲起,然后再从日本时期的

'立人'开始,按时间顺序往下讲,最后回到 1936 年,形成一个圆圈。这次授课,钱老师着重对鲁迅一生一以贯之的基本概念的梳理,及其特有的典型形象和意象的阐释。这其实是与我的论文在处理同样的问题。——可以说,我的论文的构思和钱老师的课是同时进行的。师生面临同一个课题以不同的方式展开着自己的探索,这是一个非常有意思的学术现象。"

他的回忆,是大体准确的。我带研究生,有两条原则。一是强调学生的"主体性",根据不同学生的不同特点,因势利导;二是重视"师生共同研究",以促成教学相长。我建议汪卫东君以鲁迅为毕业论文的研究对象,是因为他在入学前,对鲁迅、周作人都有兴趣,而且有了一些研究成果,可以说已经入了门,因此就可以作难度较大的鲁迅研究课题;我建议他做梳理鲁迅基本概念的选题,则考虑到他在硕士阶段曾师从著名的新文学史料专家朱金顺先生,在文献梳理上有较好的基础,而他自己对理论问题又有兴趣,也有一定基础,正好能够胜任在文献梳理与理论辨析这两个方面都有较高要求的课题。当然,我也清楚,汪卫东君尽管有这样的基础,但真要啃下这个高难度的选题,仍是一个严重的挑战。但我又认为作博士论文,是宁难毋易的,越有挑战性,就越能磨炼人。——这是从学生方面的考虑。

从老师方面看,诚如汪卫东君在他的回忆中所说,鲁迅关键词研究确实是我十几年前提出并尝试的鲁迅单位观念、单位意象研究的一个延续。我在 1985 年所写的也是我的第一部独立的鲁迅研究著作《心灵的探寻》里,在谈到自己所设想的研究方法时,这样写道——

"首先是'回到鲁迅那里去'。这就必须承认,'鲁迅'是一个独立的世界,它有着自己独特的思想及思维方式,独特的心理素质与内在矛盾,独特的情感与情感表达方式,独特的艺术追求,艺术思维及艺术表现方式。研究的任务是从鲁迅自我'这一个'特殊个体出发,既挖掘个体中所蕴含、积淀的普遍的社会,历史,民族——的内容,又充分注意个体特殊的,为普遍、一般、共性所不能包容的丰富性。如果把鲁迅独特的思想艺术纳入某一现成理论框架,研究的任务变成用鲁迅的材料来阐发、论证某一现成理论的正确性,那就实际上否定了鲁迅的独立价值,也否定了鲁迅研究自身的独立价值。"

这里所说的"回到鲁迅那里去",是王富仁先生在他的博士论文里提出的,得到了同代学友的响应,是代表了一种共识的。因为我们在80年代初所面对的问题是,鲁迅研究长期被纳入毛泽东的思想体系(我的文章里说的"某一现成理论框架"),用鲁迅的材料来阐发、论证毛泽东思想的正确性,因此急需恢复鲁迅的独立价值,恢复鲁迅研究自身的独立性。这里对研究对象独立价值与学者及学术研究独立性的强调,都超出了鲁迅研究的范围,而显然反映了20世纪80年代的启蒙主义的时代思潮。

问题是"通过什么样的途径才能抓住鲁迅之为鲁迅的独特性"。于是就有了"单位观念"与"单位意象"的研究方法的提出,其要点是:"从作家在作品中反复出现的词语入手,找出作家独有的单位意象、单位观念(包括范畴);然后,对单位观念、单位意象进行深入的多层次的开掘,揭示其内在的哲学、心理学、伦理学、政治学、历史学、美学等的丰富内涵,并挖掘出其中所积淀的传统文化、外来文化的多种因子,以达到作家与古今中外广大世界息息相通的独特的精神世界和艺术世界的具体把握。"这一方法的提出,显然受到了我的导师王瑶先生的"典型现象"研究理论与方法的启示;而王瑶先生的"典型现象"又是总结了鲁迅研究中国文学史的方法论而提出的。——这都说明,一种研究方法的提出,不仅有时代的问题意识,而且是有着深远的学术渊源的。

有意思的是,到了21世纪初,我又重新回到这一课题上,并且引导我的学生一起来关注鲁迅的独特价值与学术研究的独立性。这当然不是简单的复归,这背后显然有着新的时代与学术的问题意识。

我们在80年代为了摆脱毛泽东意识形态的控制与束缚,自觉地引入各种西方的理论与方法,掀起了一轮又一轮的西方理论热与方法热,这当然是改革开放的时代思潮使然,而且确实起到了解放思想,开拓眼界与思路的积极作用,为当时的学术研究注入了新的活力,我们在这一时期所取得的学术成就,以及包括鲁迅研究在内的学术研究所取得的新发展,都与这样的向世界开放的研究格局分不开,而且今后也依然要保持这样的开放势头,继续主动吸取包括西方在内的外国理论与方法,广泛地吸取人类文明的精神成果:这都是没有问题的。但在发展过程中,却出现了一个值得注意与警惕的倾向,如我在一篇文章里所指出的,"在'与国际学术接轨'的口号下,将外国的学术界,包括西方汉学界理想化,绝对化,甚至产生新的迷信,以'中国学术的西方化,美国化"为目标,这不但会从根本上丧失学术自信心,而且有失去学术独立性的危险"(《中国大学的问题与改革》)。于是在包括鲁迅研究在内的现代文学研究中,又出现了将鲁迅及其他研究对象"独特的思想艺术纳入某一理论框架,研究的人物变成用鲁迅(或其他对象)的材料来阐发、论证某一现成理论的正确性"的倾向。历史似乎发生了循环:只不过这一次被纳入的"理论框架"变成了西方最时髦的理论与方法而已。于是,我们又不得不再回到起点上,重新强调鲁迅的独特价值,呼唤鲁迅研究的独立性。

鲁迅独特价值问题的提出,也还有更深刻的社会历史、思想文化的原因。从90年代到新世纪初,对鲁迅的评价,出现了两个引人注目的现象。一方面,如我在《远行以后》一书里所说:"中国文坛学界,轮番走过各式各样的'主义'的鼓吹者",从新保守主义者、新儒家,到后现代主义者、后殖民主义者,到新自由主义者、新生代作家,他们都"几乎毫不例外地要以'批判鲁迅'为自己开路",于是,人们发现,在当代中国,"人们对鲁迅的态度与评价,是与对自己所生活的中国现实社会、时代的看法、估价、关系与态度,与他们各自的生活理想、思想、文化以至政治选择,紧密联系在一起的。正是在这里我们看到了鲁迅的影响;他在现代中国,特别是现代知识分子中,已经成为绕不开的存在",即使是他的反对者也是如此。

另一方面,在文坛学界的一片批判声中,鲁迅依然吸引着众多的年轻人和普通读者,我曾经说过,在当代中国,只要具有一定文化程度,又在思考问题的青年,都能够并且必然与鲁迅进行精神的对话与交流。更重要的是,在全球化的背景下,随着文化多元化问题的突现,人们越来越自觉地寻求本土文化与区域文化既与世界文化发展潮流保持密切联系又是独立发展的道路。作为20世纪中国,以至东方国家最具有独创性的思想家、文学家,鲁迅思想文化文学遗产的意义,也必然越来越为国内外学术界有识之士所注目。科学地总结鲁迅的思想与文学经验,不仅为中国文化自身的建设发展,更为世界文化的多元化发展提供精神资源,也就成为中国学者的一个时代义务与国际责任。这样一个全球化背景下的鲁迅研究,要求更为开阔的研究视野,更全面也更合理的知识结构,更大的创造力与想象力,而且必然趋向于多学科的综合研究——如我在《与鲁迅相遇》一书的"后记"里所说:"或许已经到了打破学科界限,对鲁迅这样的大思想家、大文学家、大艺术家进行综合研究与把握的时候。"从这样的角度看,鲁迅研究已有的成果,包括我们这一代的研究,只是打了一个基础,新的更阔大、更深入的研究才刚刚开始,或者说还处于准备与起步阶段。它召唤着我们这个时代最有活力、最有创造力的年轻学者,这将是一个大可驰骋,大有作为的领域。新一代的研究者应该有超越前人的雄心壮志,但起步又应该是扎扎实实一步一个脚印,从基础做起。在我看来,鲁迅关键词的研究,而且从梳理这些关键词在鲁迅文本中的原生形态开始,也就是说,从鲁迅思想文学发生原点开始,就是这样的基础性的研究。——这就是我建议汪卫东君选择"鲁迅关键词研究"作为博士论文的深层用意,是着眼于他个人学术的长期发展,以及整个学科的长远发展的。

但正如汪卫东君所说,我在和他一起确定了选题方向以后,就不再管他了,"对于论文的具体内容,如具体关键词的选择、具体观点的提出等",都给他以"很大的自由"。而汪卫东君也很努力,最后写出的论文,也就是读者所看到的这本书,是基本上达到了要求的。当然,他的具体观点与分析,都是可以讨论的;我更重视的是他的研究思路与方法,我以为他在三个方面,做出了可贵的努力。第一,尽管我提出了"鲁迅关键词研究"的课题,但只是方向性的提法,并没有作更进一步的论证。而汪卫东君经过他的独立深入研究,认识到"鲁迅并非以严格的概念、范畴和逻辑推理为表达手段的思想家,他一般并不就某一具体概念,给以确定性的阐释,并保持概念的同一性,所以,如果我们紧紧抓住'个人'这一词汇不放,往往会迷失于他丰富多彩的语言世界中",因此,他在确定自己的研究方法时,就对我所提出的"关键词"作出了一定程度的修正,强调"本论文不把'个人'理解成具有确定性的概念或保持词语统一性的'关键词',而是把它界定为宽泛性的'观念'('观念'一词侧重于所表达的内容),而不局限于词语的选用,这样,我们就可以以他早期所集中阐述的'个人'一词为代表,不受具体用词束缚地梳理鲁迅文本中与早期'个人'观念相关的,用不同词语表达的观念;同时,我们还应看到,鲁迅不仅是一个写作者(言语表达者),更是一个丰富而鲜明的存在者(其生存历程、生命体验及人格自塑),鲁迅'个人'观念的阐述,其实伴随着他一生中艰难的自我认同的过程,所以研究鲁迅的'个人'观念,在立足于文本梳理的基础上,还要充分注意到言说者鲁迅与行动者鲁迅、'个人'言述与自我认同之间的密切联系"。——这样的研究方法的确定显然更为科学,也更具有可操作性。其二,汪卫东君在对鲁迅早期思想中"个人"观念在具体文本中的原始形态、不同文本中的演化及其相互关联作直观描述的基础上,着重讨论了两个方面的问题:一是从鲁迅"更多的是运用了本土传统符号资源"来"转述"西方"个人"观念这一饶有兴味的事实出发,讨论了"鲁迅日本时期'个人'观念的思想渊源":中国古代"精神"与"心"的观念与德国个人主义的传统思维的"相遇";二是把鲁迅的"个人"观念放到近代"个人"话语的共同语境中进行讨论,特别是着重探讨了鲁迅与章太炎的思想联系。——这样,汪卫东君就把他的研究深入到中外思想史、哲学史的领域,这正是我想做而由于知识结构的局限而未能做的。其三,在完成了对鲁迅早期"个人"观念自身的梳理以后,汪卫东君又把讨论推进深入,即"以鲁迅所提出的'个人'观念能否有效地解决他所面临的问题为尺度,把鲁迅'个人'观念放在中西'自我'意识及'个人'观念的比较语境中,以揭示、分析鲁迅'个人'观念所存在的问题"与"危机"。——这就意味着汪卫东君在努力进入鲁迅世界以后,又自觉地"走出鲁迅",这或许将是年青一代鲁迅研究者的一个特点,这恰恰是我这样的"走在鲁迅阴影下"(这是孙郁先生对我的评价,也是我所认同的)的学者所努力而又没有做到的。以上三个方面的努力表明,汪卫东君在他的博士论文写作中,既接受了我的指导,又不受我的意见的束缚,而是有所修正,自有独立的创造:这也正是我对自己的学生的期待。

当然,正像我经常向学生们说的那样,博士论文的写作,从来是有许多限制与束缚的,是"不自由的写作",学生能做到的只是在不自由的条件下尽可能地发挥,而这样的发挥是有限度的。再加上写作时间的紧迫等原因,就自然留下了许多遗憾,这都是自不待言的。但无论如何,论文的通过,以至现在整理成书出版,就意味着汪卫东君学生生涯的结束。就我们师生关系而言,他已经出师,于是,我也就会像以前对每一个毕业学生那样,对他说:我能够教给你的我都教了,现在你可以而且也应该独立地飞翔了,你应该走出我的阴影,寻找属于自己的人生与学术的道路。只有这样,我们才可以期待,会在将来的某一时期,在更高的层次上相遇:那时,我与你,老师与学生,都将达到了自我生命与学术的更高境界。

写到这里,这篇"序言"可以结束了。

2006 年 1 月 30 日—2 月 1 日

二、《野草》的文学启示
——汪卫东《探寻"诗心":〈野草〉整体研究》序
钱理群

本书是汪卫东君十年研究《野草》的结晶,作者希望我说几句话。记得在初稿写出后,我曾写过一个评语,先抄录如下:"这是一部有原创性的,对《野草》研究有新的开拓与贡献的著作。对已有的研究,主要有以下方面新的推进。一,强调《野草》并非一般意义上的写作与单篇作品汇集,而视为鲁迅精神发展史上的一个生命过程,从而形成一个整体性的把握,这就打开了《野草》研究的一个新思路。二,《野草》与佛经的关系,一直是《野草》研究中的一个难点。以往的研究偏于文本表面词语与语式和佛经的相似。本书的研究从《野草》否定性与悖论性表达和思维关系的角度,探讨《野草》与佛教代表的东方思想传统的联想,就找到了一个新的突破口,十分难能可贵。我自己过去一直想做这方面的研究,却受到知识结构的限制而未能进行。现在看到年青学者已迈出了关键的一步,实感到欣慰。三,《野草》语言艺术表达的超常规性,是包括我自己在内的研究者一直注意的,但始终说不清楚。本书在这方面作了新的尝试,有一些分析新颖而精当,也能给以后的研究以重要启示。"

这一次因为写序重读本书感受最深的,也依然是这三点。需要补充的是,这样的研究成果确实来之不易。"沉潜十年"本是我对青年学人的一个期待,但真正这样做,却难而又难,能够做到的,就自然少之又少。如本书作者所说,"国内人文研究的潮流化与学术积累意识的淡薄,当下人文学术的媒体化",以及我经常说的学术研究的体制化、商业化与技术化,"都使真正的前沿探索难免陷入寂寞"。在这样恶劣的学术生态环境下,要做到"坚守与沉潜,系于一心",是很难的。作者说:"不必扯上学术良知,只是为了不至于完全落入'著书都为稻粱谋'的宿命。"能够这样想,这样做,就不错了。我也不需要再多说什么。

我要说的话题，是由作者的一个自省引发的：他说自己的著作引不起任何反响，其中一个原因是纯思式的写作遮蔽了苦心孤诣的问题意识，"没能有效地参与到近十年来中国人文思想的反思，束之高阁成了它的命运"。这里所提出的，是如何使我们的学术研究的成果，转化为当今中国社会的人文精神建设的资源，这样一个重大问题。这也是我最为关注的。这些年，我提出鲁迅研究不仅要"讲鲁迅"，还要"接着往下讲"，甚至"接着往下做"，就是为了给长期困惑我们的"学术研究的当代性"问题，提供一个新的思路。选择鲁迅研究作为一个突破口，是因为在我看来，鲁迅就是一个"现在进行时的存在"，它的文学的深刻性、超越性，都是通向当代中国的，我因此专门作过"活在当下中国的鲁迅"的演讲，主要讲鲁迅对中国国情的洞见，以及由此决定的鲁迅精神在当下的启示意义。这一回读了本书的《野草》研究，就禁不住想起了《野草》的创造对当代中国文学的启示意义。可以说，下面一番议论，是想借助汪卫东君的研究成果，讨论一个问题：当代中国文学距离《野草》已经达到的高度还有多远？我们能不能借《野草》反思自己，进而寻找摆脱当下中国文学困境的新途径？——这也可以说是"接着往下讲"，大概不至于脱离汪卫东君研究的初衷和原意吧。

本书研究的一个特点与前提，是将《野草》置于鲁迅生命发展的历程中来加以考察。于是，就提出了鲁迅生命中的"两次绝望"。第一次是前人多有阐发的民国初年在北京的"十年沉默"，这是一次对中国传统社会与文化的彻底绝望，因而在走出绝望以后，鲁迅就投身于"五四"新文化运动，有了第一次生命的，也是文学的大爆发。本书作者发现，在20年代《新青年》分化以后，鲁迅又有了"第二次绝望"，这也就是鲁迅自己所说的，"《新青年》的团体散掉了，有的高升，有的退隐，有的前进，我又经验了一回同一战阵中的伙伴还是会这么变化，并且落得一个'作家'的头衔，依然在沙漠中走来走去"（《〈自选集〉自序》）。这应该是对启蒙主义的一次大绝望。本书研究的重心，也是我最感兴趣的，是鲁迅如何走出这第二次绝望。作者告诉我们，鲁迅在面临"五四"以后中国社会和中国知识分子的大分化时，没有把一切推之于外部条件变化导致的生态环境的恶化，而是把所有外在的问题，都内转为自我生命的问题，把"启蒙的可能性"的外在危机，转化成了"自己的危机"。他以"近乎惨烈"的方式，"以特有的执拗切入自我矛盾的深层，像一个人拿着解剖刀打开自己的身体","对纠缠自身的诸多矛盾,进行了一次彻底的展示和清理",将"环绕纷呈"的矛盾"推向极处,形成无法解决的终极悖论"。整部《野草》的写作过程,就是一个自我生命追问的过程":希望与绝望的纠缠,生与死的抉择,光明与黑暗之间的徘徊,"直抵死亡的追问,却最终发现,所谓'真正的自我'并不存在":"本味何能知"!但也正是通过这样的"向死"而达到了"后生"。《野草》最终穿越了"黑暗和虚无",回到了"野草"铺成的"大地",回到"当下生存",选择了不以"希望"或"绝望"为前提,而以自身为目的的决绝的反抗,作为自己的存在方式。鲁迅又开始了新的战斗,进行以后期杂文为代表的更为锐利的社会批评和文明批评。但此时的鲁迅,已经经过了《野草》的自我审判与超越,如作者所说,他的社会批评和文明批评都"基于其个人的真切的生命体验",他发现了所要批判与摆脱的外部世界的黑暗,原来是和自己内心的黑暗纠缠为一体的;他的所有的社会批评、文明批评和它的对象之间,形成了十分复杂和丰富的关系,就像鲁迅《颓败线的颤动》里的那位老女人,他所发出的是"将一切合并:眷恋与决绝,爱抚与复仇,养育与奸除,祝福与咒诅——"的声音。这是一个全新的思想和文学深度与高度。关键是这一次《野草》的精神炼狱,鲁迅作为"中国的启蒙者","以肉身承担了现代中国转型的痛苦",在这一过程中,收获了"充满挫折和失败的个体体验——丰富的痛苦",使自己的个体生命达到了前所未有的深度、高度和力度,最后都化作了他的文学。可以说,正是自我生命的深度、高度决定了文学的深度与高度。作者说,鲁迅"以文学的形式,表达了堪称中国现代最深刻的生命体验,留下了中国近现代文化转型最深刻的个人心理传记。这些,都成了文学家鲁迅的底色。鲁迅文学,正是承担中国现代转型之艰难的痛苦'肉身'"。

"当我沉默着的时候,我觉得充实;我将开口,同时感到空虚。"《野草·题辞》一开头就提醒我们:鲁迅所经历的生命的困境,同时又是一个语言的困境。前引《颓败线的颤动》里的那位"老女人"最后发出的是"无词的言语",这说明,"并不是所有的存在都能被语言表达出来","在语言达不到的地方,存在仍处在晦暗之中"。如作者所分析,鲁迅自己也很清楚,他的第二次绝望遭遇的"空前复杂的情思世界","异常幽深的体验",都是"没有经历过,也是语言未曾达到过的";但鲁迅之为鲁迅,作为一个真正的语言艺术家,他"不愿在无言的痛苦中沉没",他偏要挑战这"不可言说",他"试图用语言照亮那难以言说的存在",于是就"进行了一次空前的语言历险"。据作者的研究,鲁迅进行了两个方面的可以说是艰苦卓绝的试验。一方面,他大胆尝试"非常态的语言方式":"进入《野草》,随处可发现违反日常思维习惯、修辞习惯和语言规范的表达":那"诸多矛盾汇集而成的无法解开的终极悖论;那不断出现的'然而'、'但是'、'可以'等转折词构成的不断否定的循环;那由相互矛盾的义项组成的前无古人的抽象的意象,如'无地'、'死火'、'无物之阵'等;那有意违反简洁、通顺等语言要求的重复和繁复;还有,那偶一出现,一露峥嵘、令人费解的'恐怖言辞',如'过客'接受'小女孩'的布片后突然说出的一大段话——"等等。另一方面,为了更深刻地表达自己的"现代感",由"现代心灵"决定的"现代眼光"与"现代趣味"——其实也是纯粹语言难以进入的存在境界,鲁迅又自觉地吸取西方现代美术和音乐的表现手法,进行了具有音乐性和强烈的线条感与色彩感的语言试验。可以看出,鲁迅正是通过大胆的语言突破与对音乐、美术资源的广泛吸取,把现代汉语的表现力提到了一个空前的高度——周作人早就说过,汉语本身就是一种具有音乐美和装饰美,有极强的表现力的语言;现在,经过鲁迅的试验,又为用汉语表达现代人难言的生命体验,开拓了新的空间,展现了现代汉语的无限广阔的表现前景。

  作者总结说:"《野草》是一次空前绝后的精神的历险和语言的历险"。这样,它也就在生命的最高"险峰"上,展现了语言的"无限风光",在生命体验和语言试验两个层面上占据了文学的高地。它"不仅在鲁迅的写作中是一个另类的存在","在迄今为止的中国文学中,也堪称另类而幽深的文本,蕴藏着最尖端的文学体验和书写"。

  面对这样的文学高地,不能不引起我们的反省和反思。

  因为我们和鲁迅共同面对中国社会与文学的"现代转型"——这样的转型,从晚清开始,至今也还没有结束。我们和鲁迅同处于"明与暗,生与死,过去与未来之际",共存于"友与仇,人与兽,爱者与不爱者"之间(《野草·题辞》),共同生活在"不是死,就是生","可以由此得生,而也可以由此得死"的"大时代"(《〈尘影〉题辞》)。

  而且我们也有类似的经验和体验:据我的观察,中国当代文学同样经历了"两次绝望"。第一次绝望发生在70年代初的"文革"后期,在对现存社会和文化、文学进行了刻骨铭心的反省,走出绝望以后,就有了80年代的启蒙主义时代与文学的再生:那是一次对鲁迅等先驱开创的"五四"新文学传统的自觉回应。但到了80年代末,我们也经历了一次绝望,同样感受到启蒙主义的无用与无力。但我们似乎至今也没有走出绝望,更不用说如鲁迅那样走向新的生命与文学的高地。原因全在我们自己。我们中的许多人(当然不是全体)先是因政治的突变,患上恐惧症;后又面对汹涌而来的经济大潮,犯了眩晕症;却少见有人如鲁迅那样,把外在的困境内转为自我生命的追问:我们既无反省的自觉,更无反思的勇气与能力。我们有的只是中国传统的生存智慧,选择了"活着就是一切"的活命哲学,于是,就走了一条最轻松、方便的顺世滑行之路。结果滑行到了哪里?这是此时猛然醒悟才感到羞愧的:我们或逃避,或迎合,或按惯性混沌地活着,即使出于良知未泯,发牢骚,表示对现实的不满,甚至作出某种批判,但也都是与己无关的冷眼旁观,甚至还充满了道德的崇高感,这就和鲁迅式的"把自己烧进去"的生命搏斗不可同日而语。这样,我们就失去了一次鲁迅式的逼近生命本体、逼近文学本体的历史机遇。我们无法收获丰富的痛苦,只获得了廉价的名利,肤浅的自我满足或怨天尤人。在这样的生命状态下的写作,就根本不会有鲁迅那样的语言突破、试验的冒险,也只能收获平庸。于是,当代中国文学就在作家主体的生命深度、高度与力度,和语言试验的自觉,这两个方面和鲁迅曾经达到的高地拉开了距离;而"生命"与"语言"正是文学之为文学的根本:在这个意义上,我们的许多(当然也不是全部)当代文学实际上已经失去了文学性。在我看来,这就是中国当代文学的困境所在。而走出困境的途径,就要从解决这两个根本问题入手。这也就是我读了汪卫东君的《野草》研究著作以后的一点联想与期待:我们的当代作家能不能借鉴鲁迅的经验,尝试进行新的"精神的历险和语言的历险",从而寻求新的突破呢?

2013年8月21—23日

后　记

　　我的主要精力在鲁迅研究，公开发表的论著，也多以鲁迅为主。但长期以来，也在关注鲁迅以外的领域，虽不敢轻易公开发言，却因种种机缘，也偶有所作。本书呈现的，大部分是对中国近30年人文思想的考察，因身在文学专业，最后都落实在文学领域，也因"三句话不离本行"，若干仍然涉及鲁迅。本书的写作有一定的时间跨度，最早的《"人性发展史"文学史观质疑》写于90年代末，是针对章培恒先生当时新出的《中国文学史》而发的；《质疑"国民性神话质疑"》作于新世纪初，为2002年北京鲁迅博物馆为我与竹潜民先生的学术争鸣举办的研讨会而作；因《北京科技大学学报》主编马胜利先生之约组织两次笔谈，作《20世纪"人学"思潮及其限度》及《变化的语境与变异的"鲁迅"》两文；《叩问始基——鲁迅"个人"观念研究的反思》是2008年因王晓初先生的邀约参加浙江鲁迅研究年会"鲁迅研究三十年"的参会论文；《我与〈野草〉的研究之缘》则是对自己近年《野草》研究的回顾，蒙黄乔生先生与姜异新女士不弃，刊于《鲁迅研究月刊》2014年第2期；《90年代以来文化本位思潮、国学热与人文意识形态的应对》是去年参加专题研讨会写的，承王双龙先生接纳刊于《文艺争鸣》2014年第2期；因王兆胜先生的赏识，去年下半年作《文学史叙述的"现代"迷思：以海外美国汉学中国现代文学研究为中心》一文；我曾为导师钱理群先生的《我的精神自传》写过一部分"对话"，虽未公开发表，但自我珍惜，征求得钱老师的同意，借此机会收入本书，一并收入的还有钱老师为我的小书作的两篇序文，其中一篇也尚未公开发表，借此机会一并收入本书，一方面作为纪念，一方面也能展现师生之间的对话与思考。没有以上诸位先生的赏识与督促，就不会有这本小书，在此特别致以感谢！魏冬峰女士欣然接纳小书，王尧院长批准211经费资助，在此一并表示感谢！

2014年1月
2014年5月补记